谨以此书献给我小学时代的校长、
老师和同学们，献给我们亲爱的祖国。

柳树井的故事

潘寄华 著

知识产权出版社
Intellectual Property Publishing House
全国百佳图书出版单位

图书在版编目（CIP）数据

柳树井的故事/潘寄华著.—北京：知识产权出
版社，2015.1
ISBN 978-7-5130-3245-2

Ⅰ.①柳…　Ⅱ.①潘…　Ⅲ.①长篇小说—中国—当代
Ⅳ.①I247.5

中国版本图书馆CIP数据核字(2014)第297779号

内容提要

本书是一部以儿童为主人公，以儿童的视角，描写20世纪50年代北京少年儿童校园生活和成长历程的儿童小说。书中还穿插了当时在北京的胡同和四合院中，人们的生活和情感故事。内容生动感人，朴实纯真，善良美好。

责任编辑：陆彩云　　　　执行编辑：聂伟伟

柳树井的故事
LIUSHUJING DE GUSHI

潘寄华　著

出版发行：	知识产权出版社 有限责任公司	网　址：	http://www.ipph.cn
电　话：	010 - 82004826		http://www.laichushu.com
社　址：	北京市海淀区马甸南村1号	邮　编：	100088
责编电话：	010 - 82000860转8598	责编邮箱：	362730031@qq.com
发行电话：	010 - 82000860转8101 / 8029	发行传真：	010 - 82000893 / 82003279
印　刷：	北京科信印刷有限公司	经　销：	各大网上书店、新华书店及相关专业书店
开　本：	720mm×1000mm　1/16	印　张：	17
版　次：	2015年1月第1版	印　次：	2015年1月第1次印刷
字　数：	200千字	定　价：	35.00元

ISBN 978 - 7 - 5130 - 3245 - 2

作家简介

潘寄华，曾用笔名寄华，籍贯湖南，家居四川。少时在北京读卧佛寺小学、奋斗小学和实验中学，文化程度为中文系大专。1981年开始文学创作，1984年调入宜宾市文化局，1992年受聘为四川省作家协会巴金文学院名誉创作员和创作员，2004年被聘为中国小作家协会导师团导师，2010年加入中国作家协会，现为文化局退休干部。写作以小说、童话、散文为主，曾被《儿童文学选刊》《童话选刊》转载，并被各出版社选入《中国新时期童话佳作选》《中国当代优秀童话选》《中国五四以来优秀童话选》《巴金文学院十年选》《儿童文学1983-1993优秀作品十年选》《儿童文学1993-2003优秀作品十年选》《建国50周年四川文学选》《改革开放30周年四川文学选》等数十种精品集，深受少年儿童欢迎。曾荣获冰心儿童文学奖、文化部儿童文学奖、四川省文化厅儿童文学奖，并蝉联七届阳翰笙文艺奖。已出版童话集《画家和小鸟》《迷藏国轶事》《海的梦》，小说集《陌生的旅程》，纪实文学集《地球另一面的风景》。《柳树井的故事》系作家以20世纪50年代北京的少年儿童，以及北京的胡同和四合院的人们为题材写的一部色彩纷呈、别开生面的儿童文学小说新作。

本书作者各时期像

与贵州黔南苗族青年演员合影

佩戴中学生奖章照

小学时照

北京实验中学少先队
大队绘画编委聘请证

半个多世纪前，
在北京实验中学读
书时荣获的北京市
中学生奖章，及在
奋斗小学毕业时的
三好学生奖状

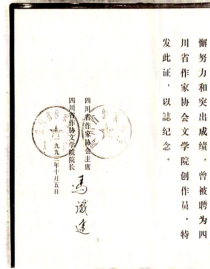

寄华同志：

由于你在文学创作方面的不懈努力和突出成绩，曾被聘为四川省作家协会文学院创作员。特发此证，以誌纪念。

四川省作协文学院院长
四川省作家协会主席
马识途

一九九二年十月五日

荣誉证书

潘寄华同志：

你户在"家庭读书"活动中被评为示范户。

宜宾市妇女联合会
一九九七年十二月

个人资料中的几件

结业证书

《儿童文学》讲习所

潘寄华同志：

被评为"三八"红旗手，特发此状，以资鼓励。

宜宾市妇联
一九九六年三月三日

寄华同志：

在《儿童文学》创作讲习所（第二期）学习期满（学期 半年），准予结业。

《儿童文学》杂志社
90年1月 日

聘书

寄华 女士/先生

经研究，中国小作家协会诚聘您为导师团导师。衷心感谢您的关心和支持。

中国小作家协会
二〇〇四年三月

退休后曾教孩子们写作文

与孩子们在一起，永远充满快乐

本书作者的丈夫曾是驻守边疆的中国人民解放军，后为公安干警

与老伴在都江堰

序　言

何开四

（四川文艺评论家协会名誉主席）

（四川省作家协会名誉副主席）

（四川诗歌协会会长）

（鲁迅文学奖评委）

（茅盾文学奖评委）

《柳树井的故事》是女作家潘寄华的一部儿童文学长篇小说新作。这部纯文学原创作品，无论是内容，还是艺术传达，都精彩纷呈。虽然作品是描述60年前的往事，却历历如新，给人以五光十色、生机勃郁的鲜活感。

小说以20世纪50年代为时代背景，描述了北京小学生的校园生活，即新中国成立后，第一茬幼苗的成长历程。柳树井是北京老胡同和四合院的一个指代，它牵连着卧佛寺小学和奋斗小学。在这个艺术空间里，它们共同为我们展现了在特定语境中独特的社会风景线。那些街坊邻里动人心弦的情感故事，那一代小学生纯真而有童趣的生活，犹如向读者徐徐开启了一扇画面清新美好的窗口，给人以美的享受和有益的启迪。

《柳树井的故事》共分为五个部分，即"柳树井的故事""梦中的卧佛寺小学""水阿莲大婶""兔儿爷的眼泪"和"奋斗小学的幸福奋斗"。五个故事相对独立，又融合在一起，形成全书有机的整体。全篇以小学生真真为主角，在作品中真真是叙事者，也是介入者，字里行间洋溢着童心和童趣。

"柳树井的故事"主要叙述一个名叫泠月的美丽善良的女孩，教一个傻男孩识字的故事。情节丰富生动，宛转曲折。由开始对傻男孩的数落，到以温暖的爱心帮助弱智男孩克服智障，再到改变社会环境对傻子三兄弟的看法。不仅写得十分有趣，而且活力弥漫，青春健康，感人心扉。作品充满了对生命的尊重，对人性善良的讴歌，而且深刻地揭示了青春和美对于人格完善的重要作用和意义。在物欲泛滥的今天，我们依然需要我们精神的柳树井，我们都要摒弃生活的冷漠，构建人与人之间和谐的关系。而文中两个重要人物的刻画都新颖而不落俗套，泠月作为"女神"的青春靓丽和心灵的美好，以及傻男孩的憨厚性格和积极努力的生活态度，都给人留下了深刻的印象。

"梦中的卧佛寺小学"描写了一位敬业的人民教师和他的几十个可爱的"猴学生们"，在相对艰苦的环境下，努力学习的成长经历。这是小主人公真真读的第一个小学。尽管是60年前的故事，却有现代进行时的感觉。生活的质感浓郁而亲切。之所以被称为"猴学生们"，是由于教室门外有棵大杨树，树上绑有一根爬绳、一根爬杆，这使全班同学都锻炼成了身手敏捷的猴子，个个动作灵活，被体育老师誉为"猴子班"。作者善于捕捉细节，在特定的语境里烘托出20世纪50年代小学生鲜活的生活。比如文中描写这些毛猴子般的小学生，在滴水成冰的冬季，坐在由庙宇的殿堂改作的教室里上课，抵御零下20摄氏度的严寒。尽管冻得瑟瑟发抖，鼻涕抽得嘶啦啦作响，却仍然保持着快乐的童心，每个人都高高兴兴的。而下课后狂欢般的奔跑、跳绳、踢毽子，并以此取暖的场景，分明让人感受到这些可爱的孩子顽强、蓬勃的生命力。50年代这些孩子能吃苦、爱劳动、努力学习、热爱祖国，尊敬老师的好品德，在小说里得到淋漓尽致的表现，使人油然而生敬意。作品还成功地塑造了赵东海、张齐、尤淑芹、韩玉茹、刘玉凤等众多的少年儿童群像，他们都有自己的个性，每一个人都成为了自己生活的主角，展现了那个时代蓬勃的生活和精神风貌。让今天都市的孩子"参观"一下当年的"卧佛寺小学"，我想他们一定会大有感慨的。

"水阿莲大婶"写了一个坚强的女性一生的风雨沧桑。水阿莲大婶是真真住的四合院入住进来的一户新邻居，一个来自中国南方说话带南方口音的、貌似老太太的人。但让院邻们感到不解的是，她的两个儿子一个女儿都长得白净秀气，一点儿都不像她。作品以此悬念开篇，抽丝剥茧地解开层层谜团。原来这三个孩子是其幼时的同伴、以后的抗日烈士的遗孤。水阿姨在那艰难的岁月中，含辛茹苦，以瘦弱的肩膀扛起了抚养烈士子女的重任，直至抗战胜利后才和丈夫黑牛及孩子团聚。作品悲壮地讲述了中国人民在抗日战争中遭受的深重苦难和作出的巨大牺牲，表现出中国人民在抗击侵略者时的同仇敌忾、坚韧不拔的斗争精神和中华民族的传统美德。读来催人泪下，有强烈的感染力。

"兔儿爷的眼泪"这一故事同样发生在真真所住的四合院。院里的程老师请来一个农村的灵芝阿姨。灵芝阿姨勤劳能干，程老师善待她，将其打扮成了城里人。在真真他们眼里，她梳了两条短辫后，露出了一张十分漂亮的、有些像著名评剧演员新凤霞的瓜子脸。故事以老北京流行的泥塑兔儿爷为贯穿性的道具，也让真真参与其中，在种种机缘巧合中，细致入微地描写了灵芝阿姨和开面铺的青年刘实诚的一段爱情故事。故事曲折有致，柳暗花明，真实地还原了20世纪50年代初期劳动者爱情的朴实和纯真。其中对热恋双方行为方式和情感方式的描绘尤为出色。而胡同里的独特风景，都写得接地气，如在胡同里过往的马车运输队、北京的雷阵雨、胡同里的小贩等，都写得有声有色，可谓地道的一幅老北京民俗画卷。

"奋斗小学的幸福奋斗"则是写小学高年级学生的学习和暑假生活。这是真真转学就读的第二个小学。与"梦中的卧佛寺小学"相辅相成、相得益彰，如同它的姐妹篇。该篇既写出了奋斗小学的学生们努力学习的一面，更写出了在他们学习的同时，丰富多彩的校园生活，五光十色的童年。比如：十月金秋游览动物园，欣赏印度小芭蕾舞剧团访华演出，观看中国儿童艺术剧院演出的童话剧《马兰花》；还状写了北京的少年儿童积极为国家种植油料作物——向日葵和蓖麻籽的生动情景。而作者描述的少先队暑期活动，则更是令人目不暇接。爬山比赛、夏令营的划船、游泳、营火晚会和自编自演的节目。其中穿插的与"苏联专家"的联欢，是实景的轻喜剧，虚虚实实，曲折生变，让人忍俊不禁，妙趣横生。而贯通其间的几首优美的儿童歌曲——《布谷鸟》《山青青水朗朗》《少先队的营火》，余音袅袅，为全篇活色生香，更是增添了诗情画意。作者以高妙的笔墨，围绕"幸福"和"奋斗"两个关键词做足了文章。既与标题贴合，更容涵了丰富的意蕴。

以上五个故事，各有其特点和亮色，都在真真的童年视角中展开。作者动态地将她从小学三年级一直写到小学毕业。随着时空的位移，作品中发生的人和事次第呈现，不仅把书中的故事一个个自然而然有机地串缀起来，并且具有不同的色调和微妙的心理色彩，从而不断开掘出作品内容的丰厚和思想境界的深度。而作品里对北京儿童及市民形象的独特刻画，对北京风物的描绘和对北京话娴熟的运用，不仅有浓郁的地域文化特色，而且大大地强化了作品的文学性。一直以来，反映20世纪五十年代北京少年儿童校园生活的文学作品少之又少，寄华的这部作品，从某种意义上说，是填补了这一时期的文学空白。

读寄华的这部作品，也能让人联想到台湾女作家林海音写的《城南旧事》。两部作品，都是写北京的人和事；两部作品，都是以儿童的视角来叙事；英子和真真在冥冥中有相衔续的意义。有所不同的是，林海音写的是旧中国，潘寄华写的是新中国。林海音的《城南旧事》，如同是为旧中国唱的一曲哀伤的挽歌。寄华写的《柳树井的故事》，则是新中国成立初期的一支清纯朴实的新曲。它们都是不同时代的真实生活画卷。有意思的是，两位女作家都着力于对人性的刻画，褒扬真善美，鞭挞假恶丑；真诚地呼唤人性的善良和人间美好情愫的回归；真诚地希望保留孩子的童真和珍视健康儿童对未来的意义；都能体现作家的良知和责任。当然我们不能简单地把两位作家和作品相提并论，但我们不妨说它们是姊妹篇，在对照阅读中，你会更深刻地感受到时代的风雨沧桑和文学独具的魅力。

2014.11.25

目录 MULU

柳树井的故事

柳树井的故事
Liushujing De Gushi

听人们说，这条胡同儿之所以叫柳树井儿，其缘由是因为这条街有一家的院落里有一株柳树，柳树旁，还有一眼井。

每年春夏，这株柳树就如唐朝诗人贺知章和白居易吟咏的那样，真格是："碧玉妆成一树高，万条垂下绿丝绦；""叶含浓露如啼眼，枝袅轻风似舞腰。"依依柔柔、婀娜多姿的柳树枝条垂直挂落在青石砌的井台上。水井里的水清凌凌、凉幽幽的。这条胡同儿的街坊邻舍都爱到这眼水井来打水。大暑天，用这井水抹抹身子，身上便褪去了暑热。人们买了西瓜，也爱扔到井里泡着，等西瓜透心儿凉了再捞上来吃，又好吃，又解暑。日子长了，街坊们就都叫这儿柳树井了。

如今，在这个小院儿里，也住着一户人家。那是一位老奶奶和她的孙女儿。老奶奶个儿不高，长得白净秀气，面目慈和。与街坊们话不多，人缘儿却好，爱助人。真真也挺喜欢这位心地善良的老奶奶。每天背着书包上学放学经过这儿时，她总会抬头望一望那棵冒出小院灰砖墙头老高、树冠犹如一团嫩绿云朵般在院内浮动、摇曳生姿的柳树，并朝那个充满温馨的木扉半掩的小院儿好奇地瞄上一眼，希冀能瞅见点儿什么，她的同学们也如此。

整个夏天，小院向阳的北屋窗台墙根下，种着一长溜儿美人蕉。猩红的花朵，翠绿的蕉叶，煞是好看。美人蕉前，袅袅婷婷、挤挤挨挨地站立着许多株指甲草。它们向周围伸展着嫩绿的叶片，仿佛有点儿羞涩般地将它腋下开放的层层叠叠的花朵半遮半掩地显

露给人们看。还有一丛丛几乎伏匍在地面上、名叫"死不了"的小花儿，它的茎细细的、红红的，叶子那般瘦小，且都呈纤细的圆柱形，给人的印象那么不起眼，又那么柔弱。可是每天，只要太阳一出来，它就像会变魔术那样绽放出好多鲜艳美丽的七色花朵。

当然啦，小院的四季风景还远不止这些……

偶尔有时候，老奶奶发现有小姑娘在门外探看，就会走过来开开门，慈爱地问："想要指甲草染指甲吧？你可以摘一点儿花瓣儿。"

老奶奶的话，无疑使小女孩获得意外的惊喜。因为那时节，孩子们大多没什么玩具。平时在学校，课余时间一般是男孩儿滚铁环，抽陀螺；女孩儿跳房子，跳猴皮筋儿。小女孩喜欢用指甲草染指甲，与其说是爱美，还不如说是觉着把指甲草的花瓣儿捣成红酱汁儿，糊在指甲盖儿上好玩儿。

街坊们传说，老奶奶有个很了不得的儿子。嗨呀，那可不简单，是电影制片厂的大导演！一位身材魁梧、相貌堂堂、才华横溢的人。他给这个温馨的小院儿增添了不少神秘色彩。而他的媳妇儿，又是一位名演员，那模样风度，自然非同一般。这更引发了人们的好奇心。然而，这位大导演和他的演员媳妇儿长年累月忙着在外面拍电影儿，平时很少回家。

不过，归根结底，这个小院儿最引得街坊邻居们注目的还不是上面说的人物，而是老奶奶的那个聪明灵秀、美丽动人的孙女儿。

这是一个长得十分清秀漂亮、身姿娇娜、亭亭玉立的女孩儿，名叫泠月。约摸十四岁，留着利落别致的短发。在学校，她除了是学习成绩好的优等生，还爱看课外书，并且是文娱活动的骨干。但凡学校里有演出，她那个班表演的节目必定稳拿第一。在编排节目的过程中，泠月顾不上看她的课外书了，仿佛"天将降大任于斯人也"一般，忙个不住。她既当编剧，又任导演，还被同学们公选为主要演员。老师对此则是一百个放心，巴不得由冷月来挑这个头儿，拔这个尖儿。同学们都对她言听计从的，拥戴信赖着哩！等班上的节目在冷月的指挥下快排练好了，冷月便开始为大家表演时穿的服装未雨绸缪——筹划打算了。

上学放学，冷月总是骑着她那部女式自行车。那是她开始读初中时，她那大导演爸爸和名演员妈妈送给她的生日礼物！冷月打小儿就爱骑自行车，年复一年，对这种坐骑练得跟玩儿似的。常言说，熟能生巧，天生丽质的冷月骑自行车真格儿是与众不同的潇洒和好看。在街上的一路前行中，也不知吸引了多少人的眼球儿。当她骑车拐入柳树井儿这条胡同儿时，这条胡同街面上的邻居无论大人小孩全都会情不自禁地朝她看，对她行注目礼，欣赏她骑车时优雅动人的风姿和美丽清纯的容貌，就像欣赏一位公主。

真真放学回家做完作业，常跑到门口和胡同里的小伙伴一块儿玩耍。大伙儿三三两两地聚一块堆儿，或是聊着孩子间的童话，或是做着小孩们永不感觉疲倦的游戏。比如藏猫猫啦、拽包儿呀、跳猴皮筋儿什么的。胡同里除了大人上下班、中学生上下学的自行车，成天价也难见着一辆汽车。因为汽车在大街上跑，不走这儿。

冷月骑着她的自行车经过这里时，总是面带微笑地瞅一眼胡同里的小孩儿们，并用她那双传神的眼睛与真真意会一下，抿嘴笑笑，算是打招呼。她们不在一所学校，年级也不同，却都是优等生。

胡同里的小孩们见了冷月，都停止了正玩得高兴的游戏，一个个像被施了魔法，痴痴地盯着她看。冷月骑车的姿势实在是太潇洒漂亮了，尤其是她骑车转弯的动作，着实称得上迷人。直到她把车

冷月骑车经过这里时，总要用她那双传神的眼睛与真真意会一下，
抿嘴笑笑，算是打招呼。

寄华　学画

骑进了她家那个绿荫匝地的小院儿，真真和小伙伴儿们的目光才慢慢收回到原处。

真真后来长大了才知道，"青春偶像"这个词儿。

泠月回到家，娇声问奶奶："奶奶，您知道我的大骆驼爸爸哪天回来吗？"

奶奶说："我哪儿知道呀！"

泠月的爸爸个儿高，妈妈、哥哥和新娶的嫂子个儿也高，相比之下，身高一米六三的泠月，在家里还成了矮个儿。对此，泠月颇不理解。她对奶奶说："奶奶，咱们家的人怎么一个个都那么高啊！像大骆驼似的，只有我像您。"

奶奶说："你还得长呢！"

泠月说："我不想当大骆驼，我就喜欢现在这么高。"

从此，"大骆驼"便成了泠月对爸爸和家人的昵称。

此时，见泠月叹气，奶奶心疼了："什么事儿呀？看把你急的。"

泠月说："还不是学校演出服装的事儿。节目都快排练好了，上台穿的衣服还没有呢！不行，明天我得骑车到电影制片厂去一趟，把表演的衣服借到手。"

奶奶说："那哪儿成啊！电影制片厂那么远，我可不放心你去。"

泠月没出声儿，第二天，硬是一个人骑车悄悄去了趟电影制片厂，把表演的服装借了回来。制片厂里的一个小伙子还自告奋勇帮她驮衣服并护送她回家。

不用说，泠月他们班的节目在学校的演出中又一次盖帽儿夺

魁,获得了成功!

与冷月家对门儿,是一个长着两棵洋槐树和搭着数根木桩作葡萄架、养了一群蓝灰色鸽子的院落。院子里边儿,住了几家人。其中,有一家人,生了三个傻儿子。

街坊邻居们都管这三兄弟叫大傻子、二傻子、小傻子。

由于傻,说话又结巴得厉害,这仨傻小子❶都没到学校去念书。其实说他们傻,也不痴呆,充其量也就是个弱智。可街坊邻居们,谁都还没听说过弱智这个词儿,当时也还没有为弱智儿童开办的学校。傻小子的爹妈曾经带着他们的傻儿子去找学校的校长,请求学校收下他们的孩子,让他们和其他小朋友一块儿在学校念书。校长挺同情,便征求老师们的意见。不料,老师们个个儿表示为难。说恐怕上课时学生们哄笑不止,没法儿维持课堂纪律。再者,学习上不去也会拉全班成绩的后腿儿,教育局统考时,学校的成绩就会受影响……于是,校长只得回了此事,并答应向上级汇报这个情况。他歉然地目送着那一对无奈的家长和他们的傻孩子缓缓地走出校门。

仨傻小子好似都没有正式的名字一般,无论大人小孩都总是大傻子、二傻子、小傻子异口同声地叫他们。三个傻小子乐呵呵地答应你,一点儿也不生气,对这个称谓十分地习惯坦然。

三个傻小子也不知是由于父母近亲结婚受的害,还是家族中有点儿傻子的遗传基因作祟。但三个傻小子都生得虎头虎脑,粗粗壮壮的;面貌一点儿也不丑陋,一个个长得浓眉黑眼的。他们不聋不哑,从不打人骂人或招惹是非。虽然傻乎乎的,但傻得淳朴善良、天真无邪、十分的憨厚,所以从来没叫街坊邻居们讨厌过。

---

❶ 小子:男孩。

三个傻小子没事儿，就爱找其他小孩儿一块儿玩耍。他们最爱玩的游戏是来洋画儿。也就是将一种叫洋画的小画片重叠摞一块儿成一沓儿❶放在地上，用一只手在旁边使巧劲儿拍一下。翻过去的小画片儿便归你了，没翻过去的小画片儿则由另外那个小孩儿来拍。依次轮回。如果一下都翻过去了，就全归你。然后两人儿又拿出数张小画片儿，谁出的多，谁就先拍。

平时候，大傻子、二傻子、小傻子经常每人手里捏着一沓小画片、一溜儿蹲在柳树井那条胡同一侧的墙根儿下，耐心地等待着学校的小学生们放学。冬天，他们就蹲在向阳的墙根儿下；夏天，就蹲在阴凉的墙根儿下。等到学校的工友宋大伯手握着铜铃将放学的铃声当啷当啷摇响，小学生们背着书包涌出校门的那一刻，傻子兄弟仨便兴奋地从墙根儿下霍地站起来，眼巴巴地瞅着朝他们走过来的学生，像吆喝叫卖的小贩般一叠连声儿问道："来……来……来……来洋画儿吗？"因为兄弟仨都是结巴壳子。

小学生们听后，都相视而笑，并互相模拟学舌："来……来……来……来洋画儿吗？"而后，便一同哈哈哈地笑。三个傻小子便也跟着同学们一起笑，对他们的学舌，也感到亲近和快乐。

吆喝的结果，往往不会白费，常有三两个男生停下来，陪着傻子兄弟仨在墙根下玩儿上一会儿。因为这时节洋画儿很风行，几乎每个小孩儿手头儿都有一沓"洋画儿"。

说是洋画儿，其实一点儿也不洋，只因人们沿着习惯这样称呼这些东西而已。就像人们那会儿管火柴叫洋火，管肥皂叫洋皂，还有管自行车叫洋马儿的。

孩子们都知道，这种彩色小画片，是在卖油盐酱醋和米面等生

❶ 一沓儿：一叠。

活必需品的消费合作社和杂货铺里出售的，是专为孩子们设计、给孩子们玩儿的。

如果仔细瞅，你可以发现，这些画片是由印刷在很薄的白纸上的彩色绘画粘贴在马粪纸即卡纸上做成的，几十张小画片组成一大张。嗨呀，在小孩们眼里，那可是很壮观！一大张卖两三千元❶，即后来的两三毛钱。每张小画片，大约近两寸长，一寸多宽。画片的底子一般是浅黄色，上面用各种彩色描画着诸如《三国演义》《水浒传》《西游记》里的众多人物。每张小画片上绘画一位人物。每位人物的面貌、姿势、穿戴乃至手中握着的兵器都各不相同，千姿百态，栩栩如生。因此很让小孩们着迷，爱不释手。若是哪家的大人肯花钱买上一大张，孩子便会欢喜异常，欢呼雀跃，高兴得什么似的。拿着一大张画片回家，一路都能迎受街坊邻居的小孩们羡慕的眼光，让你感受到充分的得意！

将一大张洋画儿买回家，用剪子仔细地按画上的线条剪开，你就拥有几十张小画片了！

真真也有一些这样的小画片，没事时，她也爱一张张端详欣赏着玩儿，或者是照着上面的肖像学画小人儿。

真真也和大傻子、二傻子、小傻子玩儿过一次拍洋画儿的游戏。

那是一个星期天，真真闲着不知道该怎么玩儿。老师留的家庭作业头天下午她就趴在那张小方凳前完成了。真真对学习挺自觉，她不喜欢玩儿到星期天晚上才一边打瞌睡一边强打精神地赶作业。那是他们班有的男生爱犯的毛病，写的字歪歪扭扭，出错的地方也

---

❶ 当时钱币以一万元、一千元、一百元计，后实行人民币，就改为以元、角、分计算了。即一万元等于一元，一千元等于一角，一百元等于一分。

多，老师一看就知道是星期天晚上现❶赶的。

真真本想和晶晶一块儿玩儿来着，可晶晶他们班有什么课外小组活动，一大早儿就跑得没影儿了，真是跑得比兔子还快！真真便一个人出门来到胡同儿里。

别看柳树井和嘉祥里胡同儿不大，你若是呆在胡同里不动唤，仔细瞅的话，也能瞧见不少人啊物的哩！

每天都来胡同儿里吆喝转悠的，首先是拉着平板儿车卖菜的王爷爷。平板车上堆满各种时令蔬菜，用荆条筐装着，周围用木板围着。车下有两个大胶皮轱辘，车前是两根二尺多长、被王爷爷抓握得十分滑溜的木车把儿。王爷爷吆喝卖菜的声音很好听，跟唱歌儿似的。嗓门儿又大，全胡同的人都能听见。他能把当天所有的菜名儿连成串儿悠扬婉转地唱出来告诉你。只见他微微地仰起脸抬起下巴颏儿拉长声儿唱道：

"小葱、韭菜、西红柿嘞！有胡萝卜、有小油菜！有圆茄子，有芹菜！还有那个茴香菜嘞！大个儿的黄瓜哇！"

街坊邻居们听了他的召唤便纷纷走出门来买菜，都是熟人儿，见面儿笑眯眯的。只见王爷爷上身儿穿件白布坎肩儿，露出被汗濡湿的胖壮胸脯。下身儿是一条黑布做的老式扎了裤脚的抿裆裤，裤腰是接的一掐白布，上头拴根布腰带绳儿。脚穿一双旧白布袜，千层底儿布鞋。大家伙儿知道，王爷爷全身的披挂穿戴，那都是王奶奶的手艺，是王奶奶一针一线缝就的。见街坊们来了，王爷爷便将木板车放平喽停好，把秤从车上取下来，手执秤杆开始卖菜。

王爷爷吆喝卖菜时，胡同里的小小子便爱跟着学他，二重唱、三重唱似的；小闺女则在一旁抿着小嘴儿乐。王爷爷大多不理会，

---

❶ 现：才。

但有时，却像被人侵了权一般作反应。他把吆喝的唱词儿——也就是各种菜名儿，突然随口重新编排，改变了先后次序，吆喝的音调也有了跌宕起伏、长短间歇的变化。弄得小小子们措手不及、瞠目结舌、没法儿应对。王爷爷见状，便会乐呵呵地露出胜利者的微笑。

除了卖菜的王爷爷，拉平板车做买卖的还有卖瓷器的马大伯。人们爱叫他马大脚，因为他的脚特大。但马大脚不似王爷爷那般爱吆喝，因为马大脚是天津那边农村人，说话带浓重的天津卫口音。只要一吆喝，胡同里的小男孩们准得摇头晃脑地笑着学舌。再者，你要是不嫌累得慌、时常大声吆喝那也是白费劲儿。因为卖瓷器毕竟和卖菜不同，不能指望街坊邻里像买菜那样见天儿❶买你的瓷盘瓷碗哪！说实话，大家伙儿对马大脚的瓷器那是欣赏多于购买。那些景德镇的瓷碗、瓷盘、瓷壶、瓷勺、瓷茶杯……有的描了金边儿，有的描了银边儿，上头绘画了那么多五颜六色的花呀、鸟儿呀、虫啊、鱼啊的，还有不少古时候的美人儿和扎着抓鬏儿称为古代童子的小孩儿。真的是好漂亮！真真和妈妈就一起在马大脚的平板车前细细欣赏过一回。使真真惊奇的是：一整套又有盘子又有碗、又有汤盆勺子、又有茶壶茶杯的好大一堆瓷器，马大脚竟然能够用一根长麻线将它们像模像样、牢牢实实地全都捆绑到一块堆儿❷，用手提（音：低）勒着而不会散开来磕破。这使真真对马大脚另眼相看。

为了推销他的瓷器，马大脚拉着他的平板车每天转悠的方圆比卖菜的王爷爷宽多了、大多了。

除了卖菜卖瓷器的，还有一种拉着平板车来胡同儿里叫卖的，那就是夏天卖西瓜、香瓜、水萝卜，秋天卖鸭梨、沙果、黑枣儿，

---

❶ 见天儿：天天。

❷ 一块堆儿：一起，一块儿。

冬天吆喝卖山里红和哈拉蜜的大柿子的小贩蓝大伯蓝瘸子。

由于软乎了的柿子，皮儿容易破，娇气，卖柿子的小贩只得把它们依次平放在车上，不能摞高了。蓝大伯吆喝的声调有抑扬顿挫，长短声的音调中突出蜜字和柿字。

真真和晶晶都喜欢吃哈拉蜜的大柿子，但若是碰巧买着没沤熟的柿子，那可就惨啦！舌头涩得发麻，好一阵儿才缓过来。

街坊们说，蓝大伯早先也卖菜，后来才改卖水果的。这其中有个典故。听说是有一次蓝大伯卖菜时遇见个南方来的老太太。老太太四川口音，当着蓝大伯的面，瘸子瘸子地叫，其实老太太是要买茄子。蓝大伯听了却认为是老太太在奚落他腿瘸。蓝大伯是火爆脾气，被冒犯了尊严，就生气地和老太太吵起来。旁边的邻居知道是误会了，都在劝和着，蓝大伯却不依，余怒未息，仍然嘟嘟囔囔说个不休。说得那位老太太不耐烦了，道："我都没有开腔，你就少说两句嘛。"蓝大伯吓了一跳，拐着瘸腿连退两步，心想：怎的，这老太太还有枪？

闹了这次笑话后，蓝大伯觉得脸上无光，就不再卖菜，改卖水果儿啦。

说起来，只有卖冰糖葫芦的小贩最简单。用不着拉车，只需一个人扛着根儿前头扎了稻草的竹竿儿或树棍儿，将几十串糖葫芦插在稻草上面就可以走街串巷了。

卖彩纸做的小风车的小贩也是如法炮制。

每天来胡同的，还有一种胶皮轱辘车，那就是到每个院落的厕所、茅房掏大粪的拉粪车。

这是一种又苦又累还被一些人瞧不起的劳动。掏粪工人穿着补了又补、年复一年变得很厚实的粗布褂子，布的颜色已经变得模糊而混浊，裤子也如此。来掏粪时，他们一侧肩膀上挎背着一只大约

一米高、略有些敞口的木粪桶，一手拿长把儿铁粪勺儿，粪车则停在门口胡同里。粪车的车身完全是木制的，有点儿像只躺在平板车上密封的大桶，但顶上有个四方形矮烟囱般的敞口，以供掏粪工人将粪桶里舀来的粪从这个敞口倒入粪车内。然后盖上木盖儿，避免拉车时大粪从粪车中晃荡出来。街坊邻居们是既离不开掏粪工人，又不愿和他们多说话。因为他们走进院子里，粪桶粪勺儿就传出一股很浓的臭味儿，并迅速弥漫开。所以，街坊们见了他们，大多只点头招呼，说声："来啦！"便转身进屋了。小孩们也大多捏着鼻子跑着躲开。这也是大人教的，怕孩子把衣服弄脏。因此掏粪工一般都很自觉，来就掏粪，掏了粪就走，大多缄口不语，很少说话。

真真早先也和其他小孩一样，见了掏粪的叔叔伯伯就赶忙跑开。后来上了学，再后来，他们班上来了一位新同学，她的爸爸就是一位掏粪工人。个别同学说这个新同学身上有臭味儿，不愿挨着她坐，其实这个同学身上并没有臭味儿。班上的大哥哥张齐打抱不平，数落了那个同学，并叫新同学挨着他坐。班主任杨老师也在班上教育大家，要尊重劳动人民。打那会儿起，同学们见了掏粪的工人就都不再叫唤臭和捂鼻子了。有几次，真真站在小院儿的屋檐下，用童稚的眼睛默默地观察掏粪的叔叔，见他们生得五官端正，长得和其他人没啥两样儿。只是在沉默寡言中，他们的眉宇间好似隐匿着一种忧郁和凄凉。

真真为她的发现感到心里沉甸甸的，小姑娘陷入了她独有的思索。

真真想：人们的大小便怎么这么臭啊？要是大家的大小便没这么臭就好了。掏粪的叔叔伯伯就能和大伙儿随便说话，不必憋闷自己的心灵和成天地闻臭味儿了。

吃饭的时候，真真问妈妈："咱们吃的饭菜是香的，怎么吃进肚子里，会变成那么臭的屎巴巴呀？"

妈妈说："大概是经过肠胃的消化变臭的吧！"

晶晶在一旁叫道："别人在吃饭，你怎么说起臭屎巴巴来了呀？"

真真突然动情地说："我觉得掏粪的叔叔伯伯成天闻着臭味儿干活儿实在太辛苦啦！他们的工作又脏又累，还被有的人瞧不起。我在想，要是……要是咱们大家拉的屎巴巴没这么臭就好了。"

翠翠听了讽刺地说："那你长大了就当一名专门研究让人拉的屎巴巴不臭的科学家啊！"

翠翠最近说话爱讽刺人，因为她从书上看到苏联著名作家高尔基说的一句话——嘲笑，有时候就是治疗。

晶晶也笑着说："或者当一名专门研究让人只吃饭不拉屎巴巴的科学家！"

姐妹仨笑成一团，把嘴里的饭粒儿都喷了出来。

……

此时，真真一个人走在胡同儿里，倒真是瞅见一位掏粪的伯伯拉着木制的粪车从远处走来了。

待走近了，真真发现，拉粪车的正是他们班的同学刘玉凤的爸爸。因为刘玉凤眉眼长得很像她的爸爸，性格淳朴而腼腆。

真真站在那里，朝刘玉凤的爸爸恭恭敬敬地叫了一声刘伯伯。

刘玉凤的爸爸愣了一下，当他弄明白确实是面前这个小女孩在叫他时，脸上的表情立即生动起来，显得很高兴，嘴角牵动出笑意，眼神也变得很温和。

"你是？"

真真站在那里，朝刘玉凤的爸爸恭敬地叫了一声刘伯伯。

寄华 学画

"我叫真真，肖真真，刘玉凤和我是一个班的同学。"

"哦，原来是这样，我不知道她有这么好的同学。"

"我们班有很多好同学，我们都喜欢和刘玉凤一块儿玩儿。"

"那……真好。"

"刘玉凤踢毽子、跳绳儿可棒啦！老师说要推荐她代表全班参加学校的表演比赛呢！"真真继续热情地说。

"是吗？她踢毽儿还是我早先教她的呢！"刘玉凤的爸爸眉眼舒展，笑得很开心。

瞅着刘伯伯轻快地拉着粪车走过的身影，真真忽然感觉很快乐。这是她第一次同掏粪的叔叔伯伯说了这么多的话。

就是在这种高兴的心情下，她鬼使神差地和大傻子、二傻子，小傻子一块儿玩了一回拍洋画儿。

当时，三个傻小子正在柳树井的墙根儿下百无聊赖地蹲着，各人手里握着一沓玩旧了的灰扑扑的画片，真真从嘉祥里这边转过身瞅见他们，便忍不住抿嘴儿笑了起来。

兄弟仨都一齐站起来，高兴地朝真真咧着嘴笑，并齐声对她发出邀请："来……来……来……来洋画儿吗？"看来，他们太寂寞，也顾不上真真是一个女孩儿了。

望着他们满怀希冀的眼神，真真忽然决定陪他们玩儿一次拍洋画儿。

在这之前，真真从来没和谁玩过拍洋画儿，更别说是同三个傻小子在胡同边的墙根儿下玩这种游戏了。

真真转身回家去，把她那几十张保存得很好的小画片拿出来。

三个傻小子见到真真手里那一摞挺括簇新的洋画儿，真是大喜

过望。

大傻子兴致勃勃道："我……我……我……先和你来。"然后和真真各人悄悄取出几张小画片握在手里，并一同将手摊开，真真出的是5张，他是4张。

大傻子说："好……好……好……你……先拍。"

说完，他便用两只黑黢黢的手把真真和他出的洋画儿极熟练地撂成一叠放在地上。

真真吸了一口气，然后学着那些男孩儿平时玩洋画儿的动作，用右手在洋画儿旁边用力拍了一下。拍了一手土，手心儿还有些疼，却只翻过去两张。

大傻子咧嘴一笑，喜滋滋地说："瞧……瞧……瞧……瞧我的！"说罢，伸出一只小蒲扇般黑黢黢的大手，在洋画儿旁啪地一拍，那撂洋画儿全乖乖地翻了身。

"再……再……再出。"

于是，真真和大傻子又出了两次，大傻子出的洋画比真真多，他只需用那只小蒲扇似的黑黢黢的手熟练地一拍，便把真真的洋画赢去了。

在一旁观看的二傻子和小傻子，便也急切地要求和真真玩儿。

大傻子呵呵地笑，很得意的样子，他轻而易举赢了真真十几张崭新的洋画儿，颇为心满意足。

真真便又同二傻子玩儿了几次，又输了十几张洋画，二傻子也高兴得什么似的。

剩下的十来张洋画，输给了小傻子。

看来，他们兄弟仨拍洋画儿的技艺，都已达到炉火纯青的境界了！

看着兄弟仁开心得意的笑脸，真真想：这一天，说不定是三个傻小子最快乐的一天。

真真瞅瞅自己沾满尘土、还有些生疼的右手，皱了皱眉头，赶紧回家洗手去了。

其实，在真真心里，对于把洋画儿输给了傻子兄弟，并没什么舍不得。对于他们没能到学校念上书，真真心里一直觉得他们怪可怜的。虽然真真还小，还不会说他们精神生活贫瘠之类的话，但在她幼小的心灵中，已能感悟到这层意思。因此，真真对他们有一种同情和怜悯。长大些之后，真真才知道，这就是体现人类之爱的恻隐之心。

打那儿以后，真真便没有再玩儿过洋画，她觉得自己已经长大了。

不久，真真发现，大傻子也好像长大了，因为他也不再玩洋画儿，而是默默地坐在墙根儿下，专心地用黄色的黏土捏一些小鸡、小鸭、小猫、小狗……

那时候，北京正在开展新中国的建设，许多工地挖出了好多金子般上好纯净的黄色黏土。

二傻子和小傻子对洋画儿的迷恋依然如故，依旧如火如荼。

只是，这个游戏缺少了大傻子的参与，那"来……来……来……来洋画儿吗"的吆喝声就没有了往日的气势，冲淡了其中的幽默、滑稽及调侃的韵味，不再那么引人发笑了。

"大傻子不玩洋画儿了呢！"真真把这一发现告诉晶晶。

"是吗？"晶晶也觉得不解。

后来，真真便尝试着问大傻子："你的洋画儿呢？"

"不……不……不……玩了，给……给……给……我弟弟了。"

大傻子回答真真以后，继续捏他的小动物。

真真和晶晶注意到，大傻子不再那么爱笑了，他的眉宇间，好似多出了一种以往所没有的沉思，即便是智商不如常人的傻子。

真真想，大傻子确实已经长大了，他似乎有了心事。从他的身量个头儿看，他大约已经十五岁，确实不算小了。

后来，真真又在无意中发现，大傻子每次见到泠月时，都表现出局促不安的神情，莫名其妙的脸红。浓眉下那两只漆黑的眼睛痴痴地凝视着泠月的背影，一个人发呆。

又过了些时日，大傻子用黄泥捏的小猫小狗已经像模像样了，他还捏了牛、马、猪，还有兔儿……

他把捏好的小动物摆地上，谁要他就给谁。

一天，泠月骑着自行车放学回家时，见到了大傻子摆放在地上像列队似的一长溜儿黄泥捏的小动物，她便破例地跳下车来看。

她下车的动作姿势也比别人好看，那么优雅灵活。

大傻子见到泠月，又莫名其妙的脸红了。浓眉下的那两只漆黑的眼睛紧紧地盯着泠月，注视着她的表情变化。

"我说傻兄弟，这些都是你捏的？"泠月用手指了指大傻子的泥塑，她一举手、一投足都与别人不同，动作很自然，却特别潇洒好看。

大傻子憨厚地红着脸点了点头。

"可以让我玩玩儿吗？"泠月很平等、很客气地问，就像对智商正常的男孩儿一样，对大傻子表现出平等和尊重。

大傻子仍然憨厚地红着脸点头。

泠月斜侧着身子半蹲着，用她那双白净纤柔的手把大傻子用黄泥捏的小动物逐一浏览把玩了一遍。

冷月半蹲在那里的姿势也像舞蹈动作那么好看，端庄而优雅。

"我说傻兄弟，"冷月由衷地赞美道，"你捏的这些小动物还真是怪像的！我觉得你挺有灵气儿的，不像是傻子。"

大傻子显然听懂领悟了冷月的话意，他陶醉了！非比寻常的兴奋和激动使他产生了一种前所未有的爆发力，竟突然红着脸莽声莽气地冒出一句丝毫不结巴的话来——

"全给你！"

说完，他便麻利地将那些泥塑拾掇到一块堆儿，迅速地送到对面儿冷月家住的小院儿，在北屋外的窗台儿上摆放停当，然后就赶紧退了出来。

冷月起初感到意外，随后便很洒脱地领受了大傻子的这番美意。

摆放陈列在北屋窗台儿上的那一溜儿小动物，给冷月家温馨宁静的小院儿增添了一道既新颖又古朴的风景。

冷月每天上学放学，都会瞅见那一溜儿小动物。

每次见到这行泥塑，她都会抿嘴笑一下，她挺喜欢这些小动物。

倒是冷月的奶奶有些个心神不宁，放心不下，她悄悄地对自己的孙女儿说："我看你呀，得小心着点儿，对门儿那个傻小子好像是爱恋上你了！"

"奶奶，您别这么神经过敏好不好？"冷月娇嗔道。

"好好，奶奶不神经过敏。"奶奶慈和地说，"奶奶的意思是说，傻人的脑子跟咱正常人不一样，奶奶是怕他对你万一有什么粗鲁的举动。你爸爸妈妈长年累月忙着拍电影，仨月五月地也不着家，你打小儿就是由奶奶带着，这万一要是出点儿什么事儿，我怎么向你爸爸妈妈交待呀！"

"奶奶，您是担心傻小子欺负我？"泠月听了，啼笑皆非，"放心吧，奶奶！就是满世界的男人欺负我，那个傻小子也不会欺负我。您难道就看不出他有多忠厚吗？"

奶奶说："这傻小子劲儿可大了，那天帮我抬煤球儿，比煤铺摇煤球的梁子劲儿还大呢！这个愣小子要是哪天犯起傻来，奶奶怕你吃亏。"

泠月反驳道："奶奶，不会的！"

奶奶无可奈何地摇摇头，泠月却坚信自己的判断。

奶奶说："我知道大傻子为什么不玩洋画儿了，是你说了他，他才不玩儿洋画了的。"

泠月笑着问："您怎么知道的？"

"我怎么不知道？！"奶奶说，"那天你骑着自行车回来，我正在院儿里，什么都听见了！"

泠月回忆起：那是俩月前，一天放学回家，正碰见傻子兄弟仨和俩男孩儿在柳树井的墙根儿下埋着头、全身心投入地在玩洋画儿。大呼小叫不说，还把地上的尘土拍得沸沸扬扬的。泠月见状，忽然忍不住。于是就停下车，一只脚蹬地，沉着脸朝大傻子奚落道："大傻子，瞧瞧你这副德性！你也老大不小的了，也不寻思着学点儿什么本领，难道就这么浑浑噩噩地玩一辈子洋画儿？"

大傻子听后，一下就愣住了。起初脸通红，继而又发白，把攥在手里的一厚沓洋画全扔在了地上。

二傻子和小傻子连忙在旁边叫："哥……你……你……你……你的洋……洋……洋……画掉……掉……掉了！"

大傻子说："我不……不……不要了。"于是把洋画分给了两个弟弟。

见到自己心中女神般的女孩儿泠月皱着眉头批评他，对大傻子无疑起到了震聋发聩的作用。

二傻子和小傻子对哥哥的异常举动虽然不理解，但还是很高兴地接受了哥哥的馈赠。

泠月对奶奶说："我总觉得大傻子并不傻，我一说他，他马上改了。"

奶奶说："你还不知道，你说了他之后，他闷头寻思了一整天，后来就硬拽着他妈陪他到派出所去了一趟哩。"

"干嘛?"

"听傻子他妈说，到了派出所，大傻子便很急切地要求派出所的干事给他介绍工作，或是给他找个能学本领的地方。尽管说得结结巴巴的，派出所的干事还是听懂了。"

泠月满怀希望地问："派出所答应给他介绍工作了吗?"

奶奶答："听傻子他妈说，派出所的干事问大傻子多大了? 他妈说十五了，他也说，十……十……十……十五了! 干事说，还小了点儿。又问他认识字不? 大傻子红了脸，老实地摇摇头。他妈在一旁辩解道，学校没收我的傻儿子，说不好教，怕出洋相，不好维持课堂纪律，我的三个傻儿子都没能进学校念上书。说着，便流下泪来……

"大傻子听了他妈的述说，对没能上学念书，也表现出有些黯然神伤的样子。后来见他妈妈哭，心疼得什么似的，看得出他人虽傻，却是个孝顺孩子。

"他仍然对派出所的干事再三要求：我……我……我……能干活! 我……我……我……能干活! 他妈也忙着在旁边补充：我这傻儿子，特爱劳动! 劲儿也大! 真的是干活的料! 不信，你们可以问

问街坊们，哪家挑啊抬的重活儿不是使唤我这傻儿子去帮忙干的呀！他人虽有点傻，但心实诚着哪！从不招谁惹谁……

"派出所的干事对大傻子虽然挺同情，但觉着他年龄偏小，况且没文化，说话又结巴，介绍工作恐难胜任，一时难介绍工作给他。便叫他先回家候着，有了合适的工作再通知他。

"大傻子十分着急地问：那……那……那……我……我……我……现在……干嘛呀？

"你仍然可以帮你妈和街坊邻居们干活儿，最好能学一点儿文化，我们帮忙想想办法，看能不能给你找个愿意尽义务的老师教教你。

"大傻子连连点头。

"干事问傻子他妈：你儿子平时除了干活，还会什么？

"傻子他妈先想说，会玩洋画儿，但没说出来。她忽然想起儿子近来爱用黄泥捏一些小猫儿小狗儿，便说：他会用黄泥捏些个小猫儿小狗儿。

"干事含笑对大傻子半认真半哄地说：你没事儿照旧可以捏小猫儿小狗儿，等捏得好了，我们介绍你到工艺美术社去做个学徒吧！

"就这样，母子俩从派出所回来啦。"

听了奶奶上述的话，泠月忙问："派出所给大傻子找着老师了吗？"

奶奶说："找是找了一个老师来着，但教了大傻子几次，这位老师不巧调到宣武门那边的学校去了，路太远，就没来了。"

泠月失望地叹口气。

一天，真真放学回家，路过傻子家门口时，见大傻子蹲在墙根下，手里握着一根小树枝儿，在地上专心地学写字。

前些日子，泠月家隔壁的那个院子里死了一个七十多岁的老太太，那副装殓死者的黑漆棺材就停放在敞开的门洞里。那家人讲究迷信，请了寺庙的好几个身穿金黄色袈裟的和尚在门洞和院里念经，还烧香点蜡磕头什么的。真真和同学们上学放学经过那儿时，对这种神秘朦胧的迷信氛围感觉很异样。快出殡那天，那家人又在门口摆放了一辆纸糊的大车，一头拉车的纸糊的毛驴，大车上盘腿儿坐着一个全身黑衣黑裤的纸糊的老太太。大车旁，站着一个手执鞭子的纸糊的赶车人，说是护送老太太去西天的。更奇特的是，老太太身后，还有一座纸糊的青砖大瓦房，房里堆满了用金纸和银纸做的金元宝和银元宝，说是老太太到了另一个世界也不会缺钱用。而这些用熟秸秆做骨架扎糊成的纸人纸马，竟然与真人一般大小，而且形态逼真，用彩笔画得像极了。真真和许多同学都没见过这样的场面，不觉有些害怕。班上的男生趁机恶作剧，走过那里时，便故意"鬼来啦！""鬼来啦！"地瞎叫唤，弄得几位胆小的女生连那条街都不敢走了，绕个大圈儿上下学。那阵子恰巧米大妈和水阿莲大婶儿也特别爱讲鬼故事，真真、晶晶又爱听又被吓得不轻。以至街坊老太太出殡好几天了，她们才敢重新走这条路。

如今，真真猛然发现大傻子在学写字，自然觉得很惊奇，便上前问道："大傻子，你会写字儿啦？"

大傻子点点头，又马上补充道："只会写……写……写……几个字。"

真真说："你写给我看，写对没写对。"

大傻子便用那截小树枝儿在地上写了：一，開學，開學了。二，上學，我们上學。

真真认出这是小学一年级语文的第一课和第二课的标题和内

容，因为真真见到过一年级小弟弟小妹妹们的语文书。

那时节，还没使用简化字呐！"開學（开学）"这俩字哪个都不好写，笔划都挺多的。大傻子竟然都写对了，每个字都很完整，而且笔顺清楚，不缺胳膊不少腿儿。

看来大傻子不傻，而且很用功。

真真想起有一次看书，见到里边有"士别三日，便当刮目相看。"的词句，真真不解。眼睛怎么能刮呢？于是真真问老师，老师给真真讲解了一遍，真真便懂得了这句成语的意思。现在，真真对大傻子也有点儿刮目相看了。

大傻子说："真……真，你教……教……教……我……一……个字。"

真真问："什么字？"

大傻子说："没……没……没字，没……有。"

真真说："行，我教你俩字儿吧！'没'和'有'。这俩字儿可以一块儿用，'没'和'没有'都表示'没'。要是分开用呢，'没'字和'有'字就是相反的意思了！"

真真边说，边拿出铅笔把"没"和"有"两个字分别写在大傻子的左右两只手掌心里。

"记住了吗？你端碗吃饭的这只手叫左手，写的是'有'，拿筷子的这只手叫右手，写的是'没'。"

见大傻子点点头，真真才斜背着书包回家去了。

第二天，泠月放学，同样看见大傻子蹲在墙根儿下用小树枝儿学写字。

泠月轻盈地跨下车，含笑向大傻子问："写什么呢？让我瞧瞧。"

大傻子绯红了脸，在冷月的注视下很流畅地写下了头天真真看到的小学一年级那两课语文。所不同的是，大傻子这回写成了——

一，開學，開學了。二，上學，我没上學。

他把第二课的课文："我们上學"，改写成了："我没上學"。

冷月有点儿惊讶地看着大傻子写得端端正正的字，忽然，大傻子泪流满面。

这真是柳树井儿的特大新闻！长到十五岁、从来只会憨笑的大傻子，竟潸然落泪了！

常言说，男儿有泪不轻弹，只因未到伤心处。这个在人们眼里近乎痴呆的傻小子，为何这样悲伤？

"老师……工作……调……调……调……走了，不……不……不……来……教我了！"大傻子抽泣地说。

冷月这位如花似玉的美妙少女，表面看来像是位骄傲的公主，实际上心地却非常善良。对这个打小儿一块儿在胡同儿里长大、往日里，她几乎不屑一顾的傻小子，冷月忽然动了恻隐之心。她犹豫片刻，竟毫不顾忌，豪爽地对大傻子开言道："瞧瞧你这副德性，书上说，男子汉大丈夫，流血不流泪！老师不来了，我教你认字儿不就得了！"

冷月的话在大傻子听来真是字字千钧，掷地有声，他立即抹去了眼泪。

"过会儿你就到我家来吧，今天我给你上第一课。"

冷月说完，轻盈地跨上车，一扭身骑进了她家的小院。

过了一会儿，大傻子果真到冷月家来了。虽然他显得很腼腆，

站在门口不敢进屋，但还是来了。

大傻子还拿来一支铅笔，两个作业本，以及小学一年级的算术书和语文书，这是先前那位义务指导他的老师给他买的。

泠月把他叫进屋，又叫他在桌边坐下。

"大傻子，你到底叫什么名字呀？"泠月问。

大傻子把作业本隔着桌子递过来，泠月看见作业本上端正地写着"雷万钧"三个字。

泠月心中忍不住暗笑：哟，还雷万钧呢！你爸你妈真够阴差阳错的，连一句整话儿都说不利落的结巴颏子，偏偏起了个这么响亮的名字。

泠月想是这么想，但脸面上并没有表现出来，而是问："你认识这仨字儿吗？"

大傻子红着脸点点头，因为先前那位老师已经教会他念自己的名字和写名字。

"那你把你的名字念给我听听。咱们先说好，你得念顺溜，不许结巴。你若是连自己的名字都念不顺溜，我就不教你了！我是个急性子，可不想给一个结巴颏子当教书先生。"泠月故意刁难大傻子，想用激将法把他说话结巴的毛病扭过来。

大傻子听后，显得很紧张，因为他太想跟泠月学认字儿了！只见他呼吸急促，脸憋成紫茄子，试着张了好几回嘴，都没敢发出声音来。

泠月一字一顿启发他："你说——雷——万——钧——"

大傻子憋住气，艰难地像喊一般跟着念道："雷——万——钧——"声音像炸雷。

泠月抿嘴笑了，大傻子也如释重负地笑了。

冷月说："你这么大声吼什么呀？真想打雷呀！我又不聋，你得小声点儿。再来一遍，雷——万——钧——"

大傻子再次憋住气，费力地跟着念："雷——万——钧——"声音比刚才略小些。

"好，你再连着多念几遍，雷——万——钧——，雷——万——钧——，雷——万——钧——"

大傻子连着念了十几遍，越念吐字越清楚，都没有结巴。

冷月说："看，我说你不傻吧！只要每天坚持练，过不了多久，你就准能完全不结巴了！"

大傻子高兴得一劲儿憨笑。

冷月又说："现在，你得多说俩字儿，要比刚才难，但也不许结巴，得说得顺顺溜溜的。"说着，便依前一字一顿教他："我——叫——雷——万——钧——"

大傻子又像喝醉酒似的涨红了脸，嘴唇翕动着，不出声地练习。试着张了好几次嘴，也没敢发声。

冷月耐心地一遍遍启发他：

"我——叫——雷——万——钧——"

"我——叫——雷——万——钧——"

"……"

"……"

大傻子默默跟着冷月不出声地念了好多遍，忽然间，他又像晴空里响炸雷似的大声吼出来：

"我——叫——雷——万——钧——"

冷月扑哧笑了，也不管大傻子的晴空霹雳震耳朵了，只挥手吩咐他："再多念几遍！再多念几遍！"

大傻子重复吼着念了二十来遍，泠月才叫他住口。

"好了！你今天嚷得整个柳树井儿的街坊四邻都记住你叫雷万钧了。"泠月忍俊不禁地说，"今儿我只能再教你一句话了，不然我的耳朵非得被你震聋了不可。现在你说：我——不——是——傻——子——记住！不许结巴，也得说得顺顺溜溜的。"

大傻子憋住气，跟泠月学了一阵，这句话也能说顺溜了。

泠月把"我叫雷万钧，我不是傻子"这十个字端端正正写在大傻子的作业本上，又一字一字教大傻子读了几遍。

"你回家把这十个字连着读五十遍，不许结巴！然后每个字都多写写，得完全记住，背着写得下来。现在我再把字的笔顺教给你，记住，不管写什么字，都得按着笔顺写……"

大傻子一个劲儿点头。

待大傻子回家去以后，泠月哎哟一声趴在桌子上。

奶奶忙走进来关切地问："怎么啦？怎么啦？"

泠月沉浸在成功的喜悦里，只是觉得有些累。

"你要把这个傻小子天天叫到咱家来教认字儿？"奶奶忧心忡忡地问。

"奶奶！"泠月撒娇般地说服奶奶，"我是觉着大傻子没能上学挺遗憾的。您也瞧见了，我教他认字儿，效果特好。您不是打我自小就教导我要富有同情心，当好人，做好事儿吗？怎么真要做好事儿，您就怕这怕那的了？您要是不放心，在我教他时，您就在旁边儿坐着、候着不就得了。"

"我说不过你，"奶奶的心已软了，却仍有顾虑："要是你爸你妈在家，我也不用操这么多心了！"

说曹操，曹操就到，世间有些事儿，确实富有戏剧性，奶奶和泠月祖孙俩正有一茬没一茬地说着话，门外汽车喇叭响，泠月的爸爸，那位个子高大魁梧的、著名的电影导演，坐着电影制片厂的吉普车风尘仆仆地从外地拍片回来了。

泠月高兴地冲进院子里，一下扑到她那大骆驼爸爸的怀里。

"让爸爸瞧瞧！哈！我闺女越长越灵秀了！"大骆驼爸爸啧啧称赞，"怎么样？想上镜头拍电影吗？"爸爸逗女儿道，真是三句话不离本行。

"我的理想是当一名像白求恩那样特高明的大夫，专门救死扶伤，而不是当电影演员。"泠月很天真地说。她最近看了一本描写白求恩的书，书名叫《外科解剖刀——就是剑》，对白求恩大夫很崇拜。

"真可惜！"大导演假装叹口气，继而又问："哎，上次回来，你不是跟爸爸说你要当舞蹈演员吗？"

"此一时彼一时嘛！"泠月顽皮地回答。

"这孩子真逗！"大导演的目光，忽然落到了窗台上那一行泥捏的小动物身上。

"咦！这是些什么玩意儿？"说着走上前去，将那些小猫儿小狗儿仔细浏览了一遍。

"这是谁用泥捏的呀？一准是哪个小伙子想以此来赢得我女儿的芳心吧？"

泠月和奶奶都笑了。

"你们笑什么？闺女，你说，爸爸是不是神机妙算，一猜一个准？"

"先别说什么准不准的，爸！您说，这些小动物捏得怎么样？像

不像?"

"嗯，比例得当，造型逼真，形态各异，栩栩如生！"大导演带着夸张地说，"现在，该告诉我是哪个小伙子捏的了吧?"大导演顿了一下，又沉思道："哦，对了，我们那儿正缺少一个做道具的人，这个小伙子可以担当此任，调我们那儿去怎么样?"

爸爸的话对泠月无疑是个意外的惊喜。

奶奶很平淡地对儿子说："其实，就是对面院儿里那个傻小子捏的。"

"傻小子这么心灵手巧，有艺术天赋?"大导演表示怀疑。

"爸，其实大傻子他并不怎么傻，只是说话结巴。大伙儿和学校全都以为他是傻子，没收他。十几岁了都没上学念书，不认识字儿呢！"

"那真是给耽误了！……不过，只要从现在起抓紧学习，也还来得及。"

"爸，您说得真对。我正在想每天花点儿时间教这个傻小子识字儿呢！也耽误不了我自个儿的功课。可奶奶说，怕这傻小子犯浑犯傻。其实，这傻小子特实诚，所以我才愿意教他。"

大导演爽朗地说："那好，爸相信你！你想做好事，就教他识字儿吧！只是别耽误了自个儿的学习。"

泠月说："保证耽误不了！"

接着，她又问起爸爸在外地拍片的情况，大导演很有感触地说："这一次拍片，我们去了广西、贵州和云南，都是些神奇的地方哪！有好多迷人的风景，咱们伟大的祖国辽阔广大，山河壮丽！锦绣多姿！景色真是太美了！那里有很多少数民族和他们的村寨。尽管他们目前还比较贫穷，但那些翠竹搭建的吊脚楼掩映在碧绿的芭蕉、香蕉树丛里，还有一树树鲜艳夺目、美不胜收的山茶花、杜鹃花……都让人难以忘怀。在广西，还有好多喀斯特地形地貌的石灰岩溶洞，神秘而深邃，根本不知道它们在黑暗中曲曲弯弯地通向哪里。听当地人说，其中个别的山洞甚至可以从广西曲里拐弯地通到湖南、湖北省去呢……"

冷月听得入迷了，口中啧啧称奇不已，充满向往的样子。

"怎么，改变主意啦？想跟我一块儿去拍电影了吧？"大骆驼爸爸幽默地笑着逗她。

"有点儿，"冷月羡慕地说，"爸，您的工作太美好，太浪漫了！"

父女俩正亲亲热热地说着话，突然，从对面院落里传来雷霆般的呐喊——

"我——叫——雷——万——钧——！我——不——是——傻——子——！"连续十几遍。

冷月笑得捂着肚子弯下了腰。

"这就是你的那位学生?！"大骆驼爸爸揶揄地笑着问。

过了不久，小学校知道了大傻子学习的事儿，校长和老师们都感到愧疚，便把傻子兄弟仨都收入了学校，读一年级。大傻子特别用功，学习非常努力刻苦，学习成绩也能跟上全班的步伐。放学以后，偶尔有不懂的难题，他也会腼腆地去冷月家请教冷月。但二傻子和小傻子，进步却不明显，仿佛是真正的傻子。

梦中的卧佛寺小学

（一）

我们是一支小队伍，

不怕前面有高山，

不怕前面有大江，

我们勇敢地向前进……

这是三年级二班的同学们，尤其男同学最喜爱唱的一支歌。

这首歌，是教音乐的刘老师教给大伙儿唱的。

在学校举行的联欢会上，三年级二班表演的节目，就是全体同学排成整齐的队列在操场上一边向前行，一边演唱这支歌。

那些男同学，甚至想把爬山涉水、跳跃障碍和匍匐前进的动作都加到表演中去才过瘾。而女同学，则一齐表示反对，说那样表演会把衣服弄脏。

上一、二年级时，大家是在本校上课。本校就在卧佛寺那座庙宇的旁边，所以得了卧佛寺小学这么个名儿。老辈人说，卧佛寺这条街，早先在大清朝的时候，是正红旗汉军都统衙门的所在地。进校门是一个操场，操场正前方是一根笔直的旗杆。每天的升旗仪式和早操，还有各班的体育课都在操场上进行。旗杆两旁，各有一棵高大挺拔、枝繁叶茂的杨树。杨树的粗壮枝节上，绑着一根孩子们小手儿一握多粗的竹子的爬竿，一根孩子们小手儿一握多粗的爬绳。

可别小瞧这一根爬竿和这一根爬绳，它们给真真和同学们带来

无论男同学或女同学，都锻炼得像身手敏捷的猴子。

喻正元 插图

过好多童年的欢乐！

本校由前后两部分组成，前面是操场，后面的院落要小一些，也有两棵树，还种植了花草，前后都有教室。

真真他们班的教室，就在绑着爬绳和爬竿儿的那棵大杨树的后面。爬绳和爬竿儿，几乎成了他们那个班课间活动的最爱。那根竹竿儿，也被孩子们攀爬出溜得油光水滑、呈金黄色。无论男同学或女同学，都锻炼得像身手敏捷的猴子。

虽然学校的一旁就是盖着琉璃瓦的卧佛寺，但真真除了每天上学和放学，一次也没有走进过那座充满神秘、气宇森森的庙宇。在她的头脑里，早先并没有一点儿有关庙宇的概念。她只听妈妈说起过观世音菩萨，妈妈说观世音菩萨是一位大慈大悲、救苦救难的菩萨；这使真真童年的心中对观音菩萨怀着好感。后来，真真看《孙悟空大闹天宫》的小人儿书和动画片儿，又听了些《西游记》里头的故事，才知道了如来佛祖释迦牟尼和玉皇大帝、王母娘娘，还有什么太白金星、太上老君、托塔李天王、哪咤三太子、赤脚大仙、二郎神以及众多的天兵天将和七仙女等许多菩萨和神仙的名号；于是，脑子里对于神啊佛的开始有了海阔天空、色彩纷呈的想象，不过仍然弄不清佛与菩萨乃至神仙之间的分别。

一个星期天，翠翠出于好奇，叫真真陪她到卧佛寺里去瞧一瞧，逛一逛；于是，真真陪姐姐走进了对她来说充满神秘的卧佛寺。显然那时候，大多数的人已经不再信佛。因为真真和姐姐进入寺庙后，看见那里边儿冷冷清清的，只有很少的香火在香炉里孤寂地明灭，完全没有那种香烟缭绕的氛围，也没看见什么僧人。听说新中国成立后，好多僧人不想再当和尚，都还俗了；参加了各人能胜任的工作，还结婚成了家。尽管如此，小姐妹俩在那座庙宇里，

仍感受到了一种别样的空灵静寂。

印象最深的，是寺庙里那座气宇庄严的大殿。在真真她们眼中，那座大殿非常宽广。一般的大殿，都是横在人们面前的长方形；而卧佛寺的这座大殿，却是陈列在人们面前的极为宽阔的正方形。尤其是大殿正前方的那尊体形巨大的卧佛，和大殿两旁罗列的众位天神塑像，无论他们姿态的静与动，都无声地向真真、翠翠展示出他们的肃穆和庄严。那尊巨大的卧佛，神态极其安详地闭合着双眼，侧身宁静地卧于大殿正前方的睡榻上，面对着大殿。他的身长，几乎快要相当于大殿的宽度。他的身旁，肃立着几尊比他体型小许多的佛。

姐妹俩转过身，边徐徐地走、边抬头浏览大殿两旁的众神像。

这些神像，皆肃立在大殿两侧长长的木漆围栏内。每一尊神像，连底座都有两米多高，表情冷峻含威，由上向下俯视芸芸众生。他们姿态、服饰各异，面部表情也栩栩如生。这座气宇庄严、空旷寂寥的卧佛寺大殿，从此留在了她们童年的记忆里。长大些以后，她们才知道，卧佛，就是涅槃了的佛，而涅槃，是死去的意思。可见佛也有生死。佛祖死去，众神哀悼，自然肃穆庄严。

真真和翠翠在大殿内细细观览完毕，心中不由生出对于塑造那尊卧佛和众神像的能工巧匠们的钦佩！对这些第一次谋面的不认识的"神灵"，她们的内心，也产生了一种莫名的感动。

那时，她们不懂得，她们是在不经意间受到了佛家文化的熏陶！因而被佛家文化艺术上的魅力所打动！

这是真真第一次，也是唯一的一次步入卧佛寺。

（二）

升入三年级后，本校的教室不够用了，学校就把三年级一班和二班划分到卧佛寺小学的分校去上课。

分校距离本校不远，就在柳树井丁字形街口的结合部，是一座小庙。准确地说，是一座庵，即以前女子出家修行的地方。

新中国成立后，原先在庵里的尼姑怀着对新生活的渴望，绝大多数还了俗；只有一位老尼，已经没有在世的亲人，仍旧穿着出家人暗黄色的僧衣在庵里出入。

人民政府把这座小庙改建为学校后，特意将庵里靠左边的一个院落划分给老尼住。老尼不甘落后，也自食其力，以卖劈柴为生。她的劈柴又干又好烧，很受街坊四邻的称道。

庙里原先供奉的菩萨塑像，转移到后院的屋子里封存起来。

真真和同学们都没想到会到这座小庙里来上学，大家都感到很高兴！有一种既兴奋又新奇的感觉。

第一个与本校不同的地方，是上学和放学都要迈庙宇的那道高门槛儿。以往哪位同学穿了新鞋，大伙儿就爱一齐起哄逗他或她："穿新鞋，高抬脚！"以表示祝贺，让穿新鞋的同学享受到充分的得意！而现在，不论哪个同学，每天都要高抬好几次脚，哪怕你穿着多么旧的鞋。于是大伙儿又编了个顺口溜：

"穿新鞋，高抬脚！不穿新鞋，也得高抬脚！"在进出校门时朗声应合，彼此发出会心的笑。

遗憾的是，分校没有操场，也没有旗杆，每天的升旗仪式和早操，得让同学们整队到本校去，和本校的同学们一块儿做；做完早操，再整队回分校上课。每周的两堂体育课，也得到本校去上。

　　这尽管有点儿麻烦，但对于同学们来说，一点儿也不嫌这个麻烦。说明白点儿，这不是可以瞅空儿遛遛大街吗？还巴不得呢！

　　由于每次到本校，都是整队去、整队回，除了升旗仪式、做早操和听校训，什么都不能干。所以，同学们总是留恋地仰望着大杨树上绑着的那根竹竿儿和那根爬绳儿，像看见美食儿得不着吃似的咽一下口水，轻轻叹口气。

　　真真无奈地说："唉！三年级啦！猴子已经进化成人儿啦！不能再爬竿儿、爬绳儿啦！"说得大伙儿都笑了。

　　只有来本校上体育课时，能瞅空儿再玩玩儿昔日的爱物，可也闹得体育老师哭笑不得地向杨老师告状："您的那些个猴儿学生啊，一上体育课，就想黏在竿儿上和绳子上。干脆这体育课，也甭教什么了，就上爬杆儿、爬绳儿课得嘞！"说得杨老师也笑起来。

　　不过，话若说回来，要是论环境，分校其实挺好的。迈进庙门的高门槛儿后，铺着整齐的大青砖的庭院里，那几株冒过屋檐和屋顶、仿佛要插入云天的苍松翠柏遒劲挺拔的身姿，给这座小庙平添了不少灵动的气势。夏季里更是苍翠荫凉。正殿前，那个造型古朴、气色发黑、一人多高的大香炉，沉稳端庄地立在那里，古色古香地透着厚重。通往后院儿的甬道两旁，还有好几丛秀逸袅娜的翠竹；每当微风吹过，它们便摇曳抖动着满身的诗情画意。后院儿里，除了清雅纯白的玉簪花，还摆放了一个长方形的厚石水缸，里边儿盛着仿佛在梦境中漂浮的睡莲；还有两棵叶片像鸭脚掌的银杏树和几株不知名的小树。

　　真真和几位女同学对银杏树很着迷。

　　她们把被秋风吹落的金黄色的银杏叶片拾起来，爱昵地夹在书本儿里，当书签儿。

树上的秋蝉，悲戚地叫着；经过一个夏天"知了，知了"的歌唱，声音已经发哑，变得有气无力。墙根儿下，草丛中，时而传出藏匿其间的小虫子们发送秘密信息的鸣叫。

真真他们班的教室，虽说是庙里原先的偏殿，但在孩子们眼里，也够宽敞高朗；比本校的教室要长一截儿高一截儿。你想，早先安顿供奉菩萨神仙的地方，能不宽敞高朗点儿吗！总不能让菩萨的脑袋杵在房梁上吧？

使真真和同学们兴奋的，还不只是换了一个新地方。学校还把同学们打乱，重新分了班。加上还来了不少插班生，这使同学们很有些新鲜感。

念一、二年级时，真真他们班的班主任是一位态度和蔼、课也讲得好的中年女教师，姓蓝。进入三年级，他们的班主任换成了一位姓杨的男老师。

杨老师是一位二十五六岁的青年，大眼睛，有点儿帅气，中等个子，头发带点儿天然的波浪。喜欢穿裁剪合身儿、裤腿儿略小、使人显得精神利落的衣裤，还习惯将头略微偏着点儿走路。

杨老师告诉同学们，他的家乡在秦皇岛，是一个离大海不远的美丽的地方。于是，波翻浪涌的蔚蓝色的大海，在同学们的心中，引发了许多童年的梦想。

杨老师还说，他的父母给他取的名字叫杨长福，他觉得福字带了点儿封建色彩，老里老气的。就自个儿按照福字的谐音，把名字改为叫杨长夫了，是励志要作一个顶天立地的男子汉大丈夫的意思。

于是同学们对他的尊敬中，又增添了钦佩。

有一次，一位男同学在背后悄悄儿学杨老师偏着脑袋走路，引得同学们嘻笑。正惟妙惟肖学得起劲儿，恰巧被杨老师遇到瞅见

了。那个男同学吓得脸登时白了，同学们也都为他捏着一把汗；不料，杨老师只是微微地抿嘴笑了一下，一点儿也没有生气。

这使同学们对他大为好感。

但是，如果说杨老师没有脾气，那你就想错了。

比如有一次语文测验，有不少同学没有考好。那时候，是以甲、乙、丙、丁打分儿，然后又分甲上、甲、甲下，乙也是分乙上、乙和乙下，依次类推，甲上最好。那天测验，有七八个同学得丁，说白了，就是不及格。打了分数后，杨老师就叫得丁的同学都站起来，在教室里罚站。这些同学一边儿罚站，杨老师一边儿点评，指出他们错在哪些地方。不料，杨老师越点评，越生气，越恨铁不成钢。点评完毕了，余怒却未息，便带着讽刺的口吻说道："听明白了吗？现在，得丁的同学请坐下！"并把那个丁字和请字说得挺重。

那些同学，本来就已经很难为情，被他这么一讽刺，更加诚惶诚恐，无地自容，甭提多难受了！

连学习成绩好的肖真真和其他同学，都觉得杨老师有点儿过分。

（三）

隔了没两天，轮到肖真真和几位同学做值日。

放学后，几个值日生先把全班的凳子依次搬起来倒扣在课桌上，然后开始挥舞笤帚扫地。那会儿，同学们上课坐的都是条凳。有的是两个人坐的短条凳，有的是四个人坐的长条凳。条凳比较窄，且没有靠背，上课时，每个同学都得挺胸收腹、端着腰坐好。这天，真真他们几个值日生扫完地，把纸屑和尘土用簸箕撮干净倒在宋大伯那儿的垃圾筐里。再端一盆儿水，用抹布把老师的讲台、同学们的课桌、条凳以及黑板擦拭干净，便算大功告成。

大约也就忙碌了十来分钟，大伙儿就齐心合力把教室打扫完毕了。真真低头把老师的讲台用抹布抹干净后，抬头看见另几位同学也刚做完停下来，便鬼使神差来了兴，小大人儿般站在讲台前，模仿杨老师的那种讽刺的口吻学舌道：

"听明白了吗？现在，得丁的同学请坐下！"

几个同学都忍不住扑哧笑了，韩玉茹说："真真，你还学的怪像的。"

真真正想回话，殊不知这时杨老师推开教室门走进来了。

同学们都被噤住了，谁都不敢吱声儿；真真也像上次那个模仿杨老师略微偏着头走路的男同学，脸色吓得发白。

"肖真真，你到预备室来一下！"杨老师说完，扭头儿就走，而且没有笑。

真真心怀忐忑地跟着杨老师走后，韩玉茹着急道："大事不好，杨老师肯定生气了！这可怎么办哪？"

韩玉茹是和肖真真最要好的同学。

班长赵东海说："还能怎么办？这事儿人人有份儿，咱们都笑了，大不了向杨老师认个错儿，让杨老师批评一顿呗！"

韩玉茹说："也是，大家都笑了，人人有份儿。"

一位女同学说："凭什么呀？我光是笑了一下，就得认错儿啊！"

几个同学正七嘴八舌议论着呢，真真却已经从老师办公室回来了。

"这么快就解放了呀？"韩玉茹笑着问。

"挨呲❶儿了吗？"另一位同学关切地问。

---

❶ 挨呲：挨批评。

真真点点头，脸上却透着兴奋的红晕。

"就别卖关子啦，快把经过讲讲吧！大伙儿都为你担着心呢！"赵东海催促道。

"刚才走到老师预备室，我都吓蔫儿❶了。杨老师问我话，我结巴了几下都说不好。'我，我，我'的顿了好几下，才道了对不起。杨老师说，没想到哇，没想到学习好的学生也这么顽皮。我小声说，不是顽皮，是活泼。杨老师说，你还挺会用词儿，说着就笑了。我见杨老师笑了，心里觉得轻松了好些，但仍不敢造次。杨老师说，你也别我我我的了，你就告诉我，你为什么要学我说那几句话！我只得说，那天，我们觉得老师的态度不够好。那些同学没考好，是不对，可他们心里已经挺难过了，老师再这么一说，他们心里就更难受了。我们希望老师今后对全班同学要更耐心点儿。没想到，杨老师听了我的话后，立刻很虚心地点着头说，好，我一定注意这方面。还说，那天下课后，他也发觉自己态度不够好，有些急躁。"

同学们吃惊道："真真，你还敢给杨老师提意见？"又接着问，"就这些？"

真真点点头，又补充说："我哪是敢给老师提意见呀，是杨老师非要我说出为什么学他那几句话。杨老师还说，为了把班上的教学搞好，希望咱们今后若是对他有意见，或是发现有什么需要改进的地方，就及时告诉他。"

听了真真的话，同学们都被感动了。沉默了一会儿，韩玉茹说："杨老师可真好！"

大伙儿小大人儿般齐声附和："那是！"

---

❶吓蔫儿：吓坏。

（四）

升入三年级，使同学们觉得新鲜的，是班上有两位大哥哥、大姐姐同学。一位是男生，叫张齐，个儿很高，皮肤黝黑，已满过十五岁，眉眼像个大小伙子。另一位是女生，叫尤淑芹，个儿也高，梳着两条又粗又黑的大辫子，比班上的其他女生高出一个头。

他俩都是因为以前家里穷，念不起书，新中国成立后才上学读书的。

杨老师将他们俩安排在教室的最后排。

张齐和尤淑芹学习都非常用功，学习成绩也很好。

班上还有一位十三岁的男生，叫赵东海。他就是前面说的大伙儿选的三（二）班的班长。

赵东海有个哥哥叫赵沧海，是离学校不远的那家印刷厂的车间主任，是位劳动模范。

当班长不久，全班同学就都发现赵东海是一个很负责的好班长。班上的大小事情和老师布置的工作，他都事事带头，力求做好；加上他的学习也挺好，人又随和，因此在班上的威信很高。

在真真的记忆里，赵东海是一个英俊少年，他经常穿着一件浅咖啡色的夹克。那时候，同学们衣服都不多，赵东海那件浅咖啡色的卡其布夹克，从三年级一直穿到四年级。

有一天，真真读了一本苏联著名儿童作家盖达尔写的儿童小说，书名叫：《铁木儿和他的队伍》。书中说：铁木儿的名字虽然有点儿像个蒙古帝王或土耳其的君主，但是实际上，他是苏联的一群少年儿童的头领。这个十四岁的男孩，经常带着小伙伴们不为人知地做一些助人的好事儿，尤其是为苏联红军的家庭做好事。尽管在

他领着少先队员们做好事的过程中，有时被人误解，并要同一些不学好的孩子作斗争，但后来终于得到了人们的理解和尊重。看完书后，真真忽然在心里把赵东海和铁木儿作了一下比较。比较的结果，真真觉得，赵东海和书中的那个铁木儿一般优秀。

班上还有一个特别会讲故事的男同学，个子矮矮的，叫吴怡生。他看了很多外国的童话故事书，爱在班上自告奋勇给同学们讲童话故事。尽管在他绘声绘色的叙述里，常夹杂着诸如把国王陛下说成是国王陆（陆）下之类的错误，同学们依然听得津津有味。

张齐是农民的儿子，家住复兴门外，那时候，复兴门外就是农村了。厚实的老城墙包裹着北京城，复兴门还有很完整的城门洞儿，有解放军叔叔站岗。城门外，有撂荒在那儿的坚固的钢筋水泥的碉堡和连接碉堡的掩体和战壕，无声地诉说着不久前曾经发生过的战事。环绕城墙外围的，是碧绿的护城河，河水不算深。两岸是一些上百年的杨柳树。树皮粗粗的，有许多龟裂纹，枝干苍劲地扎虬着，一副饱经岁月沧桑、饱览世事变化的样子。

虽然如此，在夏秋时节，护城河边杨柳依依的美丽景色，还是让同学们非常喜爱和着迷。河岸边的草丛里，很容易逮到大大小小的蚂蚱，多呈碧绿色。也有些老蚂蚱十分的壮实，已经长黄了。

那会儿，护城河里虽然瞧得见有小鱼，却无人垂钓。

三（二）班的同学们除了课余时间爱到复兴门外的护城河边来玩儿，还喜欢坐在杨柳树下复习迎考的功课。

课余的时候，赵东海也曾带着吴怡生、韩玉茹、肖真真等几位同学来到复兴门外，他们一同爬到城门外的钢筋水泥碉堡上去玩儿。赵东海和吴怡生喜欢学电影里的解放军号手的模样，嘀嘀哒嘀嘀哒地吹起冲锋号，然后振臂高呼："同志们！冲啊——"韩玉茹和肖真真她们就站在一旁笑望着他们，仿佛那个碉堡真的是他们占领的似的。

有时候，赵东海觉得光吹冲锋号不过瘾，就带着同学们在碉堡和战壕间跑来跑去、冲上冲下的，玩得这些毛猴子同学一个个儿都满头大汗。

复兴门外，还有一座小教堂，小教堂的一侧，是一片墓地。由于葬的是洋人，当时被人们称为"鬼子坟地"。

赵东海和他的小伙伴们，也来这里倘佯、玩耍过。

记得那时候，小教堂是空的，门也上了锁。真真他们怀着好奇，走进那片墓地。由于是白天，他们一点儿也没感到害怕。孩子们发现，外国人的坟墓和中国人有很大的不同。中国人的坟，一般是一个尖尖的黄土堆儿，前面再立一块写着逝者名字的墓碑；讲究的，是用青砖条石砌一个大馒头形状的坟墓。而这些外国人的坟，则没有冒出地面的黄土堆，大多也没有立着的墓碑，而是用白色的大理石做的一个个规整的长方形，镶嵌在地里，不到一尺高，上边儿刻着镀成金色的外国文字。想必也是逝者的姓名，生辰殁亡时间和生平简介之类。但长方形有大有小，长宽不一，上面的外国文字也是有多有少。真真和她的同学们不认识外文，当然也就弄不明白这些外国死者的身份。他们怎么会来到中国？在中国都干了些什么？是侵略者还是好人？这些都在孩子们心中产生许多的疑问。

在"鬼子坟地"转了一阵儿，孩子们幼稚地判断出：葬在这些墓里面的洋人，肯定都是一些有身份地位的人；其中的多数，大约都是些曾经欺负过中国人的侵略者。于是，爱国之情激荡在孩子们年幼的心灵，对侵略者的仇视油然而生。然而颇具戏剧性的是，他们面对的，却是些看不见的死人。为表示不敬，他们只得一个个大

大咧咧地在墓地的杂草间穿来穿去。在"鬼子坟地"旁若无人地转了几圈后，赵东海就领着同学们气昂昂地离开了那里。真真记得那儿大约有二十来座外国人的墓。

（五）

秋高气爽的一天，老师因为开会，下午放学早。张齐向赵东海、韩玉茹、肖真真、尤淑芹、吴怡生等几位同学提出，可以到他家去玩一会儿。大伙儿听了很高兴，便兴致勃勃地跟着张齐出发了。班上还有一位女同学，叫冉雪琴，也在复兴门外住，离张齐家不远，家里也是农民；她也说可以到她家去玩儿一会儿，大家听了十分高兴。

出了复兴门，向左走了不远，就到了张齐的家。从他家再往前走，还有一个护城河上的水闸。

到了张齐的家，同学们才看出农民住的房屋比城里人住的四合院儿要差一些。房子明显简陋不说，也没有院落。房屋周围便是庄稼地，种着老玉米和红高粱等农作物。真真他们还看见一只高大健壮的骡子，低着头目无旁顾地在一旁的草地上很专心地吃草，对于真真他们的来访，似乎不屑一顾。

对于张齐家的一切，同学们都觉得很新鲜。每个人都采摘了一大把老玉米金黄色的胡须，觉得挺奇妙和好玩儿。张齐站在一旁，大哥哥般亲切地看着同学们，微微地笑着。

在张齐家，最让同学们感觉奇特的，是他家那简陋房屋的墙壁。外墙的四周，在离地一尺高以上，都用雪白的石灰画着一个连一个的白色大圆圈儿，像一个个相扣的大铁环。每个圆圈儿，大约与自行车轱辘大小相似，横着绕了房屋一周。

大伙儿问张齐："这些石灰画的圆圈儿是咋回事儿呀？"

张齐说："是防备狼的。若是在夜晚狼来攻击人，见了这些白圈儿就会害怕，认为是人设下的逮它们的圈套，便不敢靠近。因为在黑夜里，或是在星光下，这些白圈儿也瞧得见。"

同学们大睁着眼有点儿害怕地问："城外还有狼啊？"

张齐平静地说："以前有，我都见过好多次，而且狼喜合群，一般不是单个行动。最近这几年，附近人多了，狼躲进山里，也就不大敢来了。"

大家都敬佩地望着张齐，觉得这位大哥哥挺勇敢，竟然和狼都打过交道！这对于真真他们来说，是不可思议的，因为他们只在《小红帽》的童话故事里，听说过狼。

到冉雪琴家玩儿的时候，见她家的外墙上，也画着用来防备狼的白石灰圆圈儿。

距离张齐家不远，驻着一支解放军部队，每天都在复兴门外那一带的老城墙下，进行常规的军事操练。真真他们看见那里有一个简易的单杠，一个双杠，还看见解放军叔叔在那里跑步，做操，队列很整齐。由于没有木马，解放军叔叔操练时，就由人弯着腰双手扶膝躬身站在那里，来充当木马，称之为跳拱。根据拱弯腰的高矮程度，分一拱、二拱、三拱。三拱几乎不用弯腰，只微低着头，最难跳；跳拱人要从拱的肩膀高度跳过去。同学们只见解放军叔叔排着队，依次跑到担任拱的人跟前，双手按一下拱的双肩或后背，两腿大分开，从他身上灵活敏捷地跳跃过去。他们还看到解放军叔叔们轮流担任拱，躬身站一会儿，然后再跳一会儿。

真真他们还发现，张齐与解放军叔叔们相处得很熟很融洽。

张齐说：这墙上石灰画的圈，是防备狼的。

喻正元 插图

他们互相亲热地打招呼，解放军叔叔还破例邀请张齐参加他们的操练，就像张齐是他们那支部队的编外人员似的。于是，张齐含笑兴奋地当着同学们的面儿，灵活敏捷地跳了好几次拱。他的动作跟解放军叔叔的动作几乎一样的漂亮，这使同学们对张齐又羡慕，又钦佩！

赵东海见了解放军叔叔和张齐跳拱，心也痒痒起来，跃跃欲试的样子。张齐看出他的心思，便道："我来当拱，你也跳几回吧！"说罢，便走到一旁俯下身子做成一拱状，偏过头招呼赵东海："来吧，先从一拱学起。"

赵东海兴致勃勃跑过去，双手按住张齐的后背猛力腾起身子，张开两腿很努力地跳了过去，显出有点儿跌跌撞撞的样子。

几位女同学在一旁悄悄抿嘴乐。

吴怡生个子矮，没敢尝试。

张齐鼓励道："接着跳，接着跳！"赵东海锐气不减，又连着跳了好几次。虽然动作还显出生硬笨拙，但一次比一次进步。

解放军叔叔在那儿边操练，边用眼角笑望着他们。

张齐直起腰后，动情地对同学们说："这些解放军同志可好啦，经常帮我们这儿的农民干农活儿，真的是人民的子弟兵！我们农民呢，也想着给解放军同志提供点儿方便，彼此就像亲人。我看到部队操练，心生羡慕，眼馋得很，也总想参加。他们跳拱，我就主动弯下身子给他们当拱，叫他们从我身上跳过去。解放军同志担心我身子骨还稚嫩，不够结实，不肯跳我做的拱。后来，经不住我再三央求，他们才小心翼翼地跳了几次。用手按我后背时，都轻手轻脚的，从我背上像飞过去似的一跃而过……"

张齐向往地说："我以后也要当一名为老百姓做好事的解放军战

士，去守卫边疆，保卫伟大的祖国。"

听了大哥哥张齐的话，同学们都很感动。大家无意中发现，尤淑芹那双黑亮的大眼睛都有点儿湿润了，仿佛张齐马上要去守卫边疆，舍不得同他告别似的。

去过张齐的家后，同学们感受到，虽然只隔着复兴门一道城墙，但城市居民和农村农民的生活，还是不一样的。虽然那时候大家的生活都很朴素，但农民的生活更朴素。去了张齐的家后，同学们对于他黧黑的皮肤，俭朴的衣着，粗糙的手掌，所经历的生活磨炼，有些缄默少言的性格，结实偏瘦的身胚，虽然不大但却很有神采的眼睛……都有了明确的注解。

尤淑芹与张齐不同，她家住复兴门里边儿，是城里人。尽管她家紧挨着复兴门。尤淑芹的爹，在街拐角上开了一间很简陋的小杂货铺。有趣的是，那间小杂货铺白天卖烟卷儿、小扁瓶二锅头，以及下酒的花生仁儿和松花皮蛋等的合计收入，还不及晚上卖灯笼这一项的收入多。所谓灯笼，就是到了夜晚，自行车上需要挂的那种白纸糊的、里边儿点了一根儿蜡烛的小灯笼。其形状跟现在人们吃的菠萝差不多，只是比菠萝要大些。因为那会儿的自行车，大多还没有能充电的车灯呢。那会儿街上的路灯，就更不完善啦，一到夜晚，复兴门那一带，全都黑咕隆咚的，完全没有路灯。为了交通安全，到了夜晚，在街上骑自行车的人，就都得配备一盏白纸糊的点上蜡烛的小灯笼；不然交通警察会批评警告你，不让你走。跟现在比，那会儿确实有点儿原始不是？而那种小灯笼，也有它的科学性。北京夜晚风大，尤其是冬天，但那种小灯笼，随着自行车的前进和跳动，里边儿的蜡烛却不会熄灭，也不会把灯笼烧着。不过，话又说回来，纸糊的东西毕竟容易破，一不小心弄坏了或被雨淋了什么的，就得重新买不是？因此尤淑芹她爹开的那间小铺儿，卖灯笼的生意还不错。

尤淑芹的娘去世早，她的爹也已经年老，那间小铺的活计，全靠一个名叫小三儿的伙计忙活着。小三儿很勤快，整天手脚不闲忙个不停，还要瞅空儿做灯笼。尤淑芹的老爹很依赖他。周围人们都看出小三儿很喜欢尤淑芹，巴不得今后能争取当上个入赘女婿。同学们也瞧见过小三儿瞅尤淑芹时所流露出的爱意绵绵的目光。而尤淑芹，却分明对小三儿没这个意思。

尤淑芹的头发又浓又黑，梳着两条黑油油的长辫子，一直垂到腰间。她的两道眉毛也是黑黑的，双眼皮儿的大眼睛更是黑得发亮，眼睫毛又密又长。尤淑芹的脸蛋儿和嘴唇儿也是红润润的，整个人给人的感觉，是既精神又健康。瞧着她的模样，你就会想，如果她上舞台表演节目的话，都根本用不着化妆。

最吸引同学们的是尤淑芹的身体。她全身胖胖的、软软的，胸部已经发育起来，胸前胀鼓鼓的，像里边儿藏着小动物。尤其上体育课时，她的胸部一耸一耸地，弹跳得很厉害。女同学爱看她，男同学也爱看她，大伙儿都爱瞅着她笑，尤淑芹也和同学们一起笑，大家都感到很快乐。

尤淑芹的脾气非常好，像同学们的大姐姐一样。

对于考试的分数，尤淑芹最重视。不论期中考试、期末考试还是平时的测验，她都怀着和全班同学一比高低、一决雌雄的心气儿和心劲儿。每次考试卷子一发下来，她便立即在同学间挨着个儿询问："你得多少分儿呀？"直到把班上学习成绩较好、被她视为与她有竞争能力的同学都问遍方才作罢。

问询完了，尤淑芹会一个人沉思默想一会儿，计算出这次考试

她的分数是第几名。久而久之，班上的同学便善意地给她取了个绰号，叫她——分儿迷。

（六）

开学没多久，真真他们班又来了一位新同学，叫刘玉凤。

记得那天上学，班主任杨老师拿着课本、粉笔盒儿和教鞭从老师预备室走出来的时候，他的身旁，还低头走着一个腼腼腆腆的女孩子；她，就是刘玉凤。

刘玉凤比那些小同学高出半个头，是个身段儿苗条，细胳膊细腿儿的女孩儿，已经十三岁。因为家里穷，弟弟妹妹又多，新中国成立后才读上书，上小学一年级时已经十岁了。她原在另一所小学上学，由于学校离家远，便转学到卧佛寺小学来了。

杨老师把刘玉凤介绍给大家的时候，刘玉凤羞怯地红着脸，给全班同学鞠了一个大躬。仿佛她并没注意到，班上大多数同学都比她小似的。

刘玉凤给同学们留下的第一印象，首先是出奇的腼腆，有些瘦削的鹅蛋脸动辄便红晕密布，像含羞草一样。其次，就是她的衣着，竟是全班男生女生中穿得最差的。不仅衣服裤子都很旧，洗得发了白，且都是缝了几处补丁的。

刘玉凤寒碜的衣着，明白地透露出她家境的贫穷。

杨老师把刘玉凤安排在教室的倒数第三排，因为那里恰巧有一个空座位。

对于刘玉凤这个新生的到来，在班上似乎一点儿也没有引起轰动。别说是轰动了，可以说连微风吹起的涟漪都没有。刘玉凤太腼腆羞涩了，她每天默默地不引人注意地来上学，又默默地不引人注意地放学回家，脚步很敏捷，却几乎无声无息。

刘玉凤开始引起同学们的注意，是因为她连着迟到了好几次。有时是上午，有时是下午。尽管她进教室时每次都惭愧和羞涩地红着脸，杨老师还是有点儿生气。有一天正好课堂测验，刘玉凤有一半题都答不出。杨老师当堂打分，全班只有她和另一个调皮男生不及格。杨老师生气之下，便把刘玉凤和那个调皮男生从座位上叫起来教训了几句。因为杨老师是一位非常敬业的好老师，他最不能容忍的，便是学生不好好学习。

虽然被老师起立罚站挨剋只有两三分钟，但在全班同学的众目睽睽之下接受老师的训斥，也实属难堪。那个调皮男生是个小皮蛋，挨剋已不是首次。但刘玉凤，却颇为无地自容，她的脸色由绯红转为苍白。

经过这次的打击，刘玉凤在班上的地位明显下降，真有点儿一蹶不振的样子。

就在杨老师训斥了刘玉凤的第二天，在教室里坐在刘玉凤旁边的一个女同学，忽然悄悄对其他同学说刘玉凤身上有臭味儿，说她不愿意让刘玉凤挨着她坐。还说刘玉凤的爸爸是掏大粪的工人，刘玉凤身上的臭味儿是她爸爸掏大粪的缘故。

言下之意自然是瞧不起和贬低刘玉凤。

这个女同学说这话的时候，碰巧被班上的大哥哥张齐无意中听见了。张齐没作声，心里却对这个小小年纪就势利眼、瞧不起劳动人民的女生十分反感。刘玉凤走进教室时，张齐突然当着全班同学的面儿对刘玉凤说：

"刘玉凤，你把书包拿过来，坐到我们这排来吧！我家是农民，

知道种庄稼不施粪肥打不下粮食，也种不好豆荚瓜菜。"

刘玉凤听后，有些摸不着头脑，不知所措的样子。她座位旁边儿那个刚才说坏话的女生由于心中有鬼，被张齐抢白后，闹了个大红脸。刘玉凤看出其中的端倪，便拿了书包，扭扭捏捏地坐到最后排去了。

原来坐在最后排的只有尤淑芹和张齐，现在加上刘玉凤，最后排成了三个人，尤淑芹坐在中间。

自从刘玉凤坐到教室的最后排以后，班上没有人敢再欺负她了，何况她身上并不是真的有臭味儿，是原先那个势利眼女生瞎编派她的。

可是，过了没几天，她竟有一天没来上学。

放学后，杨老师去刘玉凤家进行家访。找到刘玉凤的家，杨老师才知道刘玉凤的妈妈刚又生了小孩儿。刘玉凤作为长女，每天除了要照料四个弟弟妹妹穿衣吃饭，还要照应产后的妈妈，从早到晚要做好多的家务事……

家访回来，杨老师有些后悔自己前些天对刘玉凤的斥责。他没想到刘玉凤这样一个十三岁的柔弱女孩，家庭负担竟然有这么重。

杨老师思索一阵，骑着自行车去了一趟西单。他用自己将近半个月的工资，在西单商场买了一个当时算得上是奢侈品的带闹钟的双铃马蹄表，送给了刘玉凤。

因为他发现刘玉凤家没有钟，平时不好掌握上学的时间。

刘玉凤羞红了脸，从杨老师手中接过这个天蓝色的漂亮闹钟，将它作为最珍贵的礼物托护在胸前。她暗暗下决心，一定要加倍努力学习，不辜负老师的恩情和期望。

杨老师把刘玉凤家的情况向班长赵东海及几个班干部说了，嘱咐同学们等过些天刘玉凤来上学后，想法儿给她补课。

赵东海安排肖真真和韩玉茹给刘玉凤补国语（后来叫语文），他和吴怡生给刘玉凤补算术（后来叫数学）。

经过几位同学和刘玉凤的共同努力，她落下的功课在学期后半段都补上了。此是后话。

（七）

这天，杨老师在课堂上向全班同学宣布，卧佛寺小学已建立少先队。凡年满九岁至十五岁以下的同学，都可以本着自愿的原则写入队申请，要求加入少先队。杨老师鼓励全班同学都争取戴上红领巾，当一名光荣的少先队员，更加努力地学习。杨老师告诉大家，少先队成立后，他将担任少先队的辅导员。

杨老师还向同学们讲解，说红领巾的寓意是代表新中国国旗的一角，是用革命先烈的鲜血染红的，是很崇高神圣的，所以，当一名少先队员是很光荣的。

全班同学在杨老师的激励下，都变得很兴奋。有些同学急不可耐地请求道："杨老师，入队申请怎么写呀？您教我们一下啊！"

杨老师在黑板上把写入队申请的格式和内容向同学们详细演示讲解了一遍。

全班同学除张齐外，都写了加入少先队的申请，只有张齐没有写。因为他已满了十五岁，超过了能够加入少先队的年龄。

不能参加少先队，不能和同学们一块儿戴上红领巾，张齐感到很难过；同学们也为大哥哥感到遗憾。

第一批少先队员在大家的期待中很快批下来了，有十五位同学

入队，他们是：赵东海、韩玉茹、肖真真、吴怡生、殷秀明、柳毓复等，包括尤淑芹。

杨老师鼓励其他同学，争取第二批和第三批入队。

尤淑芹和包括她在内的十五位同学都戴上了鲜艳的红领巾。虽然她站在班上的同学们面前，显得要大许多，但她实际上，还没满十五岁。

尽管同学们觉得尤淑芹有点儿像个大姑娘，但大家谁都没说过一句，因为大家都希望尤淑芹大姐姐和大家一样，能享受到当一名少先队员的光荣和快乐。

那段时间，音乐老师教同学们唱了一些少先队的歌曲。有一首歌的歌词是——

红领巾，胸前飘，

少年儿童志气高，

时刻准备着，

为国立功劳！

紧接着，音乐老师又教同学们唱《中国少年儿童先锋队队歌》，并告诉大家，这首歌的歌词是当代大文豪郭沫若先生写的。

每个同学都学得很认真，虽然觉得有的句子比较深奥，但没过几天，便把三段歌词儿都背下来了。每当大家唱起队歌时，心中都感到一种豪迈！

三（一）班的少先队员为第一小队，三（二）班的十五名少先队员为第二小队，肖真真被选为第二小队小队长。除每天佩戴红领巾外，左臂衣袖上还用别针别着一块白底上有一道红杠的小队长标志。

而赵东海，除担任三（二）班班长，还被选为包括第一小队和第二小队在内的少先队中队长，韩玉茹和三（一）班的另两位同学，被选为中队委员。他们的左臂衣袖上，都戴着两道红杠的中队长标志。

杨老师被学校任命为他们这个少先队中队的辅导员。

少先队中队，有一面上边儿绣着星星和火炬的队旗，还培训了号手和鼓手。

号手由两名男生担任，鼓手由两名女生担任。

当少先队举行活动时，号手便将少先队的号角嘹亮地吹响，那曲调使大家听了觉得精神很振奋！

鼓手也密切地配合号手、用细长的鼓槌在皮制的鼓面上敲击出急骤有律的鼓点。

唯一的遗憾是班上的大哥哥张齐没有能够入队。

为此，他在作文中写道："我站在复兴门外的土岗，想到六一儿童节和加入少先队都不属于我，心里觉得有些感伤……"

看到张齐难过，杨老师担心他意志消沉，便给了他很多鼓励。并告诉他今后上了中学，可以争取入团。

于是，张齐也把自己的想法告诉给杨老师，他说："等我小学毕业时，就快十九岁啦，我虽然喜欢上学读书，但已经长大了。我准备到那时就去参军，当一名保卫祖国的边防战士！"

杨老师握着张齐的手，说："这样也挺好！今后到部队，也可以继续学习。学习是没有止境的，即使不在校园也可以学习，不断充实、提高自己。不论在什么工作岗位上，咱们都是为祖国、为人民服务！"

杨老师的理解和鼓励使张齐很高兴，他不再为没能加入少先队感到难过了。

（八）

　　加入少先队后，最使真真他们这些同学难忘的，是到天安门广场参加新中国一年一度的"十一"国庆节盛大庆祝游行的观礼。

　　杨老师说，三（二）班有五个参加观礼的名额。

　　参加观礼的同学，首先每人要准备一束花，在观礼时挥舞。鲜花自然不可能有那么多，所以要自己动手制作。

　　杨老师告诉他们，为了少先队观礼队伍的整齐，观礼的少先队员都穿白衬衣，白球鞋，佩戴红领巾。男同学穿深蓝色长裤，女同学穿裙子，裙子的颜色不论。花束的制作也有要求，统一为粉红色的花朵。

　　说起做花儿，尤淑芹来了兴致，她很有把握地说，她会做一种花，有点儿像干枝儿梅，又好做又好看，她可以教大家做。

　　真真为此很佩服尤淑芹大姐姐。若是叫她自己来做花束，她会一筹莫展的。

　　三（一）班和三（二）班被选为参加国庆观礼的同学相伴着来到复兴门外的护城河边，尤淑芹和赵东海围着河边的杨柳树转了几个圈儿，两人各自选中一棵树，就分别爬了上去。

　　同学们没想到尤淑芹大姐姐爬起树来也这般灵活，而赵东海，则爬得更高，窜了两下，就几乎爬到了树顶上。

　　真不愧是"猴子班"的！

　　他俩在树上选摘了一些带很多小侧枝的杨柳枝儿，不一会儿，就选摘了十多束。

　　回到学校，把杨柳枝儿拿回教室放好，尤淑芹又带着大家去买粉红色的打字纸。

尤淑芹说，打字纸比较结实，做成的花儿在挥舞时不容易掉落。

打字纸买回来，天色已晚，尤淑芹建议大家明天下午放学以后再动手做花儿。她说她今天回家先调一点儿面粉作浆糊，明天带到学校来，好粘贴花朵。韩玉茹答应明天带剪子来剪纸做花瓣儿。

第二天下午放学后，大伙儿就忙开啦！尤淑芹把粉红色的纸叠好，先教大家剪纸，将彩色纸剪成柿饼儿般大小、带有五个瓣儿的花样。然后把杨柳枝儿拿出来，将彩纸用浆糊粘贴在杨柳枝儿上。每朵花儿由三至四张剪为五片瓣儿的彩纸组成，互相依靠着从几个不同的方向粘贴在一起，这朵花儿就有立体感了，不论从哪个方向看都挺好看。接下来就是如何安排花朵儿在树枝上的疏密，这就要靠同学们的审美眼光了！

尤淑芹向大家演示了一遍后，同学们都兴致勃勃忍不住自己动手忙开啦。除了韩玉茹负责给大家剪花瓣儿，其余每个人皆手拿花瓣儿和树枝用心用意地粘了起来。

看到赵东海做花儿显得有点儿笨拙，韩玉茹对他小声说，等我剪完了花瓣儿，一会儿给你粘吧！同学们知道，韩玉茹有些喜欢赵东海。

赵东海却说，越是手笨越要学嘛！他虽是男孩，但特别勤快，对做花也很有兴趣，加上是去参加天安门广场国庆观礼用的花，所以，兴致很高，并不肯停下来。

忙到天黑，大功告成，队员们把花束拿到老师预备室，热情地请杨老师检验他们的作品。

杨老师看后，觉得花束的做工虽然显得有些粗糙，但瞧见他的猴儿学生们一个个望着他的期冀的眼神，不忍挫他们的兴。心想对这些毛猴子学生也不能要求太高，便点点头说：还不错！还不错！

那十束粉红色的花放在老师预备室里，仿佛给老师办公室带来了春天明丽的气息，十分地好看。

（九）

国庆节的头天晚上，赵东海、韩玉茹、肖真真、尤淑芹，吴怡生……凡是被选上要到天安门广场去参加国庆观礼的同学，一个个都兴奋得睡不着觉。长到这么大，真真第一次体会到什么叫失眠。在这之前，她只听说过失眠这个词儿，却不知失眠是什么感觉。她一次次探起身，用手摸一摸放在枕头边折叠好的白衬衣、红领巾和那条绿色的裙子；瞅一眼放在床前的白球鞋、白袜子；仿佛怕这些东西会丢失似的。两三天前，妈妈听说真真要去参加天安门广场的国庆观礼，就马上动手，把真真的这些衣服鞋袜洗得干干净净的了。妈妈还破天荒向程老师借来熨斗，把真真的红领巾、白衬衣和绿裙子都熨得平平整整，几乎没有一个皱褶。为此，真真很感谢妈妈。

其实，对于真真他们这些孩子来说，天安门广场一点儿都不陌生。虽然那时候，从复兴门到西单还没有公交车，西单到西四那边，也只有电车，而且是有轨电车。司机叔叔开动起来，有轨电车就在轨道上哐当哐当地响。从西单到天安门广场，要走西长安街。从天安门广场到东单，则是走东长安街了。

在读小学二年级时，学校的校长和老师们就曾带领着全校同学去参观过故宫博物院。准确地说，是去故宫博物院参观在那里举办的"人类历史进化过程"展览。全校同学排成整齐的队伍，从学校一直步行到天安门。

　　从天安门进入故宫后，出现在孩子们面前的，是一座虽然显示出昔日的富丽和大气，但却有点儿破败、年久失修的皇宫。

　　由于新中国才成立不久，一切都还在百废待兴的阶段，除了举行开国大典的天安门已修饰一新，还没顾上全面修葺这座庞大的、昔日帝王的宫殿。

　　同学们看到，是解放军叔叔们在守护着这座浸润着华夏文明悠久历史的皇城。

　　看到孩子们来了，解放军叔叔很亲切地和同学们打招呼，并指引着他们步入展览厅。

　　首先映入同学们眼帘的，是一尊高大的、北京猿人的塑像，微弓着背站立在展览厅入口处的展室里。讲解员告诉大家，这是根据在离北京不远的房山县周口店那个地方的山洞里发现的猿人头盖骨等遗骸还原他的本来面貌制作出的雕像。并说，由于周口店距离北京不远，所以将他命名为北京猿人。

　　同学们听到此，尽皆哇了一声，几乎是不约而同感叹道："原来人真的是猴子变的呀！"

　　就在同学们发感叹时，真真无意中发现，站在一旁的体育老师正瞅着他们，表情幽默、意味深长地微笑着。

　　讲解员回答孩子们说："也不是所有的猴子都能变成人，而是一种叫类人猿的特别聪明的猴子通过长期的劳动，学会了直立行走和制作最简单的劳动工具，后来进化成了人。而且是经过了非常漫长的进化过程。"

　　随着观看展览的实物、绘画和图表，讲解员给孩子们深入浅出地讲述了中国如何从最古老的原始社会，到奴隶制社会，而后又到封建社会，及半封建半殖民地社会这一步步的历史发展演变过程，

以及每种社会的特点。然后，讲解员又讲到孙中山领导的资产阶级民主革命，共产党建立的新中国和新民主主义社会……

讲解员还告诉同学们，说新民主主义社会只是一个过渡阶段。今后，党和政府要带领全国人民建设繁荣富强的社会主义社会，最终，还要实现人类的最高理想，到达最美好的共产主义社会……

到故宫博物院观看展览后，同学们对于中国古老悠久的历史有了轮廓性的初步了解，对于伟大祖国光辉灿烂的明天，更是充满美好的憧憬。

除了到故宫参观过两三次，在春季旅行和秋季旅行的日子里，杨老师还带着真真他们班全体同学到故宫两侧的中山公园和劳动人民文化宫玩过几次，也到北海公园玩过一次。

杨老师说，等同学们长大些，春季旅行和秋季旅行时，他将带着他们到远一些的西郊公园和颐和园去玩儿。

真真挺喜欢中山公园，喜欢公园里那些色泽艳丽、美不胜收的西番莲；还喜欢公园里的花房。因为无论一年四季如何轮回变化，哪怕是在白雪皑皑的冬季，中山公园花房里的鲜花依然明媚，照常盛开。每次来到中山公园，都能欣赏那么多翠绿美妙、婀娜多姿的树木和五彩缤纷的花朵。这使真真和同学们对园艺师和园艺工人们栽培花木的高超技艺特别钦佩。

由于年龄尚小，对于中山公园音乐堂这种高雅的欣赏音乐的去处，孩子们还没什么兴趣。

在劳动人民文化宫，真真和同学们最喜欢的地方是体育游艺场。"猴子们"喜欢爬得高高的，带着几分刺激和冒险，从被称为"天梯"的高高的滑梯上飞一般滑下来……

真真就这样躺在床上浮想联翩，而当她想到第二天要去参加天安门广场国庆盛大游行的观礼时，不禁独自一人在弥漫着朦胧月光的夜色中高兴地笑了。

也不知在床上烙烧饼似的辗转了多久，真真才甜甜地睡熟了。

（十）

"十一"的拂晓，东方尚未出现鱼肚白，真真就醒了。她一骨碌翻身起床，便忙忙地梳头洗脸。妈妈闻声也起来了，她特意给真真的两条小辫儿上扎上了两个粉红色的蝴蝶结，与他们观礼时将要挥舞的花束颜色一样。妈妈还把昨天买的义利食品厂生产的面包拿给真真吃。这在童年的真真嘴里，可是最好吃的奢侈的食物；平常的时候，是吃不到的。因为面包的价钱，比烧饼贵不少，而且做面包的面粉里，还揉进了好几颗有着甜酸味儿的葡萄干呐！这在当时的真真看来，可是难得的美味啊！

真真明白，这是妈妈对真真能够被学校少先队选上参加国庆节观礼的奖励！因为他们班，连真真就只有五名少先队员能享有这殊荣。同时，妈妈也考虑到真真今天到天安门广场要赶时间，来不及去买烧饼或其他早点。加上去参加盛会的时间较长，来回要走不少的路，所以要让她吃饱。

若是在平时，真真会很小口很小口十分爱惜地慢慢咀嚼面包，让面包的美妙滋味尽量在嘴里多回旋逗留一些时间。然而今天她生怕迟到，一心想马上赶到学校去集合，所以，只好以最快的速度囫囵吞枣般吃掉一大块面包，虽然觉得有些可惜也顾不上了。

忙忙地吃了来不及细细品味的美食，真真又赶紧换衣服。穿上白衬衣、绿裙子、白袜子、白球鞋，系上红领巾，并在白衬衣的左

侧衣袖上别好小队长标志，和妈妈道了再见便急匆匆赶往学校。

到了学校，时辰尚早，但参加观礼的少先队员们都陆续到了。见了面，大家都互相诉说着昨晚兴奋得睡不着觉的体会。整队集合后，大队辅导员老师嘱咐了注意事项，便带领大家出发了！

杨老师和其他老师，是参加教师的游行队伍，他们一早就赶往集合地点去了。

真真数了一下，他们学校大约有40名少先队员参加国庆盛大游行的观礼。而若是上了中学，哪怕是初中一年级，无论"五一"劳动节还是"十一"国庆节，就都参加由东向西通过天安门、接受中央领导检阅的浩浩荡荡的游行队伍啦！

参加游行要比参加观礼辛苦得多，因为先要练习队形和步伐；而且游行那天，天不亮就得到达集合地点。由于整个游行队伍犹如一条浩荡巨大的长龙，相当庞大，所以一直延伸到了北京的郊区。游行开始后，这支队伍要在天安门前持续通过几个小时才能走完。为了做到整个游行过程始终井然有序，每个参加游行的人，都需要绝对遵守纪律。不仅在集合等待中度过漫长的时间，还要紧跟着游行的大队伍随时向前移动。当快要到达东长安街时，则要再次整队，用最整齐的步伐行进，通过天安门前接受毛主席和各位中央领导检阅。一直走完东、西长安街，到西单以后，甚至一直走到复兴门，游行队伍才逐渐缓慢散去。

真真的翠翠姐就是参加的中学生游行队伍，而且是第二次参加国庆游行啦！因为翠翠姐已经读初中二年级了。

真真今早起床的时候，翠翠姐早跑得没影儿啦！听妈妈说，翠翠姐半夜就起来梳洗打扮，也是匆匆吃了面包就急忙去寻找他们学校的游行队伍去了。

真真想，翠翠姐打扮起来一定很好看。

翠翠姐去年参加了国庆游行回来后，激动地向妈妈和晶晶、真真讲述她所见到的游行盛况。使真真印象深刻的是，翠翠说到朝鲜族和蒙古族的女演员们边跳朝鲜族和蒙古族的舞蹈，边通过天安门的情景。她们跳舞时，每个人的头上都顶着酒瓶，有的人顶一个，有的人顶两个，还有的人顶三个酒瓶。她们不停地跳舞和旋转，舞姿优美，动作轻盈，但不论动作幅度如何大，她们头上顶着的酒瓶，却一个都不会掉下来。

这使真真和晶晶产生好奇，立即拿家中的玻璃瓶子来试验。结果她们不论用空瓶子还是将瓶子盛上水来顶，瓶子都马上会从她们的头顶滑落。这使小姐妹俩对这些朝鲜族和蒙古族的女演员佩服得不得了。

翠翠还讲到国庆节雄伟壮观的阅兵式。这也是国庆游行比"五一"游行更好看的原因。"五一"游行，虽然也有解放军的空军叔叔们驾驶的喷气式战鹰机群长空比翼、队形整齐地飞过首都北京蔚蓝色的天空，但没有国庆游行检阅海陆空三军那么多、那么完整的内容。

对于翠翠讲述的解放军叔叔驾驶的坦克车、装甲车、高射炮……通过天安门前的壮观景象，并未引起晶晶和真真太多的注意。而当翠翠讲到解放军骑兵部队通过天安门前接受检阅的情景，却一下子就把小姐妹俩吸引住了。翠翠讲，解放军的骑兵部队由好多匹战马和骑兵组成。这些训练有素的战马，能够像人一样排列成整齐的队列前进。无论横排或竖列，都走得整整齐齐。第一队方阵是清一色红色的战马，第二队方阵是清一色白色的战马，第三队方阵是清一色栗色的战马。每一匹战马上，都骑着一位威武的解放军叔叔。最

让人称奇的是，这些战马走的脚步竟然都相同，步调一致地同时迈左腿和右腿，连马尾巴摆动的方向都做到了一致……

翠翠的描述，使本来就喜欢马的晶晶和真真更加喜欢马了！对解放军骑兵叔叔们，也是敬佩不已。

翠翠还说，虽然通过天安门接受了中央首长们的检阅，但由于天安门城楼太高，难以看清上面国家领导人的面貌，只能依稀看出毛主席的轮廓。尽管她用眼睛使劲地分辨，也仍然看不清楚。

翠翠听老师讲，莫斯科克里姆林宫红场上，斯大林检阅苏联红军和游行队伍的检阅台，都没有天安门城楼这么高。

老师笑着说，当年规划修筑天安门城楼的帝王将相们，大概也不曾料想到，若干年后，这里将会成为新中国的领袖们检阅游行队伍的地方。

老师还说，咱们中国在节日游行时欢呼万岁，苏联人在节日游行时欢呼乌拉，意思都是一样的。

到天安门广场参加"五一"节或"十一"国庆节游行盛典的观礼，在当时，是小学时代的北京少先队员才可能享有的荣誉。

此刻，真真和所有参加国庆观礼的少先队员们，怀着欢欣的心情，手拿花束，迈着整齐的步伐，来到了天安门广场。

只见庄严雄伟的天安门广场，披上了节日的盛装。蓝天下，鲜艳的五星红旗迎风飘扬；天安门城楼的两旁，八面红旗迎风招展。天安门中央，悬挂着中华人民共和国的国徽和毛泽东的巨幅画像。国徽两旁，醒目地书写着："中华人民共和国万岁""世界人民大团结万岁"两条大标语。天安门前，五座汉白玉筑成的金水桥与红墙琉璃瓦的天安门互相辉映。金水桥两旁，是特意给国际友人和劳动模范、战斗英雄各界贵宾修建的阶梯形观礼台。

少先队员们到达天安门广场的时候，解放军军乐团的叔叔们已经先到了。他们站在广场街道边也就是东、西长安街的连接处，正面对天安门的地方，准备为整个游行过程伴奏。真真他们看到，解放军叔叔们着装、队列都非常整齐，美观，每个人都精神饱满，站得笔挺，就像铸在地上一样。每位解放军叔叔手中，都拿着一件乐器，有的乐器很大，看来也很重，像个巨大的喇叭，解放军叔叔就将它扛在肩背上，依然站得笔直，显得那么威武和潇洒。这使少先队员们对解放军叔叔们怀着敬意！

少先队员的观礼队伍，就在军乐团的解放军叔叔们的后边，紧挨着军乐团。由于解放军叔叔站立的行距较宽，少先队员们通过行距的空隙能清楚地观看到将会通过的游行队伍。虽然不如观礼台上的贵宾看的游行场面那般齐全，但真真他们已经感到十分高兴和荣幸了！少先队员们也学解放军叔叔，站得整整齐齐的。由于兴奋，有时仍然忍不住，要叽叽喳喳地小声说话。

忽然，大家听到说，毛主席登上天安门了！大伙儿便一齐朝天安门上看。可是，距离太远，只能看见天安门城楼上影影绰绰出现了不少人。接着，广播响了，有人说是北京市市长彭真在宣布国庆庆典开始。接着，解放军军乐团的叔叔们开始演奏庄严的国歌。

在场的少先队员们皆端正站立，齐唱新中国的国歌——

起来，不愿做奴隶的人们！

把我们的血肉，

筑成我们新的长城……

雄浑激越的《义勇军进行曲》让全场热血沸腾。

随后，广播里传来了毛主席带湖南腔的讲话声。

全场鸦静，所有的大人孩子都在仔细地聆听毛主席的说话声，努力翻译他的湖南话。一会儿，毛主席讲话完毕，宣布国庆游行开始。

首先接受中央领导检阅的是中国人民解放军海陆空三军。军乐团的叔叔们演奏的是让人听了精神特别振奋的《中国人民解放军军歌》——

向前，向前，向前！
我们的队伍向太阳，
脚踏着祖国的大地，
背负着民族的希望，
我们是一支不可战胜的力量！
……

只见穿着海陆空三军不同服装的解放军叔叔们在解放军军歌的进行曲声中、迈着威武雄健的步伐通过天安门。解放军叔叔们走得那么整齐，步调那么一致，仿佛就像是一个人。这让真真他们看了简直佩服得不得了！

少先队员们还看见解放军叔叔们驾驶的坦克车、装甲车、高射炮、榴弹炮……依次通过天安门前。在这之前，他们只在电影里见过这些现代战争的大型武器装备。

解放军空军部队的叔叔们接受检阅时，蔚蓝色的天空中，出现了空军叔叔们驾驶的喷气式飞机机群。每三架战鹰一组，排成整齐的队列飞越天安门和首都北京的上空。蓝天上，留下战鹰们飞过时划出的一根根白色的长线，回荡着战鹰们驶过的轰鸣。

对人民解放军海陆空三军的检阅，使人们感受到伟大祖国的强大！也使少先队员们非常自豪！因为他们知道，中国人民再不会像过去那样受外国侵略者的侵略、杀戮和奴役了！

除了演奏《中国人民解放军军歌》，军乐团还演奏了《中国人民志愿军战歌》《我是一个兵》等革命军队的歌曲。

唯一的遗憾，是这次没有检阅解放军的骑兵部队，没能见到翠翠描述的检阅解放军骑兵部队时的情景。

解放军三军部队接受检阅后，便是工人、农民、学校师生、机关事业、各界人士、各行各业的游行队伍。解放军军乐团的叔叔们演奏的歌曲旋律也随之从铿锵有力变得欢快和轻松，一会儿演奏《咱们工人有力量》，一会儿演奏《万丈高楼平地起》，一会儿演奏《南泥湾》，一会儿演奏《五星红旗迎风飘扬》……使游行的气氛更加欢快和热烈。游行队伍经过天安门时，欢呼声此起彼伏。大家把对新中国和国家领袖的美好期望和信任爱戴，都融到欢呼声里了！少先队员们目睹了浩浩荡荡的游行队伍那旗帜如林、人如潮涌的壮观景象。真真他们这些参加观礼的少先队员，也有序地挥舞着手中的花束，他们的头顶上，便时而呈现出一片花的海洋。

当举着一面面校旗的大学和中学学校师生的游行队伍和小学教师的游行队伍通过天安门时，真真他们目不转睛想在涌动的人流中发现杨老师的身影。然而，难以找出沧海一粟。

真真想在游行队伍中发现翠翠，也是枉然。

当文艺工作者的游行队伍经过天安门时，穿着色彩艳丽、五彩缤纷的各种民族服装的少数民族演员们载歌载舞。他们跳起了各民族优美欢快的舞蹈，气氛十分热烈。也让真真他们这些少先队员大开了眼界——看到我们祖国是怎样一个丰富多彩、由五十六个兄弟民族组成的团结友爱的大家庭。

各兄弟民族异彩纷呈、风格迥异的舞蹈，给真真他们留下了美好的印象，如：维吾尔族、蒙古族、藏族、朝鲜族……优美的舞

蹈，都让孩子们非常喜爱。

几小时的盛大游行在无比欢快的节日气氛中不知不觉过去，真真他们只觉得目不暇接，眼花缭乱，沉浸在幸福和兴奋中。因为，这是他们有生以来所见到的最难忘和壮丽动人的游行情景！这些情景，连同他们的感受，将伴随着他们每个人的一生。

游行完毕，担负整个游行过程演奏任务、辛苦了几个小时的解放军军乐团的叔叔们，排着整齐的队列，迈着整齐的步伐，离开了会场。

于是，真真他们这些参加观礼的数千名少先队员的队伍，就直接面对着天安门啦！他们挥舞着手中的花束，欢呼着，一同向前奔跑，一齐涌向天安门，一直涌到金水桥边。

各学校的辅导员老师和大会工作人员紧跟在少先队员的队伍后面，将上百束五颜六色的氢气球和上千只象征和平、幸福的鸽子同时放飞在祖国的蓝天——天安门的上空。

在以后的几年里，真真每年都在五一劳动节和十一国庆节被选为学校少先队到天安门广场观礼的代表，一共参加过八次这样的观礼，直到小学毕业。

（十一）

让人留恋难忘的金色的秋天，在孩子们的不知不觉中就过去了，严寒冷冽的冬季，在西北风遒劲的呼啸声里又一次来到了人间。

寒冷的气流，也降临了这座由孩子们"占领"的小庙。

原先庙宇的正殿，也就是正对着那道高门槛儿的地方，作为了所有老师的预备室，也就是办公室。每位老师都有一个简单朴素的书桌，作为办公桌。桌子上，经常摞着一厚沓同学们的作业本。每位老师，还有一个坐着备课和批改作业的简陋的座椅。体育老师的篮球、皮球、跳绳等堆在一个角落，在课间吸引着同学们的眼球儿。音乐老师的风琴也摆在那里面，哪个班上音乐课，就派几个力气大的男生去抬风琴，下了课再抬回老师的预备室。

那个正殿，还用布幔隔出一小部分，放置了两三张小床，作为家在外地的老师夜晚休息睡觉的地方。

真真他们班的班主任杨老师，就住在老师办公室布幔后面的一张小床上。他是秦皇岛人，每学期学习结束、放寒暑假时才回秦皇岛老家去。

老师每天的伙食，就是由烧开水的宋大伯蒸饭和简单地做一点儿菜。全班同学虽然年幼，但也能看出老师的生活跟他们一样，也是很朴素的。

由于小庙的正殿正对着高门槛外柳树井胡同儿的街道，所以首当其冲成为迎受冬季寒风的侧重点。摞在老师办公桌上的同学们的作业本，被鼓着腮帮的大风肆无忌惮地吹得凌空乱舞，随意抛掷，老师们只得用石头砖块来压住所有可能被大风吹乱的物品，并在进出时随手将办公室的门关严。

三年级一班的教室在二班教室的对面儿，也是原先庙宇的偏殿。大小高低都一样。所不同的是，一班的教室坐北朝南，能享受冬季难得的阳光。而二班的教室坐南朝北，夏天倒是阴凉，冬天却冷得像个冰窖。

这可苦了这几十个猴儿学生了！

尽管宋大伯每天早晨都把各班教室里的炉子生着，但由于教室空间太大，又宽敞又高朗，一个小铁炉子的热量简直微乎其微，除

了紧挨着火炉坐的少数几个同学能感受到炉火的一点儿温暖和从炉子的缝隙蹿出的呛人的煤烟味儿外，大多数同学在屋外接近零下20摄氏度的严寒状态下，坐在教室上课，都冷得瑟瑟发抖。

由于那时候，谁都还没穿过羽绒服，而且大多数人，听都还没听说过羽绒服这个词儿，大伙儿都只穿着一件棉袄过冬。家庭条件好的同学，棉袄里面还穿了件绒衣或毛衣，家庭条件差的同学，仅只穿了件空心儿棉袄，脱了棉袄就是光脊梁。学校体检量体重时，医生为了正确，叫脱了棉袄量，结果许多男生一脱棉衣就成了光脊梁，杨老师在一旁见了不觉有点儿心酸。他怕学生着凉感冒，就请求医生不要叫孩子们脱衣服。为了不至于冻僵，同学们坐在教室里上课时，就都不由自主地用双脚交换着不停地踏地点地，用以活动双腿和双脚。有时候，同学们那响成一片的哒哒哒哒哒的跺脚踏地声几乎都盖过了杨老师讲课的说话声；杨老师心疼地瞅着自己这几十个冷得发抖的猴儿学生，只得使劲儿提高自己的嗓音来讲课。

尽管这些猴儿学生个个冻得小脸儿通红，鼻涕嘶啦啦地抽个不停，双手冻得像紫萝卜，却没有哪怕一个同学叫过苦，也没有谁因此而愁眉苦脸，大家都以苦为乐，高高兴兴的。

也难怪，这是原先供奉菩萨神仙的地方，菩萨神仙又不怕冷。尤其是他们的塑像，冷或不冷，对他们来说反正一点儿感觉都没有。

实在冷得不行，同学们就盼着下课。一到下课，"猴儿们"便一窝蜂都涌到了院子里。班长赵东海和大哥哥张齐赶紧跑到老师预备室，拿出那根足有两丈长的粗绳索来。旋即在那几株高大的青松翠柏下使劲儿抡了起来，啪啪啪地甩打着青砖的地面，顷刻间便将那根绳索抡圆了。"猴儿们"也像得了号令般都自觉地排成队，一个跟一个牵成串地钻进舞动的绳圈内，井然有序地跳跃着穿过，中间从不出现空档或停顿。跳上一两下，或三四下，从另一端跑出去。再在另一头儿排队准备跳。有时候，班上同学分为两队，交叉着跳。有时两三个同学挤一块儿同时跳，还有不少技艺高超的同学，能够玩出一些花样，诸如抡着根小绳钻入大绳内、小绳大绳一齐跳，刘玉凤竟然还能边跳绳边踢毽子，并且能踢出各种花样，博得同学们的喝彩！在大伙儿跳绳的过程中，每个人的动作都那么快，那么灵活，整体连贯得那么好！就像集体表演一般，中间从不出现空档。一个个仿佛在绳圈中穿花似的，让人看得眼花缭乱。有一天，体育老师站在预备室门前台阶上观摩了一阵三（一）班和三（二）班的跳绳后，感慨地对杨老师说："您还甭说，这猴子班的跳绳儿就是不一样！"

课间十分钟，时间虽不长，但被大家在连续的蹦跳奔跑中充分利用上，加之宋大伯有时有意无意地将课间休息延长那么两三分钟，因此，当上课的铜铃再次摇响时，大伙儿虽未尽兴，身上却暖和多了。

这可以让同学们重新坐下来后，抵御一阵子严寒，坚持到下课。

（十二）

期末考试时，三（二）班的平均成绩，超过了三（一）班不少，杨老师为此很满意。

因为他知道，在这么寒冷的冬季，他的猴儿学生们，学习确实很努力。而三（一）班，是在坐北朝南的教室里上的课。相比之下，学习条件比他的猴儿学生们好多啦。

不过，他的猴儿学生也不会让他省心。

课间十分钟，大家在连续的蹦跳奔跑中度过。

喻正元 插图

这天，真真见晶晶从学校带回来了奖品，是一个彩色厚皮儿的小日记本，非常地羡慕。晶晶瞧她羡慕，得意地问她："怎么，你们学校没发奖品啊？"

真真失望地嗯了声，她非常想有一个晶晶那样的日记本。

晶晶见状，逗她道："你们可以向老师提出这个要求呀！告诉老师，鲍家街小学对学习成绩好的学生都发了奖品，你们学校也该发呀！"

虽然是对妹妹说的玩笑话，真真却听进了心里。

第二天上学，真真就把晶晶姐得奖品的事告诉了杨老师。

杨老师为难地说："目前咱们学校经费很少……"正待解释清楚，忽瞥见自己的学生殷切期盼的眼神，便把话打住了。因为他不忍心让自己的学生失望，也不愿使他的猴儿学生们觉得自己的学校不如附近别的学校。顿了一下，杨老师用肯定的语气安慰真真道："好，这事儿让我来想办法。"

放学以后，杨老师骑着自行车去了一趟西单。用他自己当月的工资在西单商场买了好几个真真想要的那种彩色硬壳的小日记本，还买了十多本当时孩子们最爱看的小人儿书，以及一些铅笔、橡皮、尺子、削笔刀之类的文具。

那时候，卧佛寺小学没有附近的鲍家街小学和傅作义将军开办的奋斗小学有名，办学经费也很少，实在拿不出钱来买奖品奖励学生。而杨老师，为了不让自己的学生们失望，竟花费了不少自己在那时相对较低的工资收入来买奖品。

当肖真真和赵东海、韩玉茹、吴怡生、尤淑芹、殷秀明等几位同学从杨老师手中接过奖品时，心中是多么高兴啊！脸上的笑容那么灿烂！杨老师看着自己的学生脸上流露出欢快的笑容，也欣慰地笑了。

真真不仅得到一个她十分想要的彩色厚壳儿的小日记本，还得

到一本《三毛流浪记》的小人儿书。

可是，猴子毕竟是猴子，还不够懂事。在得了奖品心满意足之际，竟还冒出这么一句："杨老师，鲍家街小学除了发这些奖品，还发了花手绢儿哪！"这使得杨老师欣慰的笑容里，又增添了对于学生的歉疚的表情。

真真长大后，慢慢从猴子进化成了人，她发觉自己和同学们那时候，多么像小幽默里讲述的淘气而不懂事的孩子啊！

（十三）

放寒假后，除了要按时完成寒假作业，学校的少先队大队还分派给少先队员们一个任务，就是给当时被赞颂为最可爱的人——志愿军叔叔阿姨写慰问信和慰问军烈属。

杨老师在回秦皇岛老家前，也向全班同学交待了这个光荣任务。他还首先带头给志愿军写了一封慰问信。当然，他没有称呼志愿军为叔叔阿姨，而是称呼的志愿军同志。并把信交给了赵东海，说是和同学们写的信一块儿邮寄。同学们看到杨老师的信内容写的非常好，字也写得十分漂亮工整，一丝不苟的。杨老师要求每个同学至少要给志愿军叔叔阿姨写一封慰问信。

杨老师是位很负责任的老师，虽然只回家一个月，但他记挂着他的学生们，还特地把他老家的地址写给了赵东海和肖真真，并嘱咐他们有事儿可以给他写信。

那时候，哪怕是邮局，也都还没有开通长途电话的服务项目呢。一般老百姓，甚至都还从没打过电话呢！更别说什么手机和电脑了。那会儿要是谁说手机电脑，大伙儿准得认为那是天方夜谭。

　　有两年，抗美援朝战争打得如火如荼，无论你走到哪儿，都可以听到广播里"雄赳赳，气昂昂，跨过鸭绿江。保和平，卫祖国，就是保家乡。中国好儿女，齐心团结紧，抗美援朝，打败美帝野心狼"的歌曲，让你感受到一种战争的气氛。学校接到通知，为防止美帝国主义打细菌战，让全校同学都注射了防疫针。一种叫三联针，一种叫四联针。三联针可以预防诸如鼠疫、霍乱、天花三种疾病，四联针可以预防四种疾病。街道派出所的干事还叫每个四合院都挖防空洞，并且要求各家各户都在玻璃窗上粘贴上了防空纸条，说是防备万一美国侵略者哪天发了疯来搞空袭。玻璃窗贴上了防空纸条，敌人空袭时玻璃不容易震碎。派出所干事还经常到每个四合院来检查指导，并叮嘱大家，若是听到拉警报就立即躲到防空洞里去等。真真他们住的那个四合院儿，由于住的人较多，派出所叫挖了两个防空洞。早先院子里是青砖铺地，为挖防空洞，把方砖起了几十块。全院的大人孩子一齐动手，用十字镐和铁铲、铁锹在院儿里挖了两个长方形的战壕般的掩体。上面盖上几块门板儿，再把挖出来的泥土覆盖在门板上，防空洞就做成了。当然，盖门板儿的时候，得留个出入口儿。

　　尽管大伙儿并没听到美国鬼子来空袭的警报，但大人孩子都感受到了战争的气氛，只是觉得北京离前线还挺远，加上大伙儿对抗美援朝都怀着必胜的信念和信心，所以谁都没有感到丝毫的紧张和害怕。大伙儿一边挖防空洞，一边唱《嘿啦啦啦拉，嘿啦啦啦》，这也是当时的一首脍炙人口的歌曲，歌词儿是：

　　嘿啦啦啦啦，嘿啦啦啦，
　　嘿啦啦啦啦，嘿啦啦啦，
　　天空出彩霞呀，

地上开红花呀。

全国人民力量大，

打败了美国鬼呀。

全世界人民拍手笑，

帝国主义害了怕呀！

……

板门店停战谈判成功，战争结束以后，人们纷纷把院儿里的防空洞填平了，因为院里修筑防空洞，除了孩子们藏猫猫方便，实在不美观。真真他们院儿的防空洞变成了两大块花圃，给小院儿增添了摇曳着生命绿色的别样风景。

那时候，派出所也在组织各家各户给志愿军做慰问袋。有不少人在慰问袋上绣着红色的花朵，代表着是慰问英雄的花。慰问袋里面，是各家各户做的和买的各种慰问品，诸如：毛巾、香皂、牙膏、牙刷、鞋子、袜子等。真真就看见妈妈和米大妈、水阿莲大婶她们做慰问袋，还看见妈妈往慰问袋里放进了不少东西，然后缝好，交到派出所，由派出所交到火车站运往朝鲜前线。

赵东海不愧是班干部和队干部，做事雷厉风行，他布置大家三天之内完成给志愿军叔叔阿姨写慰问信的任务。每个人至少写一封，当然，写两封三封就更好，多多益善。

三天后，同学们都拿着写好的慰问信来到学校。

真真的那封慰问信，是写给战斗在上甘岭的志愿军叔叔阿姨的，因为她听说上甘岭的志愿军叔叔阿姨们作战很英勇，打得很艰苦。她在信封上写明：寄给战斗在朝鲜上甘岭前线的志愿军叔叔阿姨（收）。

赵东海向同学们说，他写了两封慰问信。同学们一看，一封是写给志愿军空军英雄张积慧叔叔的，另一封是写给志愿军空军英雄赵宝桐叔叔的！因为这两位志愿军空军英雄，都是赵东海这个十三岁少年心中崇拜的偶像。

同学们不约而同哇了一声，对赵东海十分佩服。觉得他这个班长和中队长，水平就是高！

几个班队干部一同来到邮政所，把杨老师和全班同学写的几十封给最可爱的人——志愿军叔叔阿姨的慰问信，全都寄往了朝鲜前线。

没过多少天，肖真真就收到了一封来自朝鲜上甘岭前线的志愿军叔叔的回信。

回信是一位姓许的志愿军叔叔写的，字写得有些潦草。他告诉真真，他只有17岁，是一位青年团员。

小许叔叔告诉真真，他们在上甘岭打得很激烈，为了抗美援朝保家卫国，他和他的战友们都做好了牺牲的准备。

真真立即给小许叔叔回了信，向他和他的战友们表示崇高的敬意！可是这一次，却没有再收到回信。

真真明白，小许叔叔十之八九已经牺牲在朝鲜前线上甘岭的阵地上了！她为此在心里难过了好久。

（十四）

少先队在寒假的第二个任务，是慰问军烈属。

真真他们被分派了慰问两户军烈属的任务。

杨老师回秦皇岛了，这意味着慰问军烈属的任务，要靠少先队员们自己独立来完成。

好在赵东海一点儿也不胆怯，在杨老师培养下办事有条不紊。

他意气风发，信心十足地带领着少先队员们按照学校告诉的门牌号码来到一户军属的家门前。

原来这户军属离学校很近，就在柳树井丁字形胡同的右上角，距学校只有五十米远。

在孩子们细碎而又热情的敲门声中，一位年约六十来岁、头发花白、身体比较瘦弱的军属奶奶打开门，出现在大家面前。

"你们……找谁呀？"她问。对于这十多个在冬日的清晨出现在她家门前的系着红领巾的孩子，她有些困惑不解。

看来有关单位还没来得及把这些少年儿童要来慰问军烈属的事儿向军属们讲明。

也许，是想给这些军属一个意外的惊喜？！

孩子们对此不得而知。

听到军属奶奶的询问，赵东海面带笑容、大大方方地带领同学们给军属奶奶行了个少先队队礼后说：

"我们是卧佛寺小学的少先队员，学校安排我们在寒假来慰问您这户军属。志愿军叔叔在朝鲜打美国鬼子，解放军叔叔在保卫祖国的边疆和海防，他们都是我们少年儿童学习的好榜样！因此，我们要对军属和烈属进行慰问。奶奶，您家里有什么需要我们做的事儿吗？"

军属奶奶听明白这一群红领巾孩子的来意，慈爱地看着赵东海和簇拥在赵东海身边的少先队员们，摇摇头说："谢谢你们！没什么事，没什么事。"

赵东海环顾了一下小院儿，发现这是个独门独户的很小的院落。院里零乱地堆着一些东西，还有不少落叶，便果断地向军属奶奶说："奶奶，春节快到了，我们帮您家做个大扫除吧！"

由于赵东海当班长，时常带领班上同学进行大扫除，把教室和庭院打扫得干干净净，因此，大扫除是他的拿手好戏。

少先队员们听了赵东海的话，一个个像得了号令般动起手来。扫地的扫地，擦玻璃的擦玻璃，抹桌椅板凳的抹桌椅板凳，清理杂物的清理杂物……虽然这些活儿，同学们在家时也很少做。

军属老奶奶似乎并不想让红领巾来帮她做大扫除，她显然担心这一群毛孩子毛手毛脚地会把她家的东西弄坏或弄乱，因此连连劝阻。然而赵东海是个做事特别认真负责的男孩，你越不相信他，他越要把这件事做好。老奶奶见实在阻挡不住，无奈之下，只得任由这群毛猴子"搞得她家天翻地覆了"。

赵东海、韩玉茹、肖真真他们这十几位少先队员，异常卖力地干了半天，直到把军属老奶奶家的房屋和院落都打扫得一尘不染，窗明几净，才告别老奶奶回家。

临别时，老奶奶对这群毛孩子真的是刮目相看。

她慈爱地拉着红领巾们的小手，不住地道谢。

与军属老奶奶告了别，孩子们走出那个小小的院落后，回首望着门楣上钉着的那枚光荣军属的圆形标志，都感到非常的高兴和满足。

大家围住赵东海问："中队长，什么时候去慰问另外那户军属呀？"

赵东海像个小大人般思忖片刻，说："快过年了，咱们得快点儿，我看就明天去吧！"

"还是做大扫除吗？"大伙儿又问。

"需要做大扫除的话，咱们就做大扫除。"

"要是不需要我们做大扫除呢？"韩玉茹问。

赵东海想了一下，道："那就给军属表演节目，大家都回家准备一下，每个人都得表演一个节目，或两个人、三四个人一同表演都

春节前，少先队员们为军属奶奶做大扫除。

喻正元　插图

行。唱歌、跳舞、快板书、诗朗诵等都可以。"

真真他们听后啊了一声，惊呼道："还要给军属表演节目呀？"

刘玉凤一下子羞红了脸，仿佛马上就要她登台表演了似的。

赵东海说："到时候，你们可不许扭扭捏捏不大方，像个乡下的大姑娘！"

大家又一齐啊了一声，因为赵东海这句话，是引用最近同学们看的一部话剧里的台词儿。

赵东海环顾了大家一下，目光停在刘玉凤身上，关心地问她："刘玉凤，你有好点儿的衣服吗？"

韩玉茹忙说："我可以借一件衣服给她，明天早上我就带来。"

刘玉凤红着脸喜滋滋地小声说："前天我爸发薪，给我买了几尺花布，我妈昨儿个❶正给我做过年的新衣裳呢！要是今晚能缝好，明天我就穿上它。"

听说刘玉凤要穿新衣服了，同学们都为她感到高兴！因为同班半年来，尽管四季在轮回，但大伙儿还从没见刘玉凤穿过一件没打补丁的衣服，更别说新衣服了。

真真高兴地拉着刘玉凤的手摇了摇，对她说："你穿上新衣服，一定挺好看。"

韩玉茹说："那我明天也穿上新衣服。"说完，她偷眼看了一下赵东海。韩玉茹是女同学中最喜欢赵东海的一个女孩子。

赵东海答："好！那明天大家就都穿最好的衣服吧！明天我们就表演节目给军属看。大家回去都做好表演节目的准备。如果需要我们做大扫除，我们就在后天再去做一次。"顿了一下，他又对韩玉茹说："你明天也带一件衣服来，要是刘玉凤的新衣服还没做好，就穿

---

❶ 昨儿个：昨天。

你的衣服，你们俩高矮差不多。"

听完赵东海的话，同学们都很紧张和兴奋，几位女同学啊啊啊的叫个不停，接着又商量一同表演舞蹈的事，因为她们不久前在班上表演过一个舞蹈。刘玉凤的脸红得最厉害，她不知所措地问大家："我……我……我……什么都不会，明天表演什么节目呀？"

真真为她出主意道："刘玉凤，你不是最会跳绳、踢毽儿吗？要不，明天你就给军属表演踢毽子吧！我昨天才买了个好漂亮的鸡毛毽儿，明天我给你拿来，你就把你会的花样都踢出来给军属一家看？"

刘玉凤拿不定主意地红着脸问赵东海："表演踢毽儿行吗？"

赵东海也见过刘玉凤踢毽儿，笑着点头道："我看挺好！"

刘玉凤如释重负地红着脸笑了。

全班同学都知道，刘玉凤这个细胳臂细腿儿的女孩子，特别擅长跳绳和踢毽儿什么的，她可以抡着根绳子一口气跳好几百下都不停。踢毽子更是拿手，什么花样都会踢不说，那毽子就仿佛粘在她的两只脚上一样，想怎么踢就怎么踢，踢前踢后，踢左踢右，踢高踢矮，翻过来掉过去都不会落地。听她讲，这是她带弟弟妹妹时练的，而同学们，都认为她有这方面的天赋。

尤淑芹也试探地问赵东海："我明天演什么节目？"

不等赵东海回答，同学们便笑着异口同声道："唱《刘巧儿》呀！"因为前不久，尤淑芹在班上表演节目时，唱了一段儿评剧《刘巧儿》，大受同学们欢迎！这些毛猴子同学，虽然还不懂得什么叫爱情，但把《刘巧儿》看作是跟《牛郎织女》的爱情神话差不多好听的优美民间故事。从此这便成了尤淑芹在班上表演的专题节目。

但尤淑芹遗憾地表示："没有赵振华，这戏演不好。"

　　原来，在班上表演时，尤淑芹特意叫上张齐来配合她的表演。张齐不用唱什么，只需在头上箍一条白羊肚毛巾饰演赵振华，唱词儿全由尤淑芹一个人唱。唱到中途，尤淑芹按照剧情的需要，会象征性地端一碗水给张齐喝。头上箍了条白毛巾的张齐，就和尤淑芹并排站在一起，笑模悠悠地瞅着她唱，等着喝那碗水。

　　他们的表演，逗得全班的毛猴子同学开心大笑！

　　此时，由于张齐没有入队，因而少先队的活动他也没能参加，只有尤淑芹一个人清唱了。

　　同学们相互道别回家时，想着明天的任务，都不由有些兴奋；只有韩玉茹，显出有点儿心事的样子。

　　真真在回家的路上边走边想，明天我是表演唱歌好呢，还是诗朗诵呢？

　　回到家中，真真向妈妈说，少先队明天要去慰问军属表演节目，妈妈就把才给真真做的过年穿的花绒布罩衣拿出来给真真试穿。真真高兴地将新衣裳套在她那件旧棉袄上面，穿上身后，她想知道自己换上新衣服后是什么样子，便用小镜子照自己。然而那面小镜子只有小巴掌那么一点儿大，像捉弄人似的照过来照过去也看不明白。这使真真想起她有一次在一本书上看到的一句成语，叫作：管中窥豹，只见一斑。

　　那时候，家家户户生活都很朴素，一般人家，还难得有一面大镜子。

　　真真瞅着小镜子里的那个小女孩，觉得她说不上长得好看，只是透着单纯和幼稚。真真望见她和自己一样，在一侧脸蛋儿上有个小酒窝儿，不由笑问道："喂，你好吗？"

（十五）

第二天，真真早早起来，穿上新衣服，戴上红领巾，手里拿着准备给刘玉凤表演时踢的鸡毛毽儿，喜滋滋地来到学校。

虽然是用鸡毛做的毽子，但商家为了做得好看，让孩子们喜欢，便把鸡毛染成了各种颜色，把个毽子扮得煞是漂亮。

真真买的这个毽子，是用红黄蓝绿各色鸡毛做成的。毽子中央，还有两只玫瑰红的绒球球，袅袅娜娜地站立在鸡毛毽的上方。踢毽子的时候，这两只绒球球便随之飞舞，就如儿歌里唱的那样：好像花儿朝上飞，好像活泼的小公鸡。

跨进校门，真真看见赵东海已经第一个到了。瞅见穿着新衣服的真真，他的眼睛亮了一下。

赵东海仍穿着他那件浅咖啡色卡其布的半旧男孩装，显然那就是他最好的衣服了。

他们俩对望着笑了一下，算是打招呼。赵东海轻轻说了声："嘿，小酒窝儿。"

过了会儿，同学们陆续到了，女同学几乎个个都穿着新衣服，佩戴上红领巾，显得十分喜庆。

赵东海看了很高兴和满意。

接着韩玉茹也来了，她家住太平桥那边，离学校要远一些。

出乎大家意料的是，韩玉茹并没穿新衣服。她仍然穿着平日那件蓝颜色小碎花的罩衫，一侧的肩上挎着书包。

走到同学们面前，韩玉茹才从书包里拿出一件折叠得很平整的新衣服，向大家说："要是刘玉凤的新衣服还没做好，就让她穿我这件新衣服吧！"

韩玉茹虽然像是在对大家说，眼睛却望着赵东海。

这是一件深红色底子，上边浮现出一团团浅紫色花朵的新衣服，韩玉茹穿上它，一定很好看。

因为韩玉茹皮肤白，又长眉细眼的，挺秀气。

"总不能自己穿新衣服，借半旧的衣服给同学穿吧！"韩玉茹有些艰难地说。看得出她对这个问题，经过了好一番的思想斗争。

韩玉茹说这话的时候，眼睛仍看着赵东海。

对于韩玉茹的决定，同学们很感动；从赵东海的眼神儿表情看，他也被感动了。

"韩玉茹，你真好！"真真握着她的双手说。赵东海在旁，也赞许地点点头。

韩玉茹细长的眼睛忽然润润的。

她没有告诉大家，昨天回家后，为了借新衣服还是借旧衣服给刘玉凤这件事，抉择之艰难，大大超乎了她这个十三岁女孩的想象。

也难怪，凡是女孩子，谁不爱漂亮啊！在当时的经济条件下，穿一件新衣服，又是多么的不容易！一般的家庭，在一年四季里，最多也就能给孩子添置一两件新的布衣服，如今的这些结实漂亮的面料，那会儿都还没有横空出世呐！

因此，整个晚上，韩玉茹几乎都在同自己作对一般，她一次次穿上新衣服，照着小镜子欣赏自己；又一次次强迫自己将其脱掉，换上旧衣服。这样反反复复竟达七八次，直到把自己折腾得精疲力尽，才艰难地做出最终的决定，倒在床上身心疲惫地睡去……

大家正在感动赞叹的当儿，刘玉凤来了！

让大伙儿高兴振奋的是，刘玉凤今天竟然也让大家眼前一亮地穿上了新衣服！她说是她妈妈听说女儿要到军属家里表演踢毽子，

熬了大半夜，给她赶工缝出来的。

刘玉凤的新衣服，是一件深枣红底子缀满大红花的新衣裳，要多喜庆，有多喜庆！刘玉凤穿上它，再加上她那羞怯怯的表情，竟有点儿像个俊俏的小媳妇儿。

同学们都笑望着刘玉凤，仿佛她跟平时候那衣衫破旧的模样换了一个人。那感觉就像是童话里的灰姑娘突然间变成了公主。

大家把韩玉茹准备把新衣服借给她穿的事，向刘玉凤讲述了一遍，刘玉凤听了非常感动。

真真把从家里带来的鸡毛毽递给刘玉凤，同学们都说："真好看！"每个人还伸出手把毽子的绒毛轻轻地摸了一下。

大伙儿又催促韩玉茹道："韩玉茹，你也快换上新衣服吧！"

韩玉茹跑到教室里，把她那件半旧的衣服脱下来，换上那件深红的布底上面，绽放着许多浅紫色花朵的新衣服。当她走出教室时，同学们发现，那些紫色的花朵，把她的脸蛋儿衬托得更白，眉眼也显得更秀气了。

吴怡生也来了，穿着一件深蓝色的灯芯绒夹克，手里还拿着两副说快板儿用的竹板儿，原来他要和赵东海一起表演说一段儿山东快板儿书。

尤淑芹最后一个到，为了唱《刘巧儿》，她在家东翻西找，硬是把她妈妈从前用的一条蓝花布围裙从箱底儿搜寻了出来。她说表演时系在腰间，能有点儿像刘巧儿。

说罢，尤淑芹又叹口气，说可惜没有张齐参加，她的表演会因此减色许多。

同学们忙安慰大姐姐，答应在她表演时、大伙儿会用嘴代替乐器给她伴奏唱段的过门儿。

少先队员们在中队长赵东海的带领下，叽叽喳喳、说说笑笑地出发了。不一会儿，他们就来到坐落在旧刑部街的一户军属的家门前。

四合院儿的大门敞开着，仿佛在欢迎红领巾们的到来。真真他们挤挤挨挨步入大门的那一刻，女同学一个个用手抚着胸口，都禁不住有些紧张。赵东海见状，忙给大家打气。叫每个人都大方点儿，还叮咛同学们，见了军属，听他的口令，大家一同敬少先队队礼。

这户军属家里人多，男女老少有七八个，见来了少先队员，都跑出来迎接，热情得很。那位解放军叔叔也在，因为他正好回家探亲。

少先队员们在赵东海的带领下，一个个站得笔直，一同给这户军属敬了五指并拢举过头顶、代表人民利益高于一切的少先队队礼。

红领巾们被解放军叔叔一家迎进屋，还没致春节慰问词，解放军叔叔和面容慈祥的爷爷奶奶便忙着抓杂拌糖和大花生什么的给孩子们吃。十几个红领巾和解放军叔叔一家挤坐在四合院儿正房那间大屋子里，显得格外热闹！气氛很热烈。赵东海先站在屋子中间，向解放军叔叔一家致慰问词。虽然是照着事先打好的稿子念的，但赵东海念得声音清楚嘹亮，也很流利，中间没打一个结巴，少先队员们都用佩服的眼光看着他。

赵东海像个小大人儿般把慰问词念完，宣布表演节目开始。

解放军叔叔一家以为红领巾们来敬了礼，致了慰问词就走的，没想到孩子们还要给他们表演节目，高兴得不得了，全家人都热情鼓掌，说："欢迎欢迎！我们很高兴看你们表演。"

赵东海处处带头，表演节目也不例外。为了给队员们壮胆儿，第一个节目便是他和吴怡生合演的山东快板儿，内容是颂扬志愿军空军英雄张积慧是如何凭自己的勇敢和智慧战胜美国空军王牌驾驶员戴维斯的。

· 93 ·

这个节目，他俩曾在班上表演过一次。

在表演中，他们两人把手中的竹板儿打得呱哒儿呱哒儿响；吴怡生还充分发挥了他平时爱讲故事的特长，与赵东海一道，把这段赞颂志愿军战斗英雄的快板儿说得绘声绘色。

他们的表演，获得解放军叔叔一家和同学们的热烈掌声。

第二个节目，是韩玉茹扭秧歌。

韩玉茹是河南人，擅长扭秧歌；扭起秧歌来身姿和动作和谐柔美，有一种特殊的韵味。她一边扭，同学们一边给她伴唱山东民歌《沂蒙山小调》：

人人那个都说哎沂蒙山好，
沂蒙那个山上哎好风光。
青山那个绿水哎多好看，
风吹那个草地哎见牛羊。

韩玉茹的秧歌和同学们的伴唱也获得大家的掌声。

第三个节目，轮到真真独唱。

真真唱的是一首苏联歌曲，由于正值中苏友好，广播里时常播放苏联的歌。对于这些来自异国他邦的音乐旋律，人们很快就接受了！而且都很喜欢听，喜欢唱。

只听真真抒情地唱道——

正当梨花开遍了天涯，
河上飘荡着柔曼的轻纱，
喀秋莎站在峻峭的岸上，
歌声好像明媚的春光。
……

真真那带着童稚和真诚的歌声，也获得了大家的掌声。

第四个节目，是殷秀明等几位女同学一同表演的舞蹈《对面山

· 94 ·

上的姑娘》。这个舞蹈，是爱好舞蹈的殷秀明原先跟高年级一位擅长舞蹈的大姐姐学的。也曾在班上表演过，受到大家好评的。

接下来，是尤淑芹演唱评剧《刘巧儿》的唱段。

尤淑芹今天穿的是一件蓝布斜襟儿的中式衣服，腰间系着一块蓝底白花的围裙，配上她那两条又粗又长的大辫子和红润的脸庞，还真有些像个漂亮村姑。

只听她用评剧特有的唱腔、带着羞答答的表情唱道——

巧儿我自幼儿许配赵家，

我和柱儿不认识，

我怎能嫁他呀！

同学们听到此，连忙一同用嘴代替乐器给大姐姐唱过门：

啦—嗦—咪—嗦—来—哪—嘻—哆—来！

于是尤淑芹接着唱道——

我的爹在区上把亲退呀，

这一回我可要自己找婆家呀……

听到此，同学们一边笑一边又赶紧唱过门：

啦—嗦—咪—嗦—来—哪—嘻—哆—来！

只听尤淑芹又接着唱道——

上一次劳模会上我爱上人一个呀，

他的名字叫赵振华，

都选他作模范，

人人都把他夸呀……

尤淑芹唱的刘巧儿，声情并茂，把向往和争取婚姻自主的农村姑娘刘巧儿演绎得活灵活现。虽然比著名评剧演员新凤霞差着一大截，但她嗓音甜润嘹亮，人又长得特精神，加上同学们起劲儿地用嘴给她唱代表乐器伴奏的过门儿，把表演气氛调得浓浓的，因此很

受军属全家的欢迎。

最后一个出场表演的，是刘玉凤。

由于紧张，本来爱红脸的刘玉凤，站在屋子中央的时候，脸色竟然有点儿发白。

为了不妨碍她表演，同学们都向墙边儿又挤了挤，尽量给她挪出宽一点儿的地方。

解放军叔叔一家，兴致勃勃地观看了少先队员们表演的一个个节目；现在，又饶有兴趣地瞅着身穿鲜艳大红花衣裳的刘玉凤，和她手中的那枚漂亮的彩色鸡毛毽儿。

刘玉凤先给大家鞠了一个躬，然后开始踢毽子。

她很快就把所有人吸引住了，大家的目光，皆随着她那轻盈灵巧的动作和那只上下翻飞的鸡毛毽子移动。那只毽子就像被施了魔法一般，由着她的两只脚随意摆布，想怎么踢，就怎么踢。刘玉凤先用一只脚向里踢，而后又斜拐着脚向外踢，接着两只脚互相对着朝里踢，一会儿，又一只脚朝里踢，一只脚向外踢。再后来，她又将身体轻轻地弹跳起来，用左脚从背后把毽子向右啪一下高高地踢到空中，毽子坠落下来，她又连续用左脚从背后把毽子再次向右啪一下高高地踢回空中。这个被称为"八仙过海"的高难度动作，刘玉凤灵巧地一连重复了十来次；然后，她仿佛是怕毽子累了，要叫它休息一会儿似的，伸出一只脚来，让毽子稳稳地停在了她的脚背上。转瞬间，她又把那只脚灵巧地向上那么一勾，随着毽子的向上翻飞，她又用两条大腿交替高抬、类似原地大踏步的动作代替脚"踢"起毽子来……把大家都看呆了！

在刘玉凤踢毽子的过程中，肖真真、韩玉茹、殷秀明等就在旁边念诵平常玩毽子时的顺口溜给她助兴——

一个毽儿，踢两半儿，打花鼓，卖花毽儿，里踢，外拐，八仙，过海，九十九，一百！

念罢，又唱起了毽子歌：

小鸡毛呀真美丽，

做个毽子大家踢；

你踢了八十五，

我踢了一百一；

好像花儿朝上飞，

好像活泼的小公鸡；

大家都来练身体，

练好身体好学习；

大家都来练身体，

练好身体好学习！

在小伙伴们的歌声中，只见刘玉风脚不停、气不喘地将那枚彩色鸡毛毽儿踢得穿花般上下翻飞。时而扶摇直上，瞬间又凌空坠落，毽子中央那两支玫瑰红的绒球球更是飘飘忽忽，袅袅娜娜地在人们眼前晃来晃去，使人有眼花缭乱之感。

就这样，刘玉凤在众目睽睽下展示了她精彩纷呈的踢毽子表演。在她踢毽子的大约五分钟的时间里，那枚毽子一次也没有因失误而落地。

刘玉凤表演完毕时，大伙儿一个劲儿地鼓掌，真真把手心儿都拍红了，因为她踢毽子很笨拙，一次只能踢七八下。

面对大家的喝彩，刘玉凤面带羞怯笑容的脸上，一点儿骄傲得意的神情都没有。

通过这次表演，在同学们眼里，刘玉凤从此成为了三（二）班的一个宝贝；体育老师称为"猴子班"的一只有名气的"猴子"。

（十六）

慰问军属的任务圆满完成后，赵东海和肖真真给杨老师写了一封信，向他详细汇报了完成任务的情况。

因为杨老师不仅是他们的班主任，还担负着少先队中队的辅导员。

他们知道，杨老师虽然没在这儿，他的心却记挂着这里。

信寄出后，没过多少天就收到了杨老师的回信。

杨老师肯定了少先队员们的成绩，看得出他感到很高兴和欣慰。杨老师在信中还说，如果有什么事情，可以随时给他去信。

老师的肯定无疑给同学们很大的鼓舞！

那天晚上，真真又把杨老师的信阅读了一遍。这封来自秦皇岛的信，使她仿佛嗅到了蔚蓝色大海的湿润气息，使她浮想联翩。她想起有一次读过的一本描写大海的书，于是，眼前恍惚出现了蓝天白云下的金色沙滩，沙滩上散布着五颜六色、闪闪发光的海螺和贝壳，海水的波浪温柔地拍击着无边的海岸，成群的白色鸥鸟在那里曼妙地翻飞……

想到这里，真真的心忽有所动：啊！对了，怎么不叫杨老师到海边去给他们捡些海螺和贝壳回来呢！这是多么美妙的事！哈呀！她禁不住自己的兴奋，马上给杨老师写信提出了这个请求……

……

三月初开学，杨老师从他的家乡秦皇岛回到了学校，回到了他的学生们身边。

仅仅一个多月不见，就让他对这一班学生牵肠挂肚地想得不行，他发觉这几十个毛猴子学生已经成为了他生命的一部分。

他精神抖擞地领着他的那班学生排着整齐的队伍到本校行过开

学典礼回到分校后，把真真叫到办公室，拿出一包贝壳交给她，要她分给班上的同学。

真真高兴地接过这一包沉甸甸的礼物。为了一睹为快，她忍不住在杨老师的办公桌上将包打开来。然而，出现在她眼前的贝壳，并不如她想象的那么大，色泽也没有想象中的好。每一枚贝壳，几乎都只有核桃般大小，海螺也同样，没有一个硕大的。这和真真在书上读到的存在着差距，她便有些失望和不解地问道："杨老师，您怎么不捡大点儿的贝壳和海螺呀！"

杨老师歉疚地解释道："我家离海边还有好几十里路呐。那天去海滩，海边风很大，海滩上的土被冻得很硬。没有铁锹等工具，根本没法挖出贝壳和海螺。这些小贝壳，都是我用手指头使劲儿一个个硬抠出来的……"

听了杨老师的话，真真也不好再说什么了。

那天放学，真真把分给同学后、自己留下的几枚小贝壳带回家，放在手心儿一枚枚仔细地把玩。只见每个扇贝的外壳上，犹如有人给它打上了许许多多整齐的小方格，而它的内壳，却白净细腻又光滑。有一枚贝壳，还会发出神秘的荧光……

正欣赏着，被妈妈发现了。一问缘由，妈妈便摇头，责备真真道："我说你这小女孩，可真够淘气的！你也不想想，这么大冷的天，天寒地冻的，哪是到海边上去捡贝壳的季节呀！海边上风有多大你知道吗？怎么能在数九隆冬向老师提这样的要求呀！"

听了妈妈的话，真真没做声，她知道自己错了。

从此以后，杨老师在北国隆冬千里冰封的季节，在寒风吹朔的海滩上，蹲下身子，佝偻着肩背，用手吃力地抠挖着脚下的冻土为他心爱的学生们"捡"贝壳的形象，便永远定格在了真真的脑海里。

　　这天清晨，杨老师起床，迈出办公室，漫步在学校的庭院里。他欣喜地看到，庭院中的每一棵树都仿佛在向人们透露着春的信息。他深深地吸一口沁人心脾的清新空气，忽然发现，学校后院有一棵树上发出的一个个绿赭色的毛茸茸的嫩芽，其形状多么像一个个微观的小毛猴儿啊！这使他联想到他的那几十个活泼可爱的猴儿学生。是的，他们就是一群春的使者，代表着富有生命力的明丽的春天！虽然他们现在还小，还不够懂事，但他们聪明，活泼，诚实，单纯，爱学习，爱劳动，能吃苦，热爱祖国，热爱新社会，对祖国繁荣昌盛的未来充满了美好的憧憬……他作为一名人民教师，一位人类灵魂的工程师，肩负着培养教育他们的工作。这是多么光荣的使命！他一定要尽最大的努力，来培育他们，使这些看似毛猴子般的可爱的孩子，这些沐浴在新中国阳光下的第一茬儿幼苗，一个个都幸福健康地成长为祖国需要的有用的人。

　　想到这里，杨老师豪迈地扩展胸膛，深深地吸了几大口漫溢着春天气息的新鲜空气。

水阿莲大婶

水阿莲大婶
Shuialian Dashen

（一）

真真今天有点儿兴奋，她一兴奋，眼仁儿就发亮，脸蛋儿就红扑扑的。

真真兴奋的原因有两个：一个是她刚才认识了一位长得很威武、说话又很和蔼的解放军叔叔；另一个原因，是她们家住的那个小四合院里又搬来了一户新邻居，而且是军属。

放学的时候，真真和班上的几位同学相跟着走出校门，走了不远，就见到迎面走来一位解放军叔叔。解放军叔叔个子挺高，眉眼黑黑的，戴着八一军帽，穿着胸前印有中国人民解放军标志的军装，样子很威武。而他的眼神，又很和善，朝着他们含笑点头。同学们便一齐有礼貌地给解放军叔叔行了个少先队队礼，道了声："解放军叔叔好！"

解放军叔叔问："你们在读小学几年级呀？"

大伙儿回答："四年级！"

叔叔又问："四年级有作文课吗？"

同学们点头道："当然有啦！我们每周写一次作文。"

叔叔含笑问："那你们几位小同学谁的作文写得最好啊？"

同学们不约而同一齐用手指着真真道："她！"

叔叔便把目光转向真真，在叔叔的注视下，真真被看得不好意思起来。

· 103 ·

解放军叔叔很真诚地向她请求："能把你的作文本借给我看两天吗？"

真真和同学们谁都想不到解放军叔叔会提出这么个奇怪的要求。

大伙儿晕晕乎乎地想：这么高大威武的一位解放军叔叔，怎么竟会对我们这些小学生稚拙的作文感兴趣呢？

见几个红领巾孩子一脸迷惑的样子，解放军叔叔向孩子们解释道："是这样，你们每天在学校上学，我们部队呢，目前也正在学文化，得抓紧提高文化水平，好参加咱们新中国的建设呀！我最近正在学习写作文呢，想看看你们的作文是怎么写的，对照自己的学习参考一下。"

真真和同学们都扑哧笑了。嗨呀！原来这么高大威武的解放军叔叔也跟他们一样，在认真努力地学习文化呢！而且和他们一样也要写作文！这可是件新鲜事儿！真真想：回家得说给妈妈听。

真真从书包里拿出作文本来递给解放军叔叔，她有点儿羞涩地红着脸说："今天是星期二，您可以看两天，星期四还给我，我们每个星期五上午要上作文课的。"

解放军叔叔点头说好，他又告诉真真他的名字叫张俊祥，他们部队就驻在嘉祥里拐弯处临近大街的第一个院子里，说真真可以到那里去找他……

真真知道那个地方，因为那里有一处围墙很高的房子。听说里面住着一位新中国的领导人，是民主党派的一位老先生。部队驻军的院落，就紧挨着老先生住的院子，显然是中央的警卫部队了。真真有几次路过那儿时，碰巧遇见老先生坐着小轿车回来或从家门走出来准备外出。那是一位留着长胡子的面孔严肃的老先生，黑黑瘦瘦的。他总是身着一袭深色的中式长衫，戴着中式帽子，模样同他在新中国开国大典的照片上的样子一模一样。

从他的外貌，街坊们知道老先生名字叫张澜。

由于上下车都有警卫人员保护，老先生似乎也没机会和这条胡同儿的街坊邻居们接触交流。街坊们都很自觉，恰巧碰见了，就站在原地向老先生行注目礼。真真也同样，和老先生保持着距离，只是用有点儿好奇的童稚眼光打量着这位不同寻常的老人。

解放军张俊祥叔叔拿着真真的作文本转身迈着大步走了，同学们和真真一直目送张叔叔拐了弯，才一道各自回家。女同学林莉莉说："肖真真，我真羡慕你！你看你作文写得好，不光是杨老师爱拿在课堂上念，现在连解放军叔叔都想看你的作文了。唉！要是我的作文也有解放军叔叔想看，我夜里做梦都会笑醒，不知会有多么高兴呢！"

真真红着脸笑笑说："那你就好好儿写作文呗！"脸上的笑窝儿洇在红晕里。

走到家门口，真真见有人在往小四合院里搬家具之类的东西，她知道又来了新邻居。

每次来了新邻居，真真都感到兴奋和高兴，不论来的是大人还是小孩，都能给真真带来新奇感，并使她感到温暖和亲近。

真真还发现，小四合院的门楣上，又钉上了一枚光荣军属的标记牌，现在他们住的这个小院里有两户军属啦！

光荣军属的标记牌是一块直径十厘米左右、中间向外微微凸出并漆成深蓝色的圆形牌子，上面镶有一颗黄色的五角星。五角星中间还印着"光荣军属"四个红色的字。而要是烈属呢？五角星就不是黄色而是红色的了。同时，红星上的"光荣军属"四个字也不是红色而是黄色的了。

真真背着书包飞快地穿过门洞来到院子里，她瞅见原本空着的两间东屋已经搬入了一户人家，摆上了桌椅、床和柜子等家具。一位瘦瘦高高的解放军叔叔正带领着一位长得白白净净的大姐姐和一位漂亮的大男孩收拾屋子，一位皮肤黧黑的老妈妈正和米大妈说话。

回到家，真真见两个姐姐和妈妈也正很有兴趣地站在窗前朝东屋瞅呢，便忍不住笑起来。

翠翠姐带点儿神秘色彩地说："你们注意看没有？这位解放军长得好似白面书生一样哩！不仅身材颀长、眉目清秀，而且从举手投足到说话音调都透着一股子江南秀才的斯文气哩！"

晶晶瞟姐姐一眼，含笑道："难为你看得这般仔细，这般全！"

翠翠的脸被说红了，脸蛋儿红苹果一样。真真见晶晶笑，便也跟着凑热闹般地笑，三姐妹笑谑着打闹起来。

妈妈在一旁劝解道："你们别瞎吵吵好不好？说实话，我对这家人也有些不明白呢！三个儿女那么清秀白晰，相貌长得一点不像他们的娘。这位老妈妈五官长得虽然也不差，但带老相，皮肤也显着有些粗黑，脸上还有不少皱纹儿，手上的筋络这么明显，怎么看都不像是娘母子啊！"

三个女孩听了妈妈的话，不约而同啊呀一声，考古新发现般地说："还真是！"

院里的人们见搬来了新邻居，纷纷前来帮忙。米大妈开始用自己的劈柴和煤球帮那位皮肤粗黑的老妈妈生火。那位老妈妈操着又像江浙又像四川的南方古怪口音道着谢。看得出，初来乍到北京的她，对北京人使用的这种用劈柴生火的煤球儿炉子感到很陌生。对那个一尺来高、生铁做的拨火罐也感到新奇。

劈柴点着后，米大妈迅速用小铁簸箕撮起二十来个煤球儿倒向炉膛，堆放在燃烧的劈柴上面，又将拔火罐儿对准炉膛口立好。于是，那个一尺来高的拔火罐儿开始显示出神奇的威力，把劈柴的火焰拔得熊熊的！高高的！鲜艳的火舌伴着劈叭爆裂的火星直窜出罐口，似欲要将拔火罐外的空气舔燃。待米大妈须臾取下拔火罐儿时，但见一簇蓝荧荧的火苗儿舞蹈般活泼泼地跃动着在炉膛口漫溢开来。

大伙儿都用欣赏的眼光目睹着米大妈生炉子的整套动作，那动作是那么熟稔，那么干净利落。老妈妈站在炉边，更是表情专注、神态庄重地观摩着。搬来不到半天，她已与性格开朗的米大妈成了好友。

晶晶和翠翠悄悄给老妈妈取了个昵称绰号，私下里叫她"南方老太"。

老妈妈从屋里拿出一口锅，开始在炉火上熬粥，也就是南方人说的煮稀饭。院里的邻居们见状，都纷纷拿出吃稀饭的咸菜。有五香萝卜干儿，有王致和的臭豆腐，有在酱园买的名叫天蚕子、地蚕子的北京酱菜；程老师吩咐灵芝阿姨摊了几张柔软的稀面饼端过去，真真妈也忙着炒了一小碟加了点儿雪里蕻的肉末儿，翠翠自告奋勇端了过去。

老妈妈一家沉浸在小四合院邻里间那友爱温馨的氛围里，无论院里的大人孩子，都感到很快乐！

真真瞧见解放军叔叔和他的妹妹、弟弟都含笑朝院邻们点头致意。一会儿，解放军叔叔从东屋里拿出一个小西瓜样绿中泛黄的奇异水果来，请院邻们品尝。

真真和院里的人们都好奇地瞅着这枚个头硕大、未曾见过的奇异水果。不知它是像苹果和梨那样结在树上？乃或是像西瓜一般长

在藤蔓上？程老师笑着问："这是不是产于南方的柚子啊？"

解放军叔叔点点头，说："这正是南方的柚子，是我们这次搬家从南方带到北京的。"言罢，便当着众人的面用小刀在柚子的表皮上划出许多道纵向等宽的刀痕，随后，逐条痕逐条痕地剥去柚子那层厚厚的皮。

大家饶有兴味地围着观看，交谈中得知新来的邻居姓于。于叔叔在解放军的空军部队，是一名飞行员。他妹妹新考入北京医科大学，弟弟在念初中三年级。

待整个柚子的皮剥完，于叔叔笑着把剥下的柚子皮扔给了真真。真真接过柚子皮，见它的表面虽然是黄绿色的，但里面却是雪白的颜色，而且很绵软厚实。于叔叔把柚子皮剥得像顶瓜皮帽似的，真真觉得很新奇。她就把它拿到屋里放好，想把它保存着玩儿。

当她从屋里走出来时，见于叔叔已将柚子掰开，一瓣一瓣地递到各位院邻的手里。

分到最后，还差两瓣。于叔叔歉然地笑着，灵芝阿姨马上说她平日不吃零食，可以不要；程老师说以前吃过柚子这东西，可以不要；真真妈说她小时候在南方长大，多次吃过柚子，知道柚子的味道，应该让院邻们尝鲜；米大妈说她只会吃窝头咸菜，吃不惯水果这种酸不拉叽的东西；翠翠、晶晶、真真也主动退出两瓣柚子，说她们姐妹分一瓣就够了！

大伙儿推让过来、推让过去，最后程老师和真真妈、米大妈等人总算达成协议——她们将两瓣柚子用刀拦腰切成两半，程老师和灵芝阿姨一人一半，真真妈和米大妈一人一半。

大家伙儿很斯文很小口地品尝完各人手中分得的柚子，纷纷咂嘴说柚子好吃。

真真吃完柚子，将吐在掌心里的柚子籽儿向晶晶晃一晃，小声说："咱们把柚子的籽儿种在院儿里吧？"

晶晶笑着点点头。

翠翠把柚子皮拿在手里把玩，见状问："你们两个在商量什么？"

晶晶和真真异口同声回答："我们要把柚子籽儿种在土里，让院子里长出柚子树来。"

翠翠朝于叔叔望了一眼，故意大声说："柚子是长在南方的水果，在寒冷的北方是长不大的！即使苏联著名的园艺科学家米丘林博士在这儿，也未必能在北京种出柚子来。"见于叔叔对几个小姑娘笑了一下，翠翠更加得意。

晶晶和真真却仍然满怀希望回答："要是万一长出来了呢！"

翠翠挥挥手道："你们要种就种吧！懒得管你们。"

于是，晶晶和真真用小铲子在院里挖了个土坑，小姐妹俩兴致勃勃又很认真地把七八粒柚子籽儿种了下去。

（二）

院儿里多了一户人家，显得热闹了许多。邻里间的亲情，使新搬来的南方老太那张饱经风霜、爬上皱纹的脸庞变得好看、生动起来，原本显得有点儿古板严肃、不苟言笑的表情也解冻般出现了笑意。原来，只要人熟了，老妈妈也愿意有人搭讪聊天的。

最先成为南方老太姐们儿❶的，自然是米大妈！这不单是因为米

❶ 姐们儿：关系好的姐妹。

大妈的那种老北京人与生俱来的热情爽朗的性格；还因为才从南方来，对北京完全陌生的南方老太也确实离不开米大妈。由于米大妈的男人早已过世，儿子在石景山钢铁厂上班也难得回来，平时就她一个人过，所以空闲时间多。她一会儿领着南方老太提一只篮子去买劈柴，一会儿又领着南方老太去买煤球儿。

根据经验，米大妈知道该买谁的劈柴。那是原先在卧佛寺旁一座小庵出家的一位老尼。这几年，这座小庵的几个出家人见新社会穷苦人翻身有了盼头儿，就都还了俗，各奔前程，剩老尼一个人守着小庵。老尼很勤劳，她也不示弱，一个人干起了卖劈柴的营生。她将小庵捐给了卧佛寺小学，作分校；她自个儿搬到小庵的跨院住着，以卖劈柴为生。老尼依旧出家人打扮，她把劈柴肢解成生火用的小节小段，而且又脆又干。老尼说话的声音也跟她卖的劈柴一样又脆又干。她便用这又脆又干的声音略带几分自豪地对每一位买主说："我的劈柴没有什么好，就是一个干！"并把"干"字的发音说得短促、响亮而明确。

因此，街坊们都记住了老尼的这句口头禅。只要老尼一说，"我的劈柴没有什么好"这上半句，买劈柴的无论男女老幼便会笑着接下茬儿❶——"就是一个干！"

于是，老尼便张开缺了牙的豁嘴同买主一块儿快乐地笑起来。

米大妈领着南方老太去买了劈柴后，南方老太也能背诵老尼的这句口头禅了。

生火的时候，老尼的劈柴不用费事儿，特别容易点着，所以街坊邻居们都喜欢去找老尼，买她的劈柴。

其实老尼也不算老，也就五十来岁吧。大伙儿没打听过她的姓

---

❶接下茬儿：接后面的话。

名，只记得她的口头禅。

米大妈领着南方老太买了劈柴，又带着她去买煤球儿。

煤铺就在宗帽四条，铺子面对着胡同。说铺子，其实就是一个小敞院。无论谁走过那里，总会看见有个只穿件粗白布坎肩、裸露着双臂的伙计在那里做煤球儿。大家伙儿叫他梁子。一年四季、春夏秋冬，差不多都如此。场院带天棚的一角，是堆积如山的煤面儿，像一座小黑山；另一角，则堆着许多黄色的黏土，像一座黄灿灿的小金山。做煤球的伙计梁子先在敞院里将好几筐煤面儿倒作一块堆儿，然后用铁锹将中间儿扒开，弄成周围高、当间儿凹下去的盆地形状。再将黄土铲在凹下去的地方，在煤堆中间兑上水，将煤面儿和黄泥搅拌匀了，在地面上摊开成一张巨大的、边角齐整、厚薄均匀的"薄饼"。随后，再将薄饼用铁锹切割成千万个一般大的小方块儿。然后，梁子就开始进行做煤球儿的最后一道工序——摇煤球儿。

真真平日里走过宗帽四条时，曾无数次见到过煤铺的伙计梁子做煤球儿。她觉得摇煤球儿跟西单商场做元宵的工序有着异曲同工之妙。

摇煤球儿是做煤球的最后一道工序，也是最有看头、最好看的一道工序。只见梁子先用铁锹把摊在地上切割成无数小方块的、大约一寸厚的黑煤铲一些放进一面大筛子里。而后，梁子便半蹲在地上，用两只粗壮的手握着大筛子的边缘用力均匀地摇动起筛子来，直到每个小方块都魔术般变成了一个个圆滚滚的黑煤球儿。

于是，梁子又把做好的湿煤球儿依次摊到场院的空地里吹干晒干，而后就可以卖了。

真真上学去实诚叔的烧饼铺买烧饼当早点时，来回的路上都要

经过煤铺。所以，对这种凭手工原始操作来做煤球儿的活计早已熟视无睹。她也随妈妈一同到煤铺买过许多次煤球儿。然而，给真真留下深刻印象的，还是做煤球的伙计梁子那不分春夏秋冬都穿着的后背汗湿的白布坎肩，以及他裸露在外的两只肌肉雄健的双臂。在变换着角度不停地摇动那只做煤球儿的大筛子时，伴随着煤球儿在筛中的滚动，梁子的身躯及两臂肌肉也在不停地起伏和抖动。最使真真难以忘怀的，是梁子在摇煤球儿时，冒着汗水的脸上那气定神闲的表情。

从这平凡的劳动中，真真感受到劳动人民的伟大！

听街坊说，曾经有好心的人想给梁子说媳妇儿，还有一家人家的闺女瞧梁子勤劳朴实看上他想嫁给他，但奇怪的是，皆被梁子婉言拒绝了。街坊们不解，劝梁子别错过了好姻缘。梁子苦笑道：你们不知端底。在大伙儿追问下，梁子说出了真情。原来，梁子在老家有一个打小一块儿长大、两小无猜的心上人，叫春妮。梁子到城里当煤铺伙计，春妮一直在农村痴痴地等待他。怎奈春妮娘非要梁子交足了她规定的聘礼才准成婚。梁子在煤铺起早贪黑地干了一年又一年，却怎么也凑不够春妮娘规定的聘礼。为了娶春妮，梁子只能年复一年地埋头苦干下去……

街坊们听后，都替梁子打抱不平。现在新社会了，怎么还这么重钱财？于是街坊们反映到派出所，请求派出所帮忙联系梁子老家那边，托那边乡政府的干部对春妮娘进行思想教育。

你还别说，街坊们的这一招还真灵，在那边乡政府干部的教育下，春妮娘不得不改变初衷，答应把春妮尽快送到北京来。

梁子这些天，除了做煤球儿，还正忙着做迎接春妮的准备。他那黝黑而端正的脸上，终于流露出平日里所没有的喜悦神色。

水阿莲大婶
Shuialian Dashen

当米大妈领着南方老太到煤铺买了煤球儿后，南方老太仍不挪步，挺好奇地站在那儿观看。

米大妈还想领南方老太去米铺、肉铺、合作社什么的地方去呢，便催促道："快走吧！做煤球儿有啥新鲜好瞧的？"

不料，南方老太却说："我这还细（是）第一气（次）看这样子做煤球哎，我们在兰方（南）几席（十）年，一级（直）细（是）烧稻草或细（是）烧成块的煤炭哎……"

"什么？什么草？"米大妈听不懂了。

"稻草就细（是）种的稻谷的草哎，我们兰（南）方一年要种两季水稻。结的稻谷收了以后，稻草就是煮饭、炒菜、烧开水的财（柴）草哎！"

"烧草做饭？草怎么放在炉子里烧？"米大妈不明白。

南方老太解释道："我们不细（是）用你们这种炉几（子），我们细（是）烧财（柴）灶哎！财（柴）灶的灶膛蛮大，先把一束稻草挽成把几（子），蛇（塞）进灶孔烧哎！每家都有一间堆稻草的房屋哟！"

这回轮到米大妈觉得新鲜，像听天方夜谭了。她不能理解，每家还得有一间专门堆稻草的屋子？要是不小心烧着了，那可咋办啊！

一上午，米大妈领着南方老太像孔子周游列国似的走了一大圈儿，把周围卖柴米油盐酱醋茶的店铺逐个拜访了一遍。回到家，已经是该做晌午饭的时候了。

虽然南方老太对米大妈说的老北京话的那些词儿，里面的确切含义时常要咨询琢磨推敲好半天，米大妈对南方老太发音古怪的南方话一边嘲笑挑剔、一边纠正研究，俩人儿仍然成了彼此亲近的好友。

俩人相跟着回到家里时，真真妈已经把南方老太起先买好、梁

· 113 ·

子随后送来的煤球儿帮忙拾掇堆码好了。

南方老太谢过之后，开始仿照米大妈教她的样儿，学着生北京的煤球儿炉子做饭了。

过了没几天，同院的邻居就发现南方老太是个很勤快很能干的人。

南方老太把她家住的东屋里里外外拾掇得干干净净，井井有条，窗玻璃擦得亮堂堂的。她洗衣服特别讲究，不仅要搓洗干净，还要用米汤浆过。无论衣服还是床单、被单一律都要上浆。她说，浆过的衣服才不容易起皱，床单亦如此。老妈妈虽然皮肤较黑显得有些老气，但她的头发每天都梳得整整齐齐，单色的中式斜襟衣裳浆得硬硬的，挺括地罩在她结实的身躯上。衣裳的每一颗纽扣，也扣得一丝不苟。

米大妈就不同了，人长得白白胖胖，一个人过清闲日子过惯了，什么都不讲究。她住的那间屋，在东屋和南屋的拐角处，虽然屋子并不大，米大妈却也懒得收拾它。所以她那间屋时常都是乱糟糟的，东西放得很随意。夏天天儿热，她就光着大膀子，有时索性不穿衣服，凭任两只大奶在赤裸的胸前晃荡着。不过裤子却也讲究，都是过了膝盖的黑色老式抿裆裤。现在看到南方老太这么干净整齐，米大妈倒有些不好意思起来，便也忙忙地把她那间屋子拾掇干净齐整了许多。

南方老太说，她家乡那地方，以前很封建，即使是夏天，女人穿衣服也马虎不得的。她从小也习惯了。真真她们还发现：南方老太说话时，她那南方话的怪腔怪调里，还常带出些文诌诌的词儿。但南方老太说，她并没文化。是她小时候家里养蚕，时常到桑树林里去采桑叶，村子的私塾就在桑树林旁，常听到私塾里传出学童们的琅琅读书声。她怀着好奇，一边采桑叶，一边听学童们的诵读，有时便不由自主地跟着里面的学童念诵。这样日复一日地耳濡久了，也能一知半解地明白点儿文言文的意思，但却并不会认和写。

（三）

这天真真放学回到家，便端了那张方凳在小院里做作业。那张方凳宽宽平平的，刚好摆得下文具盒、作业本和课本。真真和晶晶都喜欢把这张方凳当小桌子用，而坐在小板凳上做作业。今天晶晶还没放学，真真便先把方凳得到了手，她决定赶快把作业做完，等晶晶放学好腾出来给她用。

真真正埋头写作业，耳朵里忽听得米大妈和南方老太唧唧哝哝在讲话。大概是跟南方老太熟稔了，米大妈的好奇心再也忍不住了，真真听见米大妈像搞突然袭击似的向南方老太问道："您老人家今年多大岁数啦？多大岁数生的您那小儿子啊？"

南方老太愣了一下，感叹地说："我知道我这人显老带老相。我从小在农村长大，从小就风吹日晒地干农活，肉皮自然黑粗些，不能同城里人比。现在，即使不干农活儿了，也不会长白。但我实际上……也才四十出头哎！"

真真只听米大妈惊呼："哎呀！幸亏你告诉俺，不然俺以为你五十几岁了哩！闹了半天，你比我还小点儿。俺去年满的四十一，你今年才满四十一。"

南方老太纠正道："我今年四十，明年才满四十一。"

米大妈摇头说："你怎么老成这个样子啦？说你才四十，谁信呀？"她还激动地把真真妈和灵芝阿姨叫过来，要她们"评这个理"。

南方老太见米大妈把真真妈和灵芝阿姨都叫到跟前来了，便对

米大妈认真道:"你以为我扯谎吗?"遂转身进屋,拿出户口簿来给邻居们看。

户口簿上,南方老太的名字叫水阿莲,确实只有四十岁。

米大妈傻眼了,红着脸尴尬地笑道:"俺还以为来了个老姐姐,到了儿来的敢情是个老妹妹呀!"

真真妈和灵芝阿姨对米大妈的解嘲都只含蓄地笑了笑,毕竟南方老太才来不久,对人家要有礼貌嘛!

真真妈说:"打今儿起,我们就跟着孩子们叫您水阿莲大婶儿吧!"

真真看出,水阿莲大婶儿虽然外表有点儿不苟言笑,其实心眼儿挺好、待人挺宽厚的,况且,米大妈也并无恶意,所以,两个老姐们儿很快就和好如初。

米大妈见水阿莲大婶儿虽然爱绷着脸,不常展露笑容,却并不是一个小肚鸡肠的人。于是,她说话也就随便了许多,不怕造次❶。水阿莲大婶对米大妈那些大大咧咧的话也从不计较。

这天,真真在院儿里又听见米大妈在跟水阿莲大婶儿逗乐子开玩笑。只听米大妈感叹中带着调侃地说:"依俺说呀,您这人真够新鲜,姓什么不好,姓水,俺这辈子还是头一回听说还有姓水的呢!"

水阿莲大婶挺认真地用南方话反驳道:"姓水怎么不好啦?你没听说过,我就不许姓水啦?"

生性开朗活泼的米大妈逗趣儿说:"俺不是说您姓那个水不好,俺是觉着奇怪!这事儿透着蹊跷——奇怪不是?"

水阿莲大婶继续板着脸用南方话认真地问:"你奇怪?!你奇怪什么?!"

米大妈说:"你说你们这家人吧,一个姓水,一个姓鱼(于),

---

❶造次:唐突,冒失。

够新鲜的吧？这老天爷怎么配合得这么好啊！谁不知道，这鱼是离不开水的，水呢，能养鱼！可奇怪的是……您这水怎么养不住鱼，让鱼给死了呀?!"

真真在一旁听了，忍不住扑哧一笑，并不由替米大妈捏了一把汗。因为她担心水阿莲大婶儿若是在意米大妈的话会生气。她揣想："米大妈说的鱼，大概是指水阿莲大婶的那个已经去世的姓于的男人吧？"她记着妈妈平日的教诲，大人说话的时候，小孩子不兴插嘴，所以就只在旁边听着。

真真见米大妈的脸上，呈现出一副类似下象棋的人将了对方的军的那种得意的神情。真真又把目光转向水阿莲大婶，却见她神态依然严肃沉稳，几次欲言又止。最后，只是淡淡地说："其实有些事，跟你想的不一样。"

很显然，水阿莲大婶的心里，隐藏着一些不为人知的秘密。

如果说水阿莲大婶儿不会笑，其实是不确的。真真、晶晶和小四合院里的邻居们，都许多次看到过水阿莲大婶的脸上展现出由衷的笑容。那是她的小儿子从学校回家、向她亲昵地连声呼唤妈妈时，水阿莲大婶儿的脸上，便会流露出这种包含着慈爱、关怀和宽慰的微笑。

真真还发现：水阿莲大婶儿的小儿子，显然跟妈妈最亲。她的大儿子和二女儿，也就是解放军于叔叔（如今改口叫于大哥了）和读医科大学的二女儿，跟水阿莲大婶虽然也很亲，但由于年长些，就显得含蓄些，不似年幼的小儿子一声一个妈妈地叫。直叫得水阿莲大婶脸上的皱纹舒展开来，叫得她黧黑的脸庞晕出幸福陶醉的红色……

真真觉得，水阿莲大婶儿的笑容里，蕴含着一种令人怦然心动的美。

（四）

　　一个星期天，真真和晶晶用白色的粉笔在四合院的青砖地上画了些大方格子，小姐妹俩轮番在地上画的方格里踢着瓦片蹦呀蹦地跳房子玩儿。真真很顺溜地跳到了两间"房子"，小脸儿兴奋得红红的。晶晶说："你先别逞能，瞧我的，一会儿保准超过你！"

　　小姐妹俩正玩得高兴，邮递员刘霞阿姨骑着自行车送信来了。

　　在四合院的门洞里，刘霞阿姨用清亮的嗓音叫着水阿莲的名字。

　　出乎真真、晶晶意外的是，外表古板沉静的水阿莲大婶听到邮递员叫她收信，一时间竟显得有些紧张，有点儿慌乱。

　　只见她飞快地移动并迈开双脚，运动着用米汤浆过的衣裤从而使她显得有点儿平板发硬的身体，走到刘霞跟前。用发颤的双手接过信，十分激动地将信紧紧贴靠在胸怀，好一会儿才松开。而后，她又挪动双脚转过身来，依旧运动着衣裤浆得挺括好似有点儿平板发硬的身体，回屋把信收好走出来。真真和晶晶觉得，水阿莲大婶的这一连串动作都仿佛有些像是木偶戏里的人物。而水阿莲大婶，却并没有读她的这封信。

　　米大妈看在眼里，又忍不住问开了：

　　"我说鱼水老妹子，小刘给你送的信是打哪儿来的呀？"

　　水阿莲大婶答："是我家乡来的信哎！"

　　"那你还不快看看！家里有什么事儿没有？"

　　"我不认得字，要等我儿子回来，念给我听哎！"

　　"俺跟您说，哪儿用得着等你儿子回来才念呀！真真和晶晶她们全都能帮你念！你就不用等那么久啦。"米大妈热心地说。

　　水阿莲大婶却固执地答："我还是要等儿子回来念哎！"

米大妈是个直心直肠的人，自己没秘密，也不能想象别人有秘密，便又直着嗓子叫："晶晶真真！你们过来帮鱼水大妈念念信文儿。"

真真妈一旁听了，忙向两个女儿使了个制止的眼色，两个小女孩便没有应承吱声儿。

米大妈叫："俺跟你们说话呢，你们怎么不挪窝儿、不动弹呀？"

于是真真妈走上前来委婉地说："米大妈，大伙儿知道您是个热心人儿，只是……这各家有各家的习惯，有的事儿，您就别掺乎啦！"

米大妈对水阿莲大婶委屈地说："俺还以为你已经把俺当姐姐看待了哩！好好好，俺不掺乎，不掺乎。"

水阿莲大婶用发音古怪的南方话说："我细（是）把里（你）当姐妹，但各家的细（事）情总还细（是）有内外的嘛！里（你）这人好怪，怎么就不懂哦！"

米大妈噘着嘴不吭声了。

不过院邻们都明白，水阿莲大婶的家中，确实藏有一些不为人知的秘密。

院邻们还注意到，那天水阿莲大婶的小儿子放学回来，水阿莲大婶也并没有叫小儿子给她念信。

第二天早晨，真真背上书包去上学。刚穿过门洞走出两扇对合、总共约为三尺宽的黑漆大门，忽瞅见水阿莲大婶正站在大门外。只见她头发依然梳得一丝不乱，上面还抹了点头油，亮光光的。浆得硬挺的中式斜襟黑布衫的右边腋窝处，掖着一张折叠着的干净手帕，手里还拎着个小布包……一副要出门的样子。

水阿莲大婶见了真真，忙低头向真真问道："真真，这夫（附）近有给人代写虚（书）信的吗？"

　　真真背着书包去上学，刚走出门，就瞅见水阿莲大婶正站在大门外，手里拎着小布包，一副要出门的样子。

寄华　学画

水阿莲大婶
Shuialian Dashen

真真在班上，是破译南方话的高手，所以水阿莲大婶的怪腔怪调她都能听懂。真真摇头说："没有。"继而又仔细想了一下，想起有一次和妈妈一道去西单商场买东西，在挨着西四的街道边上，看到过一个给人代写书信的摊儿——那是一个身穿长布衫的老头儿，静静地坐在一张方桌前，方桌旁放着两根条凳，桌上摆着文房四宝：笔墨纸砚。桌后，还有一幅代写书信的布幌子，随风抖动着。真真觉得那个老头儿有点儿像小人书上画的有点儿落魄的老童生秀才，便多瞅了几眼。如今水阿莲大婶问，真真便将西四这个地方，在哪个方向，该怎么走都告诉了水阿莲大婶。并告诉她：复兴门这块儿地方，离西四还挺远的呢！

真真告诉水阿莲大婶，从复兴门到西单这一段，现在还没有公共汽车。到了西单，也只有在轨道上开的有轨电车。真真虽是小孩，却也有些担心水阿莲大婶在外面会迷路。万一她找不着去的路和回家的路，那可就麻烦了！可水阿莲大婶告诉她，她在复兴门叫一辆三轮车去西四，回来也坐三轮车，叫真真不要担心。于是，真真这才离开水阿莲大婶，背着书包去学校。

真真不解地想：水阿莲大婶的举止真的有些奇怪呢！她那读中学的小儿子天天放学回家，给她读封信或写个信应该都是很方便的呀！干嘛要舍近求远专门坐三轮儿到西四去找代写书信的人呢？来回坐三轮儿和请人写信不是都得花钱吗？这多不合算呀！况且，水阿莲大婶平日很节俭。

真真边走边想，快走到学校也没想明白。

正低头寻思，忽听得旁边儿有人叫：

"真真小朋友！你停一下。"

真真赶紧抬起头，看见解放军张俊祥叔叔正站在她面前。

"张叔叔，您好！"真真忙向张叔叔问好，脸上红起来，现出一个笑窝。

张叔叔有点儿拘谨地说："是这样，这两天我呢，学着写了一篇新作文，本来要交给我们部队的文化教员的，但我想先请你看一看，给我提点儿宝贵意见，然后再交给文化教员。"

真真不好意思道："我哪能提出什么宝贵意见哪！"

张叔叔却固执地说："你肯定能行，我看过你的作文本，你们杨老师给你很多好评的。"

经张叔叔一提，真真忽然想起了班主任杨老师，便说："张叔叔，这样吧，我把您的作文拿给我们班杨老师，请他看看。杨老师可好啦！准能给您提出宝贵意见来。"

不料，张叔叔却急忙摇头道："不用不用，我只想叫你看一看，若要找老师，还不如找我们部队的文化教员呢！记住，就你一个人看。"

张叔叔把他的作文本郑重其事地交给真真，并看着她收进书包。真真答应明天下午放学把本子交还到部队驻地去给他。张叔叔点点头，转身大步走了。

真真迈进学校大门那原本是庙宇的高门槛的那一刻，心中好生奇怪。她觉得有的大人真有些不可思议，不可理解，水阿莲大婶如此，解放军张俊祥叔叔也如此。

课间十分钟时，真真很想把张叔叔的作文从书包里拿出来看。看他到底写得怎么样？写的作文题目是什么？但她又担心同学会瞅见，只得耐着性子等到放学回家再看了。而且，按照张叔叔的嘱咐，回到家也只能她一个人看，不能让晶晶、翠翠和妈妈她们看到。真真忽然觉得，自个儿有点儿像电影里的地下工作者似的，也变得有点儿神神秘秘的了。想到这里，便一个人默默地笑起来。

"肖真真，你一个人坐那儿笑什么？"韩玉茹好奇地问。

林莉莉在一旁说："今儿早上我上学的时候，看见上次那个向真真借作文本的解放军叔叔又找真真来着，大概又来借作文本了。唉，真真呀，你真能让我羡慕死。"

韩玉茹笑着问："真真，有这等事？"

真真忙回答："没什么事，解放军叔叔说他们跟我们一样，也在努力学习文化，好参加新中国的建设。想看看咱们小学生怎样写作文。"

（五）

最近这些天，米大妈发现水阿莲大婶儿做事时常有点儿心不在焉，看得出来，她那样子是因为有心事。

米大妈忍不住，就直截了当地问她："我说，鱼水老妹子，你怎么也学李灵芝，把心事自个儿憋肚子里啊！一个人瞎琢磨累不累呀？不是俺多嘴爱管闲事儿，咱俩好歹也算老姐们儿了不是？你有什么疙瘩解不开，就尽管抖搂❶出来，大伙儿一块儿商量，帮你想折❷排解，不比你一人儿闷肚子里强？"

水阿莲大婶儿叹口气道："不瞒你说，我也正想跟你们大家说说心里话哎！只是说起来，有点话长呦！"

米大妈说："话长话短俺都乐意听，就是别自个儿闷肚子里憋出病来。"

水阿莲大婶感概万端地道："我过不多久就要回兰（南）方老家

---

❶ 抖搂：全部说出来。

❷ 想折：想办法。

去了哎!"

米大妈颔首答:"回老家看看是应该的!你们老家还有些什么人呀?回去打算呆多久?啥时候回来呀?"

水阿莲大婶摇摇头,表情有点儿复杂地说:"这次回去,大概就不回来了哎!"

"你的儿子闺女都在这儿,咋说不回来的话儿呢?"米大妈不解。

水阿莲大婶道:"跟你说实话吧,这三个儿女,其实都不是我生的。"

院邻们听说水阿莲大婶要回南方老家,也都关心地走近前来,现在又猛然听水阿莲大婶说她那三个儿女都不是她亲生的,不由产生了好奇,有些个云里雾里的了。

真真妈说:"怪不得我总瞧着那仨孩子眉眼长得都不像你呢!"

水阿莲大婶道:"细(是)啊,他们都长得像他们的阿爸阿妈哎!"

"这么说,你是这仨孩子的后妈?"米大妈直率唐突地问。

"也不细(是)哎!"水阿莲大婶的头摇得像拨浪鼓。

"那你是他们家什么人呐?你家小儿子不是见天儿管你叫妈妈吗?"头脑简单的米大妈迷惑不解、弄不明白了。

水阿莲大婶笑了笑,说:"就因为这些话说起来有点长,所以我一直没有跟你们讲哎!既然你们愿意听,我就从头说起吧!"

院邻们像听故事般都围坐在水阿莲大婶的周围,只见水阿莲大婶的两眼似望着遥遥的远方,变得有点儿朦胧。她用一种梦幻般的南方口音开始讲述道❶:

"我们家乡那地方,山青水秀的,是江南的鱼米乡哎!既出产稻米,鱼虾又很多,乡邻们还爱栽桑养蚕,种植茶山,真的是好好

---

❶ 为方便读者阅读,笔者将水阿莲大婶的南方口音做了处理。

水阿莲大婶
Shuialian Dashen

哎！于家祖辈行医，在我们家乡是方圆百里有名的郎中。有一年，那一带闹瘟疫，来势很凶险！好多乡邻都病倒了，还有的人一病不起很快就死掉了。于去疾和他的郎中父亲整天背了药箱，父子俩没日没夜不辞辛劳为四乡的乡邻们熬药诊病，救活了不少人。我的父母那时也双双染病，卧床不起，眼看要不行了，是于郎中父子救活了我的父母。我家和于家还有田耕家都是一个乡挨着住的乡里乡亲，我们三家人，一直相处得很好，很亲近。于去疾小名阿龙，我叫他阿龙哥；田耕小名黑牛，我叫他黑牛哥。我比他俩小，他俩皆唤我阿莲妹妹。我们三个，从小在一起长大。"

讲到这里，水阿莲大婶停顿下来，对往事的回忆使她面部的表情变得年轻生动起来，竟带着些许如同少女般的羞涩，脸颊上，也泛出了淡淡的红晕。

"阿龙哥与我们不同，他是个读书人，长得眉清目秀，是乡间的小秀才。那手毛笔字，写得才叫好。除了进学堂读书，其余时间就跟着他父亲学医、行医。他们给穷人治病，时常不收钱，所以很受乡邻们敬重。我从小时候，心里就暗恋着阿龙哥，虽然我明白，知道自己配不上他，但我心里一直爱恋着他。而黑牛哥，又一直在爱恋着我……"

听到这里，米大妈感叹道："嗨呀，真是人人都有年轻的时候啊！没曾想，像你这么古板儿老派的人，年轻时心里也暗恋过男人。"

真真妈想：水阿莲大婶能向院邻们说出自己少女时代的隐密来，是多么的不容易！这是对她们大伙儿的信任！因此，为了表示对水阿莲大婶的尊重，真真妈便不随意搭词儿，只静静地倾听。

真真在一旁，也像听故事一般，静静地听着。

沉浸在对往事温馨回忆里的水阿莲，带着梦幻中的表情，继续

她的叙述：

"说起来，你们不要看我现在老苍苍的，我在年轻时候，长得也不丑哎。不然，黑牛哥也不会像我恋着阿龙哥那样，一直恋着我。

"哦，忘了告诉你们，阿龙哥还救过我一次命哎。

"我们那里，有一条清冷冷望得见底的溪流，乡邻们叫它碧溪。看着水不深，水却流得急，是从我们那里的太公山上流下来的。乡民们取水用水，煮饭涤衣，都全靠这道溪。

"有一天，天降暴雨。放晴后，我端着木盆去溪边涤衣。哦，就细（是）你们讲的洗衣服哎。虽然发现暴雨后溪水涨了许多，但我并没在意，因为是平日里用惯了的溪水嘛。殊不知，暴雨过后，山洪流得那般急，稍不留意，就将我放在溪边的木盆连同衣服一起冲走了。我忙起身沿着溪边跑着去追，竟追赶不上。直到一处水中央有砣石头的地方，木盆才被拦绊住。我于是踩到水中去抓木盆，没想到溪水力气那么大，流得那般急，一脚没踩稳，就把我掀翻了。我就像被一只看不见的大手拖跌到水中，随着溪水冲走了。

"我心里着急，便拼命呼救，可不巧，溪边无人。我连着呛了几口水，心想完了，我这姓水的要洗（死）在水里了！没想到，在这危急关头，阿龙哥去给乡民看病路过这里发现了我，他冒着性命危险把我救了上来。"

听得十分紧张的真真，才算松了一口气。

只听水阿莲大婶继续说道：

"从此以后，我对阿龙哥的爱恋里，又增添了感激他的心情，我那时想，我的性命是阿龙哥救的，往后，若是需要我帮他和救他，我都会全力以赴，哪怕为他洗（死）。

"过了不久，我发现，其实，阿龙哥也在暗恋着一个人。那是县城里一户书香门第的女儿，叫兰鸢。是阿龙哥随他父亲一道去那户人家给老夫人看病认识的。

"阿龙哥向他父亲表明心迹后，他父亲便央人去那家提亲。那户人家的地位虽比于郎中家高，家道也比阿龙哥家殷实，但兰鸢的老父亲是个有学识的读书人，他喜欢阿龙哥人品好，爱读书，便答应了这门亲事。阿龙哥十九岁那年，同那户人家的女儿兰鸢成了亲。过了一年，黑牛哥，也就是田耕的父母也来向我爷娘提亲，我爷娘喜欢黑牛哥人憨厚实在，心地善良，手腿勤快，便答应了这门亲事。就这样，我和黑牛哥也成了亲。"

"这么说，我们看到的这三个儿女，都是你阿龙哥和他妻子兰鸢生的孩子？"听得有些入迷的院邻们猜测着问。

"细（是）哎！"水阿莲大婶点点头。

"那，这仨孩子怎么都跟了你啦？他们的爹妈——你的阿龙哥和阿龙嫂又上哪儿去了呢？还有你的黑牛哥呢？"性急的米大妈感到奇怪地问。

水阿莲大婶道："你不要打岔，听我慢慢讲嘛！"歇了片刻，她又接着说："阿龙哥和兰鸢成亲第一年，就生下一个男孩，也就是他们的大儿子逸明；过了两年，又生下一个女儿，取名逸洁。阿龙哥依旧在乡间行医，兰鸢在家养育两个细崽，夫妻俩十分恩爱，感情非常好哎。

"我与黑牛哥结婚的第二年，也生下一个男孩，就是我的小黑牛哎。黑牛哥虽然是个种田的农夫，但一直对我非常好，我也把以前恋着阿龙哥的心转到了黑牛哥身上，决定同他好好地过一辈子。"

（六）

"就在阿龙哥和兰鸢姐结婚的第七年，兰鸢姐肚子又大了，她又怀孕了。说起来，兰鸢姐虽然生得清秀美丽，但身体娇弱。不似我这从小生长在乡间的人，我几乎从来都不生病。她肚子大了以后，身子很虚弱，时常要靠阿龙哥开方子给她调养。我和黑牛哥就常抽空到阿龙哥家帮着做些事。黑牛哥力气大，帮着做担水、推磨、劈柴的重活，我就做煮饭洗衣、照看孩子的轻活。我们两家人，感情上是很亲的哎。

"黑牛哥家，原本是三兄弟，黑牛哥占二。他上面有个哥哥，参加红军跟着红军的队伍走了。黑牛哥和他弟弟留在家里，耕种田地，侍奉双亲。我们那地方，当年有不少穷人参加了红军哎！

"一天，乡里传得沸沸扬扬，说日本鬼子大举侵犯中国，从中国的北方又打到中国南方来了！到处杀人放火，无恶不作。中国军队正在上海阻挡日本人，与日本兵激烈交火，跟日本鬼子决战。消息说，中国军队的士兵死伤非常惨重，每天都要死伤成千上万人，流淌的鲜血都快成河了……

"乡民们听后，都惊呆了！并且很快证实这些消息都是真实的。大家都恨透了日本鬼子！因为中国军队里有不少士卒就是乡间的子弟，他们在和日本鬼子交战中多数已经被打死或打伤。给乡民们捎信回来的人说，日本鬼子非常残暴，见中国人就杀，要乡民们做好准备。

"乡民们气愤极了！这日本鬼子怎么这么坏啊！我们中国人又没招惹你，你们却跑到中国来撒野。抢占我们的国土，杀害我们的同胞。看来，为了不当亡国奴，非和他拼个你死我活不可了！

　　"所以，当军队到乡下来征兵，开赴前线做补充兵员时，乡民们明知上前线很危险，但为了保卫国家，好多男人都响应号召当了兵。听说都只来得及短暂地训练一下就开赴了抗日前线。

　　"我的黑牛哥和他那个尚未娶亲的弟弟当兵刚走，阿龙哥也随军队开赴前线去了。还带着好多治疗枪伤、刀伤的中药，其中有他家世代祖传的医治伤痛的灵药。他给病人诊病背的药箱也带去了。他是听说前方急需要抢救伤兵的医生，而毅然参军走的。

　　"离开家乡前，他把我叫去，把兰鸢和他的两个儿女托付给我。看得出他很不放心，很舍不得离开妻子儿女。只见他情绪激动，声音有点儿发颤地说：阿莲妹妹，我这一去，不知几时才能够回来。回得来回不来也说不定准。但不论要冒多大危险，我都义不容辞应该去。我知道，兰鸢和一双儿女很需要我，而且兰鸢还怀着身孕。我心里非常想留在她的身边照顾她。但现在因为国家遭了难，每一个有血性的中国男儿都应该挺身出来保卫国家的疆土！这是我们中华民族千百年来所遵循的传统和祖训！若是连这个道理都不懂，还读书做什么？古代的花木兰尚且能做到女儿代父从军，我有什么理由留在家里呢？

　　"我说：阿龙哥，你留下来可以为乡邻们治病啊！

　　"阿龙哥说：我知道乡邻们也需要我，但现在最需要我的地方是前线，是前方的那些为保卫国家疆土而负伤流血的将士……

　　"阿龙哥离开家时，兰鸢满眼流泪，哭成了泪人。阿龙哥也哭了，抱着兰鸢好久才松开。

　　"那时候，我每天挂念着已经到前线去了的黑牛哥，现在又要和阿龙哥分别，不知他们能不能活着回来，心里也特别难受。见兰鸢哭，我也同他们一起哭。阿龙哥的两个孩子和我的小黑牛见三个大

人都在哭，便也哇哇嚎啕大哭起来。"

听到这儿，院邻们和真真眼睛也湿润了。

"阿龙哥首先抹去眼泪，他再次郑重地把兰鸢和一双儿女托付给我，要我搬到他们家去住，以便照应兰鸢母子三人。

"我对阿龙哥保证，一定照顾好兰鸢嫂和两个侄儿女，我说：阿龙哥，你就放心吧！只要有我在，他们母子就肯定在。我会待你的细崽同待我的小黑牛一样好。兰鸢嫂分娩时，我也一定守候在她的身边，并且服侍她坐好月子，直到你和黑牛哥回来。你可要多多保重，一定要回来啊！

"阿龙哥走了以后，只来过一封短信。信中说，他每天非常忙，需要救治的伤员每天都是那么多。将士们在火线上和日本鬼子打得非常激烈和艰难。还说有一天，他见到了黑牛哥，他和黑牛哥都非常想念家乡的亲人……

"我和兰鸢姐把那封信看了一遍又一遍，一边看一边哭。我们每天都在观音菩萨的像前虔诚地祈祷，求菩萨保佑他们平安归来。

"一个多月后，腿部负了重伤、从而失去一条腿的黑牛哥，从前方艰难地回来了。

"黑牛哥告诉我们，他在和日本鬼子交战打仗的火线上负伤后、被救护队抬到为伤兵治伤的临时医院。在那里，恰巧遇见了阿龙哥。他当时处于昏迷中不知道，是阿龙哥和其他医生一道给他治的伤，动的手术，救了他的命。他后来苏醒过来，才听别人把当时情况告诉他。由于那时候，伤兵多得人山人海，阿龙哥忙得都没顾上再来看他。他伤势好了一些出院时，才找到阿龙哥，跟他在匆忙中说了几句话。

"因为少了一条腿，没法再打仗，黑牛哥一路艰难地回到了家乡。

"阿龙哥托他捎话给兰鸢，要她放心，不要挂念他。他是因为每天救治伤员实在太忙，顾不上给她写信。

"黑牛哥虽然残废了，但他总算回来了，我心里踏实了许多。他是个闲不住的勤快人，每天仍是一刻不停，用他那一条腿杵着拐杖做农活。有时跌倒在水田里，他爬起来一身泥水地接着做。除了田里的活，他还用竹篾编凉席、编扇子等物件来卖。"

（七）

"就在兰鸢生下她小儿子逸龙的那天，有当兵的乡邻捎话回来报告了阿龙哥在前方牺牲的噩耗。说他是在救治负伤将士时，被日本鬼子的飞机投的炸弹炸死的。炸得血肉模糊，惨不忍睹……

"我听后一下瘫软了。想着这么好的阿龙哥死去了，他和兰鸢的三个细崽成了孤儿，我真想放声痛哭！但想到兰鸢才分娩，不能受刺激，只得强忍住。并叮咛乡邻们切切不要走露这个坏消息，不能让兰鸢知道。她本来身体就弱，哪受得了这样的打击呀，好歹让她坐了月子再看怎么办哎。

"那一向我每天都是心如刀绞，却不敢哭出来，只能让眼泪流在肚子里。黑牛哥也和我一样难过，但这种事还是瞒不长久。

"有一天，阿龙哥的两个细崽与乡邻的细崽一同玩耍时，听到乡邻的细崽说：你们的阿爸已经被日本鬼子的飞机扔的炸弹炸死了哎！我阿爸阿妈讲，怕你阿妈受不了，叫我们先不要告诉你们哎！

"阿龙哥的两个细崽听后，愣在那里如同傻了一般，随后便大哭起来，一路飞跑着回家报信去了！

"那天我正在厨房烧饭，忽见阿龙哥的两个细崽哭喊者奔向他们

母亲的屋子，便觉大事不妙。跑出来阻拦已经迟了一步，两个细崽已经迈进了兰鸢的住房。

"听到这个晴天霹雳的消息，兰鸢当即晕了过去，醒来后就问我，此消息可当真？我慌忙竭力掩饰，说只是谣传，并没证实哎。她却一定要追究，弄个明白，结果无法遮掩。当兰鸢弄清楚阿龙哥确实已经被日本鬼子的飞机投的炸弹炸死后，我和她一道失声痛哭，让眼泪尽情地流了出来。

"阿龙哥死去的消息使兰鸢一下子垮了，吃不下饭，睡不着觉，人瘦得脱了形，劝她也只是流泪。阿龙哥的老父亲受不了老年丧子的哀痛，也一病不起，告别了人世。

"一日，兰鸢把我唤到床前，握着我的手对我说：阿莲妹妹呀，我就要随阿龙哥去了，放心不下的只有这三个可怜的细崽。我无力把他们抚养大，觉得对不起阿龙哥。我走了以后，你把这三个苦命的孩儿带到我娘家交给我的父母双亲吧！他们虽然年老体弱，但家中尚有一点儿积蓄，不致难以糊口。我还有一个哥哥，一个弟弟，可以帮着看顾他们。你若能留在我家，帮我的老父老母把这三个细崽抚养大，我和阿龙哥在九泉之下都会永远感激你！你可以把小黑牛也带去，我父亲会教几个细崽读书识字。你若不愿留在我家，就把这三个可怜的孩儿交给我的老父老母吧！

"我流着泪说：兰鸢姐，既然你信得过我，我怎么能辜负你的信任呢！你要我留在你的老父老母家，我就留在你老父老母家，一定把你和阿龙哥的这三个孩儿尽心尽力养育大。阿龙哥曾经救过我的命，把我从溪水中救上来，不然我早淹死了。黑牛哥的伤也是阿龙哥救治的，虽然少了一条腿，但性命无虞就算很难得了。你对我也待如亲妹妹。就是报答你和阿龙哥的恩情，我也要尽心尽力把这三个细崽拉扯大。你好好保重！把身子养好，我们一道抚养照料这三个细崽吧！

"兰鸢流泪道：我恐怕不行了……当晚，她就气绝身亡了。"

"哎呀，真惨！"米大妈听得直用手抹眼泪，大伙儿的眼睛都湿了，一边儿抹眼泪，一边儿痛骂日本鬼子。

真真听到这里，也觉得很难过。

"是啊！"水阿莲大婶儿叹道："才那么三两月时间，同我和黑牛哥那么亲近的阿龙哥和兰鸢姐就都不在人世了。我守着这三个没爹没娘的可怜孩儿，心中想着阿龙哥和兰鸢姐，也流干了我的眼泪。我收拾好他们家中的什物，带着三个细崽去投奔兰鸢的老父老母，并与黑牛哥商量是不是带着小黑牛一同去？我说：黑牛哥呀，看来这辈子我是注定要对不起你了哎！你为保卫国家当兵打仗失了一条腿，我本应守候在你身旁伺候你、照顾你才对。可如今受了阿龙哥和兰鸢姐的嘱托，却要离开你去照应他们的三个孩儿，直到把他们抚养大。

"黑牛哥道：阿龙是和我们一同长大的好伙伴，况且他是为保卫国家而死的，兰鸢也和我们这么好，我们怎么能抛开他们的孩儿不管呢！你就放心地去照料他们的三个细崽吧！我虽然少了一条腿，也能自己照料自己。实在想你了，我就带小黑牛到县城来看你。至于小黑牛，还是不要给兰鸢的两位老人家增加太多麻烦了吧！小黑牛就留在家中陪我吧！让我生活中也有个小伴儿。再者，小黑牛的爷爷奶奶也离不开膝下的孙儿。说到识字，阿龙哥早先教我认了好多字，现在我就教给我们的小黑牛吧！

"就这样，我依依不舍地离开了黑牛哥和我的小黑牛，带着阿龙哥的三个孩儿来到兰鸢姐在县城里的娘家。"

米大妈感动地说："水阿莲，看来你这辈子真是不容易呀！"

水阿莲大婶儿道："兰鸢姐的老父老母，对女儿女婿年纪轻轻就离世心中自是哀伤不已。但看着三个可爱的外孙、外孙女，也不得不强打起精神来。老先生每天教两个大的外孙、外孙女读书识字；老夫人戴着老花镜给外孙、外孙女裁衣缝衣；我就每天忙柴米油盐酱醋茶和洗衣浆裳的家务事。说起来，我这人自小在乡间长大，什么农活都能做，唯独针线上不怎么在行，只会粗针大线地缝补，细密的针脚就不行了。兰鸢和老夫人在这方面则十分在行，做出来的衣服真的是好看哎！

"那阵子，我就这样每天和两个老的、三个小的一块儿过日子。那时候，阿龙哥和兰鸢姐的面庞身影老在我的眼前晃动，我们仿佛每天都在交谈说话。我知道，这是因为我心里太想他们了！而一想到他们，我的眼泪就会止不住淌下来。为了不让两位老人和三个细崽伤心，我每天都装出快活开心的样子。只有夜晚睡在床上时，才能悄悄地淌眼泪。

"我也很想念黑牛哥和我的小黑牛，想得心里难受。黑牛哥和小黑牛也非常想念我。黑牛哥只要听说有乡邻要上县城来，就托付他们给我捎信来问寒问暖，还捎来新鲜的大米和豆角瓜菜。有一次，他们父子俩实在想我了，黑牛哥就撑着拐杖用他的一条腿带着小黑牛艰难地走了三天，到县城里来看我。当他们父子俩风尘仆仆地来到我的面前时，我心疼他们的泪水再也止不住，扑簌簌滚落下来……"

"水阿莲，你这辈子可真不容易啊！"米大妈、真真妈她们都感叹不已，真真听得流下了眼泪。

水阿莲大婶儿沉浸在对往事的回忆里，继续说道：

"那次黑牛哥和小黑牛在兰鸢姐娘家住了几日，黑牛哥就说要回去。我舍不得他们走，又留他们住了几日。虽然是少了一条腿的人，闲不住的黑牛哥在兰鸢姐的娘家每天也帮着做了不少事，还把漏雨的屋顶和墙壁修整好了。这使兰鸢的父母很高兴。两位老人家很喜欢黑牛哥和小黑牛，叫他们就留在县城里，大家一起住，也好有个照应。可是黑牛哥家中还有父母双亲，他哥哥参加红军、跟随红军的队伍走了以后，许久都没有音讯。很多年以后才知道，他是去了陕北延安哎，是在八路军中抗日，在敌人的后方打鬼子哎。他弟弟也已在抗日前线阵亡了。黑牛哥虽然只有一条腿，但犹如家中的独子。他的两个姐姐嫁的人家都比较远，也没法照应父母。加之家中还有田地需要他耕作，所以不能在城里耽搁太久，便告辞了。兰鸢的父母在县城特意给他们雇了辆牛车，送他们走了一段路程，因为离县城偏远的乡间，许多地方连牛车走的路都没有哎！"

（八）

"然而，日子还不会就这样过下去，因为日本鬼子的野心是想侵占我们整个的中国哎！那时候，城里乡间都流传着日本鬼子在南京大肆屠杀中国军民的可怕消息，传闻说我们这里也将要沦陷到日本鬼子手中。于是县城里的百姓都紧张起来，开始四处奔逃避难。有的往乡间躲，有的往山里藏，更多的人，是往内地逃难。我的心整天扑通扑通地乱跳个不停，整日自言自语地骂：万恶的日本鬼子呀！你们害死了黑牛哥的弟弟，害我的黑牛哥少了一条腿，害死了阿龙哥和兰鸢姐，害死了阿龙哥的老父亲，害死了千千万万中国的军人和百姓，现在还不肯罢手，连孤儿老人都不肯放过。你们这些

该遭天杀的，我水阿莲真想和你们拼了！

"兰鸢姐的老父老母听到这些消息，也极不安，正在踌躇该如何带着女儿女婿的三个细崽朝向哪里逃命，兰鸢的哥哥、弟弟同时来了信，关切地要父母双亲带着外孙、外孙女赶快撤往湖北，因兰鸢的哥哥、弟弟那时都在湖北的武汉。

"于是我们马上着手逃难的准备，收拾行装。我也马上托人捎信给黑牛哥告知此事。黑牛哥又一次用他的一条腿带着小黑牛艰难地前来同我告别。

"黑牛哥克制住自己的感情，努力装出平静的样子，他说他是没有办法走才留下来。要是日本鬼子找到乡下，找上了门，他必定会以死相拼！黑牛哥一再嘱咐我要保重身体，多给他捎信，千万不要断了联系。

"我的小黑牛用他那双瞳仁漆黑的眼睛泪汪汪地望着我，才几岁的孩子，已经懂事了。遵循着他爸的叮嘱不准大哭，以免我太难过。其实看到他们父子俩的模样，我的心都快要碎了！我再也忍不住，抱着他们父子俩，嚎啕大哭……

"接着我同兰鸢姐的父母带着阿龙哥、兰鸢姐的三个幼崽开始了逃难的生涯。那时节，不愿当亡国奴，担心会落到日本鬼子手中的人们纷纷由东向西逃难。各种车辆和人群形成的滚滚洪流，把道路都要堵塞了。有时候，一天走不了几里路；有时候，肚子饿了也买不到东西吃，找不到水喝。幸亏我做了充分的准备，做了好多米糕和面饼，煮了好多菱角、花生等食物，一家老小才没饿坏。也记不得在路途风餐露宿了多少日，总算到了武汉，找到了兰鸢的哥哥、弟弟。他们已为父母和外甥、外甥女准备了住处，我们又算是临时安顿了下来。

"可是没过多久，又开始了逃难，因为湖北湖南这边也成了打仗的地方哎。日本鬼子的飞机时常来轰炸，这些畜生的军队也正向中国的腹地一步步紧逼。于是，我们只得随着兰鸢的哥哥又往西撤，最后，撤退到了离重庆不远的四川江津县。

"兰鸢的哥哥是一位中学教师，文质彬彬的，性格很随和。他已经有了家室，他的妻子带着两个儿女，没有出去工作。到江津后，兰鸢的哥哥依旧在学校教书，当教书先生。听学校的教师和学生们说，他的国文讲得特别好哎，很受学生尊敬的。兰鸢的弟弟是当时中国空军的飞行员，相貌非常英俊，胸前佩戴着功勋章。因为打仗，尚未婚娶。我只在湖北的武汉见过他两次，是个人品极好的年轻人。但凡年轻姑娘见到他，怕是都会爱上他的哎。看得出来，兰鸢的父母对他们的这个儿子十分钟爱。那时候，我们中国的空军和日本鬼子的空军也正在天上打仗，打得好激烈很艰苦哎。听兰鸢的哥哥和弟弟讲，由于中国的空军在人员数量和飞机的数量性能各方面都有限，所以打得很艰难。尽管如此，我们的空军飞行员为保卫祖国，在对日作战中都表现得很英勇，已经牺牲了很多优秀的飞行员……

"为了不让父母担心，兰鸢的哥哥和弟弟是悄悄对我讲这番话的哎。在父母面前，兰鸢的弟弟虽然笑得从容泰然，但他背着父母双亲告诉他哥哥嫂嫂和我，他已经做好了为国捐躯的牺牲准备。因为飞行员在空中打仗，尤其在敌强我弱的情况下，很可能会牺牲。他表情凝重地告诉我们：假若哪天他不在了，不能尽人子之孝，就拜托我们代他侍奉父母双亲，并且多多安慰老人家，不要为他太难过……

"听到这些话，我的心里好难受，仿佛有泪在那里面流，心情也是沉甸甸的。除了充满对日本侵略者的仇恨，还感到很担忧。

"我们从湖北武汉一直往西，来到四川的江津后，大约只过了一年光景，就接到兰鸢的弟弟牺牲阵亡的消息。他是在同日本鬼子飞

机的空战中壮烈殉国的。牺牲前，还击落了一架鬼子的战机。

"接到噩耗，兰鸢的哥嫂和我在悲痛之余一同商量向他们的父母双亲隐瞒了这个不幸的消息。大家一致同意，能瞒多久就瞒多久。

"这样想方设法地瞒了大半年，因为很久收不到爱子的书信，两位老人终于起疑。他们找友人和军方四处探听询问，弄明白了他们心中思念牵挂的爱子在半年多前就已为国捐躯。

"这一对年老的、心地善良的夫妇，在挺过了失去女儿女婿的哀痛后，再也经受不起再失去爱子的打击和哀痛，没过多久，就先后撒手人寰、告别了人世……"

讲到这里，水阿莲大婶儿的声音哽咽了，抽抽搭搭地哭起来。米大妈、真真妈等院邻们，一边在旁唏嘘，一边抹眼泪。真真也听得哭了。

（九）

过了好一会儿，沉浸在对往事回忆中的水阿莲，才又接着叙述她那些难忘的经历——

"两位心地善良的老人家走了，我心里既难过又焦急。因为阿龙哥、兰鸢姐的三个孩儿还小。大的刚上小学，小的才两岁。要把他们抚养大，不仅要费很多神，还需要有一些钱才能生活啊。两位老人家生前，因吃饭口味与儿媳不同，我们是两个老的、三个小的和我在一起开伙，由我烧饭。儿子儿媳同他们的细崽另外烧饭。二老去世后，他们留下的那点儿钱掌握在了兰鸢的嫂子手里。兰鸢的哥哥虽然是个很好的人，但他娶的这个女人很厉害，把钱看得很重。对阿龙哥、兰鸢姐的三个细崽，也不怎么好，每月给的生活费很抠很少的哎。为了弥补家用，我就每天给人洗衣服挣点儿钱。后来，我想起江南老家县城里有人开的烧开水的老虎灶，就试着开了一个，每天用老虎灶烧开水来卖。在那艰苦的年月，好多人家都只有一个5磅的竹篾编外壳的暖水瓶，打一瓶开水全家人要喝一天。

"兰鸢的嫂子见我能挣钱，就干脆一点儿钱也舍不得给我了。我和三个细崽的生活都全靠我这一双手。兰鸢的嫂子每天还要来我的老虎灶上打开水、洗澡水，而且从不给钱。兰鸢的哥哥过意不去，时而悄悄塞一点儿钱给我。他惧怕老婆，加上那时节教师薪水也不多，兰鸢的嫂子又接连生下两个细崽，一共有四个小孩需要抚养，就不怎么管自己妹妹的细崽了。"

米大妈和院邻们听到这里，又发出一阵感叹。

"就这样，我水阿莲这个来自江南乡间的农家女子，成了负担并抚养阿龙哥、兰鸢姐这三个细崽的家长。三个孩儿都明白事理，跟我很亲，叫我妈妈。虽然两个大的孩子知道，我并不是他们的亲娘，但他们把我当重生父母看待，唤我做妈妈。这使我心里感到许多安慰。当我看到最小的逸龙越长眉眼越像阿龙哥，而他又和我特别亲，一口一声地唤我妈妈时，我在恍惚间觉得，我就如同是他的亲娘，是我小黑牛的弟弟。因为自他一生下来，就是我一把屎一把尿地将他带大的啊！

"为了养大阿龙哥、兰鸢姐的这三个孩儿，我每天不停地操劳着，每天天不明起身，深夜才休息。不分春秋寒暑，不论刮风下雨，都整天累个不停。我的面皮，因整日在炉火前烧开水，被烟熏火燎得又黑又粗。我的双手，因常年给人家洗衣浆裳，被水泡得发白，脱了一层皮又一层皮。我就这样一天又一天，一年又一年地忙碌着，天天盼望早点儿打败日本鬼子，盼望这三个幼崽快点儿长大……

"在这些年，我每天也在想着我的黑牛哥和我的小黑牛，我想他

们，有时想得快要发疯。我常请兰鸢姐的哥哥帮我写信，并请他代为邮寄和找人捎信。兰鸢姐的哥哥很乐意帮我这个忙，以作为他对我感到歉疚的弥补。所以，总是很尽心地帮我保持着和黑牛哥的书信联系。知道黑牛哥和小黑牛在老家平安，我的心中感到一些安慰。

"终于有一天，传来了日本鬼子投降的喜讯，经历了八年艰苦抗战的中国军民，终于迎来了抗日战争的胜利！于是，我在高兴的同时，决定带着阿龙哥、兰鸢姐的三个孩儿回到故乡去，与我朝思暮想的黑牛哥和小黑牛团聚。

"兰鸢姐的哥哥因为在学校教书走不开，暂时回去不了。

"我把这决定向三个孩儿说了，三个细崽都表示赞成。我收拾好行装，关掉了老虎灶，怀着归心似箭的急切心情和对往事的无限感慨，带着阿龙哥和兰鸢姐的这三个长大了许多的孩子，我们从重庆搭乘轮船，沿长江一直向东航行。下轮船后，又乘长途汽车行了一段，继而换坐牛车和步行，经过半个月的辗转，才终于回到了我们在江南的家乡哎。

"重新看到故乡那熟悉的房屋、农田、山水，我觉得自己仿佛是在梦里。离开故乡的这些年，家乡的这些景物，曾经无数次在我的睡梦中显现。而同我的黑牛哥和长大了许多的小黑牛的团圆，更让我高兴激动得眼泪直流。

"阿龙哥和兰鸢姐的三个孩子逸明、逸洁和逸龙也非常高兴，他们和小黑牛很快成了最好的朋友。

"为了迎接我们回来，黑牛哥和小黑牛已经把阿龙哥家的房屋修整收拾好了。由于这么多年没有住人，这个老宅原已破败凋零。

"乡邻们听说我带着阿龙哥和兰鸢姐的三个孩子回到了家乡，都纷纷前来探望。大家感念阿龙哥和他老父亲以前为乡邻们治病救人做了很多好事，又是高兴，又是唏嘘。对我和黑牛哥这些年为养育这三个细崽而天各一方，成为牛郎织女，吃了这么多苦，也是感叹不已。

"因为逸明、逸洁、逸龙都继承了阿龙哥、兰鸢姐的聪慧和勤奋好学。在四川江津读书时，三个孩子在学校学习成绩就一直是甲等，排在前面；回到家乡后，我要他们到县城的中学和小学继续读书；并把我的小黑牛也送进了学堂。为了培养他们，我又在县城开了个老虎灶，我要尽一切努力使这几个孩子完成学业哎。

"现在有黑牛哥和乡邻们帮我，我的信心更足了。

"不久，大儿子逸明就考入航空学校，他想继承他的小舅舅，当一名出色的飞行员。

"二女儿逸洁想继承她的父辈和祖辈，报考医学院，毕业后作一名救死扶伤的郎中，哦，就是你们说的大夫或是医生哎。

"小儿子逸龙虽然还小，还没想好长大做哪样，但他在学堂也特别用功，成绩和他哥哥姐姐一样好。

"我的小黑牛原来虽然没有进学校读上书，但黑牛哥已经把他认得的字，全数教给了小黑牛，所以我的小黑牛进学堂后，也有不少的长进。能认普通的书，也会写家信了哎。

"抗战胜利后，一晃又过了几年，我的家乡来了解放军。解放军同志告诉我们：现在的中国，是共产党领导下的新中国了！过了不久，逸明从航空学校毕业，成为了人民解放军空军的飞行员，并调到新中国的首都，在北京的空军部队工作。二女儿逸洁考上了北京医科大学，最近正在协和医院实习。小儿子逸龙也跟随他哥哥姐姐来北京读中学。三个孩子为了感谢我的养育之恩，执意要报答我，说什么也要我到北京来，享受新中国首都北京的幸福生活。三个孩子已经商量好，今后由他们负担我养老。

　　"黑牛哥虽然不愿和我再分离，但他心疼我这些年的劳苦，也想让我享享福，就没有阻拦此事。加上小儿子逸龙年龄小些，还在读初中，黑牛哥和我都不够放心，因为这孩子打小从没离开过我。于是，我和黑牛哥商量决定，让我来北京再照应逸龙两年，等他长大了，读高中以后，我再回家乡去哎。

　　"可是，来北京以后，虽然生活过得好，也不需要我再像过去那样辛苦劳作了，但我心里一直惦记着家乡的黑牛哥和我的小黑牛哎。夜晚睡床上，我常在心里想念他们父子哎！

　　还有黑牛哥的那个早年参加红军的哥哥，也有了消息。他还在新疆戍边和垦荒，忙得很呢！

　　"我也时常在心里默念：阿龙哥，兰鸢姐啊！我水阿莲总算没有辜负你们的信任，把你们的三个细崽都抚养大了啊！他们都是有出息的好儿女！你们的在天之灵放心吧！现在我水阿莲已完成了你们的嘱托，我也要回到家乡，和我的黑牛哥和我的小黑牛去过日子了……

　　"尽管我已经许多次向三个儿女提出来，要回老家去。可是他们为了报答我的恩情，都舍不得放我走。尤其小儿子，更加依恋我，舍不得我走哎。他们兄妹三人，还要我把黑牛哥和小黑牛请到北京来玩，让他们也看一看新中国首都北京的新面貌。这不是，再过一两天，我的黑牛哥和小黑牛就要坐火车到北京来了哎。他们这次来，是来亲近拜望我们新中国的首都北京的！也是来接我回南方的家乡去的哎……"

　　院邻们都被水阿莲大婶儿的故事感动了！异口同声地对水阿莲大婶儿说："你的黑牛哥和小黑牛来北京，一定要让他们多住些日子！在咱们的首都北京好好地玩儿一玩儿！"

　　真真听到了水阿莲大婶儿的故事后，将这个故事记在了心里。

兔儿爷的眼泪

兔儿爷的眼泪
Tuerye De Yanlei

（一）

这天，真真站在小四合院的青砖地上，抬头仰望着天空——只见天空阴云四合，烽烟滚滚的样子。真真忽然觉得，那云端上面，就像小人儿书上画的，仿佛有好多古代的旌旗在舞动，万千兵马在布阵似的。其实，这就是雷阵雨的前奏了！待到平地里突然呼啸着刮起一阵风，雷声隆隆，电光闪闪，大雨倾盆而至时，她早像只受惊的小兔子躲进屋里去了。

由于好奇，真真常隔着玻璃窗观看雷雨时天地间这震撼人心的景象。虽然有时候，她被划破长空的闪电和震耳的隆隆雷声吓得不轻，心怀忐忑，却仍然忍不住要趴在窗前，痴痴地瞅着小院青砖地上冒起的千百个活泼游动的水泡泡。真真觉得，这些圆形的水泡泡就像童话故事里的一群神秘顽皮的小精灵。她瞅着使天地混沌一片的迷蒙雨幕，瞅着连接天与地的数不清的一根根透明的雨丝，瞅着小四合院房屋瓦檐上被暴雨溅起的一蓬又一蓬的水花，瞅着沿屋顶的一道道瓦槽奔涌而下的一股股跌落中的雨水……回想着刚才雷雨降临时伴随的阵阵大风，竟能将那一根根透明的雨丝夹裹着变成一根根透明的雨鞭，劲道地斜着抽打在玻璃窗上，仿佛要把窗玻璃揍一顿,把它打痛似的……真真就这样痴痴地趴在窗前，用她童稚的眼睛目睹着雷阵雨如何汪洋恣肆地以粗暴简单的方式冲刷洗涤着人世间的万物。

　　真真觉得，如果北国隆冬西北风的呼啸犹如一支既古老又奇特的吹奏冬之歌的曲子的话；那么，夏季雷阵雨的演绎过程，就宛若是在天地间这个无比壮阔的舞台上，演奏的一曲雄浑、而且让人惊心动魄的雷电雨的交响乐了！

　　真真和那时的小朋友一样，谁都没有听过交响乐，她仅仅是听一位音乐老师说起过交响乐这个词儿。音乐老师说，交响乐是由很多种乐器组合在一起的演奏。音乐老师还提起贝多芬这个世界著名音乐家的名字。让真真难忘的是，音乐老师说这番话时所流露出的那种莫测高深的表情。这使童年的真真对于交响乐这个词儿，有了一种神秘朦胧的想象。

　　这一天，刚下过一场淋漓酣畅的雷阵雨。满院子被雨水激起的数不清的水泡泡，仿佛藏匿般顷刻间全部消失得杳无踪影。太阳重又绽露出它灿然的笑脸。在碧澄的蓝天下，一道瑰丽的七色彩虹弯弯地、无比清晰地显现在被雨水洗过般纯净的蓝天里，煞是好看！院邻们全都兴高采烈地光脚丫蹚踩着小院儿里刚下的凉丝丝儿的雨水，一齐簇拥着到门口胡同里去观看。因为在小四合院儿里看彩虹瞅不齐全、看不完整。

　　就在大伙儿雨过天晴欣赏完美妙的彩虹准备转身归家时，这个小四合院的人们意外地迎来了一位二十来岁的陌生女子。

　　这是一个才打农村来，但又与一般农村人有所不同的年轻女子，手里挽着一个蓝花布包。她中等个子，略显单薄的身条儿，五官端正的瓜子儿脸透着清秀。然而，那双美丽的杏核眼却带了点儿忧戚的神色，缺乏顾盼照人的光采。头发齐肩剪断，头顶右侧别着两枚朴素的发夹；是解放后妇女们的普遍式样，所以看不出是不是结了婚。中式斜襟带扣袢的淡青色布衣、布裤、布鞋，显得干净合体……

真真和院邻们瞅着她发梢上的颗颗雨滴，都恍惚觉得，眼前的这位女子仿佛就像雨后开放的一朵清凌凌带着露珠的淡妆素裹的荷花。

原来，这个女子是程老师四处托人新请到的保姆。

程老师是一位教中学的教师，大学毕业开始教书的。新中国成立初，经人介绍，她和一位解放军的英雄团长结了婚。短短五年时间，她就给这位团长生了俩虎头虎脑的小小子和一个叫妞妞的漂亮小闺女。为了找个合适的保姆，程老师费了许多周折。一般的保姆，都是只带一两个小孩，带仁小孩儿都说累不下来。就这样，保姆走马灯似的换了一个又一个，没一个时间能干长、真正顶得下来的。但若是请俩保姆，经济上负担过重不说，况且也没听说过谁家请俩保姆带孩子的。这可愁坏了程老师。那时候，北京的小学生称呼小学教师为老师，中学生则称呼中学教师为先生；但街坊院邻们还是爱称呼她程老师。其实程老师在学校讲课讲得很好，很受学生爱戴的，为了能安心工作，她只得四处托人请保姆。这不，又请到了一个。

院邻们都怀着好奇，打量着这个眉眼长得挺清秀的陌生女子，猜测揣度她是否能胜任这份带三个小孩儿，还要做饭洗衣的繁重工作。奇怪的是，在程老师向她交待活计时，这个年轻女子并没有如以往那些保姆那样当场叫起苦来，而且脸上也没有露怯相，不显山不显水的。

通过程老师介绍，大伙儿知道了这个女子的姓名，叫李灵芝。

"李灵芝？真好听。"真真和晶晶才读了一篇民间故事，说有一个小姑娘为了给妈妈治病，一个人进深山去采药，寻觅灵芝草的故事。故事中说，灵芝是一种仙草。

"我们就叫她灵芝阿姨吧!"真真对晶晶说。

"好。"晶晶点点头。

就这样,灵芝阿姨进入了真真他们那个小四合院,几乎不要旁人指点就进入了角色。她总是默默地干活,从不和院里的人聊闲天儿拉家常,有时和院邻竟有点儿像视而不见一般,她差不多只和程老师一家人说些话。

虽然真真小嘴儿甜甜的"灵芝阿姨""灵芝阿姨"地叫了她好几次,她也只是微笑地朝真真点下头,并不多说话。

这使院邻们有点儿不舒服,因为这个小院的人互相间一直都很友好,见了面儿总是很亲热地打招呼和说笑的。

米大妈便悄悄叹息灵芝阿姨怕是有点儿脾性古怪,不随和。性格爽利的翠翠还嘟哝着提出疑问:"莫非她是势利眼,只会拍主人的马屁?"

日子就这样一天接着一天地过去了,灵芝阿姨不但没有打退堂鼓,反而两脚生根样扎在了这个小四合院儿里。她与程老师一家相处很融洽,从来没跟程老师发生过口角或顶撞,更没抱怨过劳累。三个孩子都长得又白又胖。程老师的脸上,经常挂着欣慰的笑容。

院邻们在不经意间,发现灵芝阿姨那罕见的能干。她每天天不明起身,手脚不闲,除了晚上睡眠,白天从未休息过片刻,把程老师那个家操持得井井有条,一丝儿不乱。

真真常听妈妈赞叹:"这位灵芝阿姨,真是我所见过的最勤劳能干的女人!"

院邻们经过仔细观察,发现灵芝阿姨在做家务活上竟是个全能。

她每天都必定是全院儿第一个起得早的,把煤球炉子生着,就

院邻们在不经意间，发现灵芝阿姨那罕见的能干。

寄华 学画

忙着烧开水、洗脸水，然后做早饭。除了做米饭，她蒸馒头、做包子、包饺子、烙饼、擀面条儿什么都会。那根擀面杖握在她手里就跟玩儿似的，又快又好。程老师夫妇和三个孩子、连她自个儿七个人的衣服，每天得洗一大盆，晾在院子里一大串，全洗得那么干净。哄小孩儿玩耍她也在行，仨小孩儿被她调理得根本听不到哭闹。程老师的家每天被她拾掇得窗明几净的，简直看不出有仨小孩儿的样子。她还趁小孩睡午觉的工夫给他们做鞋、缝衣服，针线做得那个好啊，让真真妈和院邻们看了夸赞个不住。灵芝阿姨给最小的女孩妞妞做的小围嘴儿上，居然还绣了五颜六色的小花朵儿和小绿叶儿，一副有条不紊、游刃有余的样子。程老师在无比满意之际，也主动给她加了两次工钱。从每月的二十元加到二十五元，又从二十五元加到二十八元。这在当时的保姆里，是很罕见的。因为那时的小学教师，每月工资也就三四十元，中学教师大约五六十元。

程老师的肯定使灵芝阿姨的干劲儿倍增，这个既能吃苦耐劳又十分要强的女子，活儿干得益发的精细卖力了。

令院邻们惊异的是，这个每天起早睡晚、整天忙碌不停的年轻女子，自从到了这个小四合院儿后，不但没有丝毫瘦削疲惫的形状，反而出落得比初来时丰腴靓丽，在她身上，竟显出一种独有的韵致。

灵芝阿姨初来时，皮肤有点儿黄，也有点儿粗糙，现在却白得发亮，脸蛋儿带着粉红。

其次是衣着，灵芝阿姨初来时，穿的是她自己缝的布衣裤，虽然合身，却是老式样。最近这段时间，程老师常把她因长胖不合身了的衣服送给灵芝阿姨穿。殊不知灵芝阿姨穿上后，变得十分漂亮，青春美丽。即使含嗔不语没说话，眉眼也比初来时生动了许多，眼睛亦有了神采。

这使院邻们在惊异的同时，也都为灵芝阿姨感到高兴！因为大家都很喜欢灵芝阿姨，尽管她和大伙儿没有多说话。

梳着两根齐腰长辫子的程老师，由于喜欢灵芝阿姨，便把她当自己的妹妹一般待，想把她熏陶成个城里人。

一个星期天，程老师在家休息，真真和晶晶在小院儿里跳猴皮筋儿玩儿。她们一边跳一边念唱："小皮球，香蕉梨，马兰开花二十一，二五六，二五七，二八二九三十一……"正玩着，无意中瞅见程老师拿着一把大梳子，非要给灵芝阿姨梳头，改变她头发的式样。

真真和晶晶饶有兴趣地边玩儿边观看，只见灵芝阿姨红着脸，连连摆手推辞谢绝，并偏过身子来躲程老师的大梳子。但性格爽朗活泼的程老师笑着将她自己的那两条黑油油的大辫子甩到身后，非逮着灵芝阿姨不放。灵芝阿姨没办法，只得由着程老师给她在脑后并排梳了两根只编结了三四寸长的短辫。

真真、晶晶和院邻们惊喜地发现，换了头发式样、梳了短辫的灵芝阿姨像换了一个人似的。加上她穿着程老师送给她的衣服，还真的看不出她是农村人啦！

程老师把她的镜子递给灵芝阿姨，叫她自个儿瞧。灵芝阿姨忐忑不安地看后，不好意思地用双手蒙着脸，好一阵才松开。

灵芝阿姨拗不过程老师，加上她自己大概也觉得扎了两根短辫后，显见得人精神利落了许多，便接受了这个发式。

真真在一旁悄悄地端详灵芝阿姨，发现她扎了短辫后，露出了一张轮廓分明的瓜子儿脸，竟有点儿像饰演刘巧儿的著名评剧演员新凤霞。

那时节，复兴门一带没有照相馆，要照相得上西单。有一次，妈妈带真真去照相，来到地处西单的光明照相馆。在照相馆的玻璃橱窗里，真真看见有两桢镶嵌在镜框里的新凤霞的彩色大相片。凡是过路的行人都会被她那美若天仙的容貌吸引住，驻足欣赏一会儿才走。新凤霞唱的评剧《刘巧儿》，更是家喻户晓，老幼皆知，几乎人人都能哼唱几句。真真班上排演节目时，尤淑芹便扮演刘巧儿，班上的大哥哥张齐扎条白毛巾箍在头上，扮赵柱儿，也就是赵振华。他俩是班上年龄最大的两位同学，两人搭档，联袂在班上演过好几次，笑得同学们前仰后合，颇受大伙儿欢迎的。

后来，真真和同学们每次去西单，只要经过光明照相馆，就都要在那里流连一会儿，欣赏新凤霞的大相片。

新凤霞便长了一张轮廓分明的瓜子儿脸。

如今，改变了头发式样的灵芝阿姨，也呈现出她的瓜子儿脸。但她并没有因为扎了短辫就忘记了自己的活计，她每天照常干活，而且手脚更加麻利勤快了。

（二）

一天，住真真家旁边另一条胡同的胖姑娘，在合作社遇到正在买东西的翠翠，就问："翠翠，听说你们院儿那个帮人看小孩儿当保姆的阿姨也扎起辫子来啦？"

翠翠有些奇怪地瞅了胖姑娘一眼，心想："别人扎不扎辫子是人家的自由，关你什么事儿呀？干嘛撇着嘴酸溜溜的样子？"便不加附和，只点了点头。

胖姑娘接着说："真不害臊！这么大岁数了还扎辫子，想在城里落地生根儿找对象呀！"

翠翠瞅着胖姑娘气忿的样子，揣摩其中定有缘故。便不置可否地笑了笑，在合作社买了东西便回来了。

回到家，翠翠把胖姑娘的神态讲给晶晶、真真听，三姐妹便都有些为灵芝阿姨打抱不平。

真真说："怎么，胖姑娘说灵芝阿姨岁数大？我看她们两人岁数差不多嘛！"

晶晶说："依我看，灵芝阿姨说不定比胖姑娘还小点儿呢！胖姑娘是打扮得年轻，整天在小辫儿上扎着大蝴蝶结子，脸上还搽雪花膏。那天我在合作社买芝麻酱时看她买雪花膏来着。"

胖姑娘是翠翠姐妹在家浑说的，因为她们原先并不知道她的名字叫贾金枝。见她长得挺丰腴，便悄悄在私下里叫她胖姑娘了。

说起来，贾金枝也是从农村来的，投靠了她叔叔婶婶。她叔叔婶婶在北京做小买卖儿，经营日用杂货。街坊邻居们好多都买过他们的东西，是一对说话和气的本分人。

胖姑娘打农村来了以后，便迅速地发生了变化。她学城里人学得很上心，很快就进入角色，以城里人自居了。灵芝阿姨比她来北京也就晚半年，却被她视为农村人。

有街坊说，胖姑娘投奔她叔婶是为了在北京找对象。听她婶子说，她父母原先把她许给了一个很有钱的财主，也就是地主。近年来，农村实行土地改革，推翻了封建剥削制度，地主被打倒了，成了要靠劳动来为生的人。胖姑娘庆幸自己还没跟这个地主老财成亲，便赶紧来到了城里。她虽是个农村姑娘，眼光却蛮高，一般寻常人家她是瞧不上的。在农村时，她虽然还没和地主成亲，但地主家原先的富裕光景她是看见了的。如今，她想在城里找一个使她也

能过富裕生活的人。

胖姑娘的婶子在和街坊聊天时，说胖姑娘爱在他叔叔面前说三道四、搬弄是非、挑拨他们夫妻的关系，所以她婶子不喜欢胖姑娘。不然，她婶子也不会将胖姑娘的这些底细抖搂出来，让街坊们知道。

真真妈见三个女儿都在议论胖姑娘，便笑着掺合进来说："其实论相貌，胖姑娘是有几分姿色的。眉眼活泛中透着老练，体形丰满还会作媚态。你们看她养得白白胖胖、细皮嫩肉的模样，是从来没吃过苦、受过罪的。用以前看相的说法呢，胖姑娘带福相，这种人一辈子是不会让自己吃苦受累的。灵芝阿姨虽然细看长得比胖姑娘标致，却是个经历过艰难苦楚的人。个性又要强，做事又认真，不惜过度操劳。用以前看相的说法，是劳累命。"

三个女儿齐声反对道："妈，您这是迷信！封建迷信！凭什么灵芝阿姨不该命好?!"

真真妈笑答："好好好，我不说了。"

全家人突然发现，她们个个都喜欢灵芝阿姨，希望她生活幸福，虽然她很少同她们说上几句话。

有一天放学后，真真和班上的几位同学做完打扫教室卫生的值日，又一块儿在教室里埋头写作业。做完作业，看看时间还早，真真就邀请同学们到家里来玩儿。同学们都高兴地背着书包相跟着走出校门，须臾，来到真真家。由于班上这一阵插班来好几位新同学，大家一直沉浸在结识新伙伴的兴奋中，彼此都想增进了解。

再说，真真家又离学校很近。

由于高兴，尤淑芹也破例地来了，平时候，她是不到这些比她小几岁的同学家里来玩儿的。

来到真真家，同学们对真真妈有礼貌地叫了伯母后，就开始玩儿开了。她们先玩了一会儿翻小彩棍儿的游戏，因为那阵子，很流行这种游戏。每个小杂货铺，都有小彩棍儿卖，花一毛钱就能买一把五颜六色的木质小彩棍，用一根猴皮筋儿缠着，每根小彩棍大约三寸长。玩的时候，你先将这把小彩棍儿握在手里，让小彩棍竖着站立在桌面上。然后你猛一撒手，小棍们便会东倒西歪不规则地散落堆积在桌面上。而后你将其一根根轻轻地拿起来，谁拿的多谁赢。小棍的不同颜色决定它分数的价值。但你若是在拿棍时晃动了其他的小棍，你就不准拿了，轮到下一个同学玩儿。

玩了一会儿小彩棍，丁淑云提出玩儿欻（chua）拐。丁淑云也是新来的插班生，是回族人，住在白塔寺那边。上学和放学，要走往阜城门方向的那条很长的南顺城街，走得比其他同学远许多。

丁淑云说着，便从书包里摸出了两副羊拐和一个用花布缝的两寸见方、里面絮了米或豆子的小包。同学们都挺喜欢这种游戏，只是玩儿这种游戏有一定难度，很考验人的技艺。玩的时候，你先得把四只羊拐握在手掌心里，用大拇指和中指食指捏住小布包，然后将小布包朝空中那么一甩，并趁着这个空档把手中的四只拐撒在桌面上或床铺上，并接住从空中落下的小布包。所以这个游戏特别适合在桌面上或是在床铺上玩儿。

接住小布包后，你就可以开始翻羊拐的四个面儿了。羊拐是羊蹄里的一块有四面不同形状和轮廓的骨头。一个羊蹄儿里只有一块这样的骨头。也就是说，一只羊的四只蹄子刚好可以做一副羊拐。

翻羊拐的四面儿，是将小布包扔向空中趁其空档依次翻。因为你若是没接住小包，就已经输了，不能玩儿了，只能等下回轮到你

时才能玩儿。翻的次序是先翻轮廓像耳朵的那面儿，再翻耳朵的背面儿，第三步是翻中间凹下去像肚脐眼儿的那面儿，最后再翻它背后中间凸出来的那面儿。翻完后，还得扔一次包，将四只拐从桌面一把抓回到手中并接住包才算完成。总之，这一切步骤都得在一次次扔布包时布包在空中的间隙来做，眼睛既要盯着桌面上的拐，又要瞟着空中的布包以防没接住。技艺的高低输赢取决于你在完成整套动作中扔包的次数。次数越少，你的技艺就越高。

丁淑云在玩儿羊拐的游戏上，是个巧手天才，整套动作完成得异常干脆利落，足以让旁观者赞叹称绝！她扔出的包老高老高，而且每次都能接住。而真真在这个游戏上表现得特笨拙，包也扔得矮。丁淑云扔一次包可以将四个羊拐的耳朵那面全朝一个方向捏立起来站好，真真扔一次包只能捏好一个羊拐的耳朵。丁淑云翻羊拐的耳朵背面时，只需右手心向上、五个手指头像叉子似的灵活地一叉一夹，手掌再一翻，四只羊拐的耳背那面便稳稳地站立在桌面上了。而真真的五个手指，一次也只能夹住一只羊拐。所以，丁淑云完成整套动作只需扔五六次包，而真真扔十几二十次还时常弄不好，只得不停地嘲笑自己的笨拙。

其他几位同学也都不是丁淑云的对手，但比真真好点儿。尤淑芹人高手大，动作灵活，但也赶不上丁淑云。

于是，丁淑云让着大家，她一人用两副羊拐，每次要完成翻两副也就是八只羊拐的双倍动作，而真真她们几个，只需用一副羊拐，完成翻四只羊拐的动作，这样来比输赢。

结果，丁淑云还是赢了。她同时欻两副羊拐的动作让同学们看得目不暇接、眼花缭乱，真是太棒了！

尤淑芹也挺棒，当了第二名，也就是亚军。

兔儿爷的眼泪
Tuerye De Yanlei

尤淑芹高了兴，便亮开嗓子唱了一曲当时最流行的评剧《刘巧儿》。尽管比著名评剧演员新凤霞唱的差着一截儿，但尤淑芹嗓音清脆嘹亮，又挺带感情，唱得情真意切的。那时节，老北京人对于新凤霞饰演的农村姑娘刘巧儿争取婚姻自由的故事，那真是家喻户晓。哪怕老头儿、老太太和小孩儿，也都会哼唱几句的。广播电台的话匣子里常播放。学校的同学们都把《刘巧儿》和《牛郎织女》的爱情神话故事联想到一块儿，一般看待。

这天尤淑芹唱的是《刘巧儿》的一段儿独白，同学们便都静下来听——

巧儿我自幼儿许配赵家，

我和柱儿不认识，

我怎能嫁他呀！

唱到此，真真和同学们便一齐用嘴学胡琴的音调给她们班上的这位大姐姐伴奏过门：

啦—嗦—咪—嗦—来—哪—嘻—哆—来！

然后，尤淑芹接着拉长声，悠扬婉转地唱：

我叫我的爹跟他把亲退呀，

这一回我可要自己找婆家呀！

听到此，同学们笑得前仰后合，却不忘记又一齐给大姐姐伴奏过门：

啦—嗦—咪—嗦—来—哪—嘻—哆—来！

于是尤淑芹又接着感情充沛、音调柔柔地唱：

上次在劳模会上我爱上人一个呀，

他的名字叫赵振华，

都选他作模范，

人人都把他夸呀！

听到此，真真她们又忙着伴奏——：

啦—嗦—咪—嗦—来—哪—嘻—哆—来！

当尤淑芹唱出："从此后，我就悄悄地爱上了他呀！"这一句时，她的脸蛋儿也开始红起来，仿佛真的进入了角色。

几个小姑娘又笑着起劲地伴奏——

啦—嗦—咪—嗦—来—哪—嘻—哆—来！

唱到后面，尤淑芹的声音变得甜蜜蜜的，仿佛那里面藏着她对于幸福美好未来的憧憬：

过了门，

他劳动，我生产，

又织布，纺棉花，

我们学文化，

他帮助我，我帮助他，

做一对模范夫妻，

立业也成家呀！

几个小姑娘又给大姐姐作了一次伴奏作为结束——

啦—嗦—咪—嗦—来—哪—嘻—哆—来！

尤淑芹唱罢，大家一齐拍手。几个小姑娘发现，尤淑芹的那双黑葡萄般的大眼睛里，闪动着一种梦幻似的光。

同学们都记得，尤淑芹以往在班上表演唱刘巧儿时，总要拉上张齐参加，叫张齐扎条白毛巾箍在头上饰赵振华。张齐不用唱什么，只需由尤淑芹按照剧情的发展端碗水给他喝。他就将白毛巾箍在头上，站在尤淑芹旁边，看她情真意切地唱，笑模悠悠地等着喝那碗水。

同学们便一齐兴高采烈地用嘴模仿胡琴的音调大声地给他们伴奏过门——

啦—嗦—咪—嗦—来—哪—嘻—哆—来！

每逢这当儿，班上的一些同学就会暗暗地想：我们班上的这两位大哥哥大姐姐倒真有点儿像天生的一对儿呢！

今天张齐不在这里，自然只好是由尤淑芹一人独唱。

尤淑芹唱的刘巧儿，把真真他们那个小院儿的四邻都惊动了，拍手叫好声接连传来。

尤淑芹和同学们笑着和真真道别。真真将同学们送到大门口儿，今天大显身手兴犹未尽的丁淑云又约大家明天放学后到白塔寺附近她的家中去玩儿。说她姐姐玩儿嬓拐比她更棒，一次可以撒四副十六只羊拐，四面儿全翻完还扔不到二十下包儿。明天她可以叫她姐姐表演给同学们看。

大伙儿都哇的一声表示惊异，欣然地答应了丁淑云的邀请。

送走同学们后，真真转身走回小院儿，只见灵芝阿姨抱着妞妞站在西屋门口向她招手。

真真赶忙走过去，因为灵芝阿姨并不常叫她。

"真真，刚才来的那个大姑娘，也是你的同学吗？"

真真说："是啊！我们班好几个年龄大些的同学，都是因为以前家里穷，上不起学，新中国成立后才开始上学的呀。"

灵芝阿姨表示明白地点点头，轻轻地哦了一声。又恳求道："你能把她唱的是什么戏词儿，说给我听听吗？"

原来灵芝阿姨整天忙着干活儿，竟然还不知道家喻户晓的《刘巧儿》。

真真觉得有义务给灵芝阿姨扫这个盲，让她知道新凤霞和她饰演的刘巧儿，以及这个人人皆知的爱情故事，便给她讲述道：

"刘巧儿是一个美丽勤劳的农村姑娘，从小被她父亲许配给一

个叫赵柱儿的农民，但两人儿从没见过面儿。后来，他们住的地方——陕甘宁的边区政府实行土地的减租减息，并取消买卖和包办婚姻，提倡婚姻自主。刘巧儿由于不认识赵柱儿，便想叫她父亲把这门亲事退掉，她想自己找一个满意的好青年结婚。在一次劳模会上，她看上了一个叫赵振华的劳动模范，殊不知这个赵振华就是赵柱儿。赵柱儿是他的小名儿。巧儿的爹嫌贫爱富，他嫌赵柱儿穷，正想退婚呢！听女儿一说，他便立马儿去找赵柱儿退了婚，还想把巧儿许给一个老地主，因为这个老地主拿了许多的彩礼送到巧儿家。刘巧儿的爹见钱眼开，便答应了这桩婚事。因为那时只是减租减息，还没实行土地改革。赵振华见巧儿的爹来退婚，便以为巧儿也是个嫌贫爱富的人，就赌气和她退了婚。而刘巧儿，根本就不愿嫁给这个老地主，是巧儿爹一厢情愿。费了许多周折，最后刘巧儿才弄清楚明白赵柱儿就是赵振华。两个人终于消除了误会，在边区政府工作人员的支持下，幸福地走到了一块儿。巧儿的爹受到了批评教育，老地主也遭到了训斥……"

真真在讲故事的过程中，发觉灵芝阿姨听得很入神，眼里还闪着莹莹的泪光。

真真想不到她的讲述会使灵芝阿姨这么感动，于是她自己也觉得很感动。

真真索性将饰演刘巧儿的著名评剧演员新凤霞也一并介绍给了灵芝阿姨，并热心地叫灵芝阿姨有机会一定到西单的照相馆去看新凤霞的那两张美若天仙的大相片。

真真来了兴致，就对灵芝阿姨说："我和我晶晶姐、翠翠姐都觉得你长得好看。你扎了短辫子的模样，还有瓜子儿脸，都有些像新凤霞呢！"

灵芝阿姨很自谦地摇摇头，自卑地说："真真，我算什么呀，再说，我的命不好。"说罢，她的神情竟有些黯然。

真真不知道灵芝阿姨为什么会难过，赶忙安慰她："现在是新社会了，每个人都可以过上幸福的生活的……"

灵芝阿姨拉了拉真真的手，说："真真，你心眼儿真好，谢谢你给我说了这么多。"

过了没两天，真真他们那个胡同儿出了个特大新闻，街坊们都听说胖姑娘贾金枝就要到苏联专家招待所去工作了！

那段时间，街坊们经常瞅见短辫上扎着大蝴蝶结的贾金枝仿佛一只在寻觅着什么东西的花蝴蝶，在胡同里和大街上飞来飞去。

事情是这样的：

上前天下午，派出所的干事余大姐来找贾金枝。她才来此地派出所工作不久，不清楚贾金枝住哪儿，就走到真真他们那个四合院儿来了。

见派出所的同志登门拜访，真真妈和邻居们都凑过来表示欢迎。余大姐是位很和蔼的人，大伙儿对她印象挺好。

余大姐便在真真妈端过来的方凳上坐下了。

"贾金枝是在这个院儿住吗？"

大伙儿一听，全笑了，争先恐后地说："俺们知道您找的是谁了，她没住我们这儿，从我们门口过去，还得拐两个弯儿才到呢！"

有人好奇地问："余干事，您找贾金枝准是有什么好事儿吧？"

余大姐说："还让你们猜着了，真是件好事儿。派出所决定给贾金枝介绍个工作。"

"什么工作呀？"大伙儿越发好奇地问。

余大姐说："现在中苏友好，斯大林派了很多苏联专家到我们中国来，帮助咱们搞建设。现在咱们北京的苏联专家招待所正缺服务员呢，我们准备介绍贾金枝去，考得上考不上，就看她的啦。"

大伙儿哇了一声，语音中都透着羡慕。米大妈说："哟！贾金枝一工作就这么好啊！"

那时候，大家对苏联的一切都很崇拜，称苏联为老大哥，更别说是苏联专家了！专家这个词儿，便说明他是特别有技术、有本事的人！苏联的专家，自然是最棒的！

余大姐说："贾金枝有高小文化，脑子灵，模样长得也不错，让她去锻炼锻炼吧！"

（三）

早起上学，真真背着书包临出门前，妈妈塞给她五分钱。真真明白，这是今天的早点钱，可以去宗帽四条实诚叔的小面铺买才出炉的烧饼，或才从油锅里炸好的油条。大伙儿把油条叫作"油鬼"，但真真弄不清大伙儿叫的是"油鬼"还是"油轨"。这五分钱，还可以到实诚叔小铺斜对门儿崔二婶开的小店去买菜包子或糖三角儿。此外，在街口安着个汽油桶似的大炉子卖烤白薯的胡爷爷，烤的白薯也常弥漫出甜滋滋的诱人香味儿，引得真真时而光顾。胡爷爷黑红的老脸上，布着挺深的皱纹儿。他总是穿着他那身儿油光发亮，像起了一层黑乎乎外壳儿的长棉袄。这使真真觉得胡爷爷仿佛就像是一个成了精的老的烤白薯，幻化成了人的模样站在那儿卖白薯。真真喜欢吃红心儿蜜瓤儿的烤白薯，皮儿已烤得跟一层纸似的，轻轻儿一撕就能撕下来。还有的时候，真真拿着这五分钱到米铺旁边小六儿的杂货铺，买铁蚕豆或苞米花吃。因为这类零食揣在衣兜儿里，可以和同学们在下课时分享。

真真跨出门来到胡同儿里，只见首尾相衔的一辆辆马拉的大车正从宗帽四条那边儿拐进嘉祥里来。每辆大车的一侧车辕上，都坐着一位车把式。头上搭条发黄的毛巾或戴顶毡帽，端着腰，垂吊着双腿，手中执着长长的马鞭，凌空里抽得啪啪地响。这些车把式，差不多都是些脸膛黧黑的庄稼汉，用马车拉各种粮食物资进城，专门儿跑运输供应新中国首都人民的生活保障的。

真真估计这些车是从右安门或是广安门那边儿经石驸马大街和鲍家街过来的，又从宗帽四条、嘉祥里、邱祖胡同转出复兴门去了。那会儿，汽车还比较稀贵，尤其胡同里，一天也难瞅见一辆两辆的卡车或是小轿车。而这种跑运输的马拉的大车队，却几乎天天儿都能在胡同里瞅见。有时候，一天能见着好几队呢。真真曾经好奇地数过，最多的一队，有三十几辆大车呐，挺壮观的。

每一队大车，都有一个领头儿的庄稼汉。

每辆大车，差不多都有两匹或三匹大小不等的马儿拉着，说明它们承载的运输负荷是挺重的。

真真注意到，大车队每次经过嘉祥里时，都已经是卸了载的空车了。她还注意到，每匹马的后面，都挂着一个粪兜儿。马儿拉屎的话，便落在粪兜儿里，不会掉在地上把街道弄脏。真真看到，这些马儿是边走边拉屎，它们拉的屎是一个个长圆形的粪球儿，似土豆儿般大小，茶褐色大小均匀的软颗粒，还冒着一股股热气。

真真听胡同儿里的街坊们说，这些拉车的牲口，不光是马，里面还有骡子和驴。在人们的指点下，真真知道了驴、马和骡子的分别。她原先幼稚地以为那些毛驴是小马呢！街坊们还说，骡子是驴

和马的后代，驴是妈妈，马是爸爸。使真真感到迷惑不解的是，既然骡子是体型比马小许多的毛驴生的，怎么能长得比它的爸爸妈妈都高大呢？

真真看到，那些赶大车的庄稼汉虽然嘴里驾驾驾地吆喝着，把长长的马鞭凌空里甩得啪啪地响，其实舍不得将鞭子真正落到马儿的背上。他们甩马鞭，只是对马儿起一种威慑作用，告诉它们不许偷懒儿。而那些马儿、毛驴和骡子，则非常自觉，哪怕是拉屎，也不敢停下脚步；更不敢去啃一口胡同土路旁长出的青草。这使童年的真真有些可怜它们。有时候，望着它们清澈温柔的大眼睛，她很想趋步上前去摸摸它们竖立的耳朵和长长的脸颊，理顺它们因刮风和汗水弄脏弄乱了的鬃毛，抚摸它们健美的躯体。她还想手捧着新鲜的嫩草喂给它们吃，以表示对它们的好感和亲近。可是，它们是那么忙碌，不能停下片刻，要脚步匆匆地赶路。

真真喜欢看胡同里的这道独特的风景，喜欢听大车队走过时那嘚嘚的马蹄声和马鞭凌空里发出的脆响；喜欢看那些勤勉拉车、永不言疲倦的可爱的马儿们；喜欢听那些赶大车的庄稼汉此起彼伏的哼唱——陶然自得带着乡间泥土气息、别有一番韵味儿的庄稼调儿。就如同喜欢看夏秋的夜晚那浩瀚迷人的星空，喜欢夜深人静时从睡梦中醒来、忽然听到从广安门那边儿传来的火车悠远的汽笛声一样，都会使真真童年的心中产生许多如梦似幻的遐想。

真真背着书包来到宗帽四条实诚叔的小面铺儿，铺子里，才出炉的烧饼正发出诱人食欲的香味儿。实诚叔做的烧饼比别的面铺做的烧饼个儿略大，揉进了许多芝麻酱。烧饼的正面儿，粘满了被烤得香喷喷的芝麻，一个烧饼也只卖三分钱。油条也是这样，个儿比别家面铺的油条略大，价格一样只卖两分钱。真真的早点钱除了买一个烧饼，还可以再买一根儿油条。这五分钱，对于真真来说，做一天的早点钱是足够了。

通常，真真只买一个烧饼或火烧作早点，而不买油条。不是油条不好吃，是因为油条儿太油，会把手弄得油乎乎的。一不小心，还会把衣服上也沁上油渍，这样子到学校就太不雅观了！

真真年纪虽小，但班主任杨老师时常教育全班同学要爱整洁。班上的值日生每天还要提前到校，站在教室门口，对每位同学进行一丝不苟的晨检。看你是否剪了指甲，带了口罩、手绢儿、喝水的小瓷杯，衣服是否穿得干净，红领巾是否佩戴好。真真的衣服本来不多，经常弄脏就会没衣服换，所以必须爱惜着穿。

由于忙着上学，真真也从不喝豆浆。因为豆浆很烫，得坐在实诚叔小铺的桌子前消消停停地喝。真真在星期天不上学时，去实诚叔的铺子里学着大人的样，消消停停地喝过一回豆浆。实诚叔舀了一大勺子白糖化在里面，真好喝。真真学着大人将一根儿油条掰成小段泡在豆浆里，吃起来又是另外一番滋味。

在真真眼里，实诚叔是个很勤劳、很善良的人。不论真真起多早，实诚叔的小铺都比她更早许多许多。她每天早上走过那里，那间小铺总是一副热气腾腾的景象。街坊们说，实诚叔是老北京人。真真每次见到他，他总是腰间系块白围腰，扎拳捋袖，裸露着两只壮健的胳膊在搓揉案板上那一大堆白白的面团儿。案板的一侧，就是油锅，还有一个烤烧饼的火炉。实诚叔有条不紊熟练轻盈地操作着。一会儿把烧饼做好摊入平底锅，一会儿用那双长长的铁筷子将炸成金黄色的油条一根根夹出来，放在油锅旁边的铁筛子里沥油。这样，附着在油条上的油可以一珠珠滴回油盆儿里。一会儿，实诚叔又忙着给烧饼翻身儿，将新做好的油条一根根牵引着投入油锅中

去炸。须臾，实诚叔又拉开平底锅，把烧饼一个个放入炉中，排成一圈儿围着炉火烘烤。当然，烧饼在炉中烘烤也需要翻一个身，将两面儿都能烤到。在这期间，实诚叔还需照应生意，收钱找补、收碗洗碗什么的。但生意再忙，他的烧饼却从未烤糊过，油条也从没炸老过。早晨最忙活的一段过去后，上学、上班的人少了，实诚叔便用他那双灵巧的大手开始变魔术般弄出许多神奇的花样。做出酥脆无比一咬就碎、带咸味儿的排叉儿，甜得像蜜糖的麻花儿，还有与烧饼相区别、不带芝麻，但同样酥香好吃、双面呈螺旋状、吃起来可以拉出一根根金黄色枝条的火烧……

真真和晶晶最喜欢吃实诚叔做的糖饼儿。用做油条的一小块面团儿摊成一个不大的饼，然后用刀在糖饼上划两道小口子，上面再刷上一层红糖的糖稀，再放到油锅里去炸熟，吃起来真格是又香又甜。不过糖饼儿要五分钱一个。

对于实诚叔小铺里的吃食，真真、晶晶和翠翠姐妹仨都早已逐个有滋有味地品尝了个遍；并且对其中每一种吃食，都有吃了以后还想再吃的欲望。

实诚叔就这么每天从早到晚地忙活着，因为光顾他小铺的男女老幼有那么多。虽然很辛劳，但实诚叔生活得充实和快乐！不论对谁，他都是和颜悦色的，真真从来没见他对谁虎过脸。

街坊邻里一致评价，实诚叔是个心地善良、性情随和、勤劳能干的厚道人儿。

由于每天弓着腰身在案板前搓揉面团儿，和面粉打交道，一不小心，就会把白扑扑的面粉弄在脸上，街坊们便给实诚叔取了个"大面人儿"的雅号儿。

记得有一次，妈妈带真真去逛白塔寺庙会。妈妈是在真真的再三央求下才抽空带真真去逛庙会的。而真真，是听班上的同学告诉她逛庙会如何好玩儿的。妈妈说，隆福寺庙会比较远，就带你去逛白塔寺庙会吧！真真点头说行。她们穿过邱祖胡同先来到卧佛寺街，再沿着往阜成门方向的南顺城街一直朝北走。妈妈告诉她，卧佛寺街原先还有个名字叫鹫峰寺街，清王朝时的正红旗汉军都统衙门就设在这里。南顺城街是一条很长的古巷，有将近两公里长，母女俩迤逦来到白塔寺。真真顷刻便被那里的热闹景象迷住了！只见庙会上，有那么多小孩儿爱玩儿的、爱吃的、爱看的东西，一时间，真真就觉得眼花缭乱了……

真真看到许多画成燕子、老鹰等鸟类图形的漂亮的风筝，男孩子擅长抖着玩儿的各种式样的空竹，滚着玩儿的铁环，拿一条小鞭子抽着玩儿的木陀螺；还有许多女孩子爱玩儿的五颜六色的鸡毛毽儿、小彩棍、橡皮筋儿、泥囡囡……以及各种各样的洋画片儿、彩纸小风车，用一只眼睛瞅里面的西洋景儿。庙会上，还有卖艺表演踩钢丝的人，以及在空地上耍大刀、表演武术的人……

好吃的东西就更多啦！有甜蜜蜜的柿饼儿，色彩丰富的杂拌儿糖，一串串红艳艳的冰糖葫芦，一咬一包甜水儿的大鸭梨，还有沙果、黑枣儿和各种果脯。小吃有馄饨、炒面、油茶、豆包儿、驴打滚儿、豆腐脑儿，还有炒板栗、葡萄干、铁蚕豆、瓜籽儿、山楂片儿、核桃、花生、苞米花、关东糖……让小孩儿看得流哈喇子，咽口水。

妈妈买了几串糖葫芦，给真真一串儿，其余的准备带回家，她自个儿什么也没吃。

当真真和妈妈来到摆着一排排兔儿爷的摊位时，真真不由停下了脚步。在这之前，她还从没仔细观察过兔儿爷呐，更没见过这么多大大小小的兔儿爷，觉得挺好奇、挺新鲜的。卖兔儿爷的大爷见

真真喜欢兔儿爷，便撺掇着她买。他向真真问道：

"小闺女，你知道兔儿爷的来历吗？"

真真摇摇头。

大爷说："小闺女，不知道别的可以，不知道兔儿爷可不行！你要知道，兔儿爷可是咱老北京人的大恩人哪！"

真真的求知欲和好奇心被勾上来了，便请求道："大爷，您就给我讲讲兔儿爷吧！"

大爷见真真想听，也来了兴致，便像说书般叙述道：

"说起这兔儿爷的来历呀，话还有点儿长。大约是明朝的时候吧，传说有这么一年，咱北京城这一带呀，忽然起了瘟疫。唉呀，几乎家家户户都有人得了重病，而且找郎中治也治不好。眼瞅着老百姓一拨一拨地染病身亡，北京城弥漫着不祥的哭丧声，见天儿都是出殡送葬的队伍，络绎不绝的。月宫里的嫦娥看得着急了，她心里挺难过的。于是啊，她就委派身边的玉兔儿到人间来，专门儿给老百姓治病。玉兔儿下界来到凡间后，挺忌讳自个儿的白色打扮。你想，那个年代，你一个郎中穿着一身儿白的孝服去给人家治病，吉利吗？人家老百姓会怎么想？于是乎，玉兔儿便在路途中借了神像的战袍、盔甲来穿上。你还别说，他这么一装扮，还挺英俊威武！而且谁也认不出他来了。为了能更快治愈所有的病人，玉兔儿时而骑虎，时而骑鹿，时而骑大象，有时还骑到麒麟的背上赶路。长途跋涉，挨家挨户地走，治愈了好多的病人。人们为了感谢他，纷纷送东西给他。可玉兔儿不爱财，什么都不要。他只喜欢每天换一身儿衣服穿，一天一个装扮，有时甚至穿上女人的装束。因为在月宫里，玉兔儿从来没得着过衣服穿，觉得穿衣服挺新鲜的。也是合该有事儿，有一天，玉兔儿不小心，把两只长耳朵露了出来，被老百姓瞧见啦。老百姓天黑后，又发现月亮上终日捣药的玉兔儿怎的不见了呀？于是，大伙儿恍然大悟，终于明白：原来这个兔面人身的救命郎中乃是嫦娥派下来解救人间苦难、消除瘟疫的玉兔儿呀！

"消除了北京城的瘟疫后，玉兔儿就回月宫中去了。咱老北京人为了表示对他的感谢，就用泥塑了玉兔儿的形象来供奉他。可对他的模样形象，其说不一。有的人说他骑的是老虎，有的人说他骑的是大象；有的人说他骑的是马鹿，有的人又说他骑的是麒麟……大伙儿只好用泥塑了各种各样的兔儿爷来供奉。

"也是从明代起，咱老北京人就有了自家请兔儿爷，给亲朋好友送兔儿爷的习惯。请兔儿爷就是请平安，送兔儿爷就是送吉祥、送祝福。到了清代，这种习俗更加兴盛，兔儿爷也更加深入人心。每年农历八月十五中秋佳节这一天，家家都要供奉他。给他摆上好吃的瓜果菜豆什么的，用来酬谢他给人间带来的吉祥和幸福。人们还亲切地称呼他为——兔儿爷。

"还有个别人见过他穿着女装，就叫他兔儿奶奶……"

大爷的话还没说完，真真已在摇着妈妈的手，拗着要求她买一个兔儿爷了。

妈妈显然也受到这个民间故事的感动，很痛快地点头儿答应了。

于是真真溜眼一字儿将那好几排、总共四五十尊兔儿爷挨着个儿地瞅了一遍。

真真选中了其中一个有七八寸高，比较大的，长相最英俊、神态最生动、面带笑容的兔儿爷。

这是一尊端端地坐在麒麟背上的兔儿爷，身着鲜红的战袍，绿色的裤，披挂着金黄色铠甲，背后还交叉地插着两面儿护背旗。只见他两眼平视前方，面带微笑，两道长眉下的黑眼睛特别有神儿！紧

握着双拳，很威武的样子。三瓣嘴画得并不明显，跟常人的嘴相似。

卖兔儿爷的大爷对真真妈说："您这小闺女，真是好眼力！把我这摊儿上的镇摊之宝——最漂亮神气的兔儿爷给选中了！"

真真听了很惬意，双手将那个兔儿爷紧紧箍抱住，生怕大爷不卖给她。

大爷跟真真妈要了一块钱。

大爷对真真说："看见吗？这可是尊坐麒麟的兔儿爷。听说过麒麟吐书的典故吗？这尊兔儿爷可不简单！它象征着学识渊博、学业有成！你可别辜负了它。"

真真懂事地点点头，答："回家我就把它搁在五屉柜的正中间儿。"

五屉柜，是真真家最上乘的家具了。

回到家，真真就把兔儿爷小心翼翼地摆放在五屉柜上了。她还把卖兔儿爷的那位大爷所说的话，向晶晶和翠翠讲述了一遍。于是全家人都对兔儿爷肃然起敬，产生了好感……

意想不到的是，刚才真真去买烧饼时，忽然发现实诚叔笑起来的表情神态很有几分像她买的那个兔儿爷。这可真有点儿像考古新发现，真真忍俊不禁地咯咯笑了。

实诚叔瞅见真真笑，便也笑了，道："这孩子，是不是笑我脸上粘了面粉，又学京戏里头唱花脸的啦？"

真真忍住笑说："实诚叔，您今天没学唱京戏的花脸，是我觉得您笑起来特像我家五屉柜上摆着的，从白塔寺庙会上买回来的那个兔儿爷！"

实诚叔呵呵笑道："前些天你们还悄悄在背地里叫我大面人儿，今天怎么又成兔儿爷啦？"

真真拿着烧饼走出小铺时，听见实诚叔在她背后说："真真，等你放了学有空儿，把你们家五屉柜上的什么兔儿爷拿来给我瞧瞧！"

真真边走边咬烧饼，听了实诚叔的话，嘴里伊伊呜呜含糊地答应着。

刚吃了两口烧饼，真真就瞧见实诚叔铺子斜对门儿的崔二婶儿在朝她招手，便走过去。崔二婶儿笑眯眯地责怪道："真真，你怎么这两天不来买我的糖三角儿呀？难道我做的糖三角儿不如实诚叔的烧饼和火烧好吃？"

真真忙说："糖三角儿也好吃，明天早上我就来买您做的糖三角儿。"

"那敢情好，"崔二婶说，"过来，真真，咱们聊一会儿。"

真真不敢耽搁，她怕上学迟到。而且这个崔二婶儿总是啰哩啰嗦、穷追不舍地盘问她关于实诚叔和他小铺子里的事情。

真真摆摆手说："崔二婶儿，赶明儿再聊吧！这会儿我得赶紧着去上学，不然要迟到了！"说完，便一路小跑着走了。

走到学校门口，一个烧饼刚好就吃完啦。进了学校，她就从书包里掏出那个一只耳朵的小搪瓷杯，在学校传达室门口的"洋铁皮"保温桶前接点儿开水喝。学校的工友宋大伯每天除了负责摇上课和下课的铜铃，还负责烧开水、扫院子什么的；所以，那个大保温桶里，每天早晨都有开水。

（四）

下午放学回家，真真照常先做老师留的家庭作业。她把家里的方凳搬过来摆在面前当小书桌，自己坐在小板凳上，而后从书包里小心地拿出书和作业本，还有一个木头的小文具盒。小文具盒上的

盖板是活动的，可以沿着文具盒上的板槽朝右方拉开。文具盒里，有一长一短两支铅笔，一小块橡皮，一把削铅笔用的简陋的小刀，还有一把染成黄色、上面划有黑色小道道的木片做的小尺子。

真真很爱惜地欣赏着她的文具盒和装在它里面的文具。她十分庆幸自己终于有了一个文具盒。这是上学期结束时，她的学习成绩排列全班第一，妈妈给她买的奖品。在这之前，真真的文具一直零散地放在书包里，她那时多么羡慕有文具盒的同学呀！

正在抄写生字之际，灵芝阿姨拿着一个小碗轻手轻脚地从西屋里走出来了。她见真真妈在捅炉子添煤球儿，便轻声向真真妈说："您帮我照看着家，趁这会儿妞妞和俩小小子睡着了，我去合作社打点儿麻酱，买点儿雪里蕻和五香萝卜干，还要到面铺去匀5分钱老面，我上次做馒头忘了留老面了。"

真真虽然在写生字儿，却听见了灵芝阿姨的话，她猛然想起今儿早上答应实诚叔的事，连忙站起身进屋，从五屉柜上把兔儿爷抱出来，双手递到灵芝阿姨手里。

见妈妈和灵芝阿姨莫名其妙的样子，真真笑着解释道："我今儿早上答应了实诚叔，把这个兔儿爷拿给他瞧瞧。刚才灵芝阿姨不是说要去实诚叔的面铺匀做馒头的老面吗，就请灵芝阿姨把这个兔儿爷带去给实诚叔看看吧！"

妈妈笑着说："这孩子，又在淘哪门子气啊？我说，实诚叔咋知道咱家有个兔儿爷？他不会连兔儿爷都没见过吧？咋会专想看你这个兔儿爷呢？"

真真脸上旋着小酒窝答："我跟实诚叔说，他笑起来的模样特像我们家的这个兔儿爷。"

妈妈说："让我说着了不是。你可真够淘气的！实诚叔这么大个人，怎么会像咱家的兔儿爷呢？"妈妈边说，边不经意地瞄了兔儿爷两眼，也不由抿嘴笑了起来。妈妈对灵芝阿姨道："哎，你还别说，经这淘气孩子这么一点拨，还真觉得有些像呢！你看呢？"

灵芝阿姨道："俺可没工夫同你们闲聊这些个。既是真真叫我拿给她实诚叔瞧，我就带去给他看一下罢了。"说完，小心地抱着兔儿爷匆匆地走了。

李灵芝抱着兔儿爷一路快步地走到刘实诚的面铺，刘实诚正在做蜜麻花呢。灵芝把兔儿爷轻轻放在案板上，有些拘谨地说："她实诚叔，这是真真叫我带来给您瞅的。您慢慢儿瞅着，我还要去买一些东西呢，回头再来拿。"

刘实诚抬头瞅见李灵芝——这个第一次光顾他面铺的陌生女子，只觉得眼前忽然一亮。

说起来，刘实诚也是老大不小二十六七岁的人了，但一直都还没有成家。那些年，因为穷，娶不起亲。这几年，日子有了盼头儿，他独自操持支撑起这间小铺儿，起早贪黑地干。三年下来，手头也积攒了几个钱，他满心想找一个可心可意的人儿。

斜对门儿卖糖三角儿的崔二婶儿，是个寡妇，早就对实诚叔怀有这份情意。也难怪，刘实诚心地善良，为人厚道，脾性又好，又这么爱劳动。可不知为什么，实诚叔对崔二婶儿却没这个意思。

殊不知，刚才刘实诚抬头猛可里看见李灵芝，他便对这个陌生的女子忽然间产生了好感。也许是灵芝的干净利落，也许是灵芝的清秀美丽，也许是灵芝的那种与一般人有所不同的拘谨……总之，刘实诚的心，忽然前所未有地被牵动了一下，产生了一种挺异样的感觉。他觉得李灵芝这样的女子，就是他想找的可心可意的人儿。

就在刘实诚发愣怔之际，李灵芝早走到靠近笔管胡同的合作社

买东西去了。

刘实诚停下手中的活计，望着李灵芝的背影，默默地瞅了好一会儿。

待他回过神儿来，将目光投向案板时，才发现真真的那个披挂铠甲、插着护背旗、威风神气并且面带笑模样的兔儿爷。

刘实诚把手擦拭干净，用双手把兔儿爷平托在胸前，看了个仔细。

"难道我笑起来真的像这个兔儿爷?!"刘实诚疑惑地想。他从来还没有买过镜子，也没闲工夫对着镜子端详自己，所以不知道自己笑起来时究竟是个什么模样。

刚放下兔儿爷，刘实诚便瞧见李灵芝从笔管儿胡同的方向远远地挽着菜篮儿走过来。刘实诚忽然感到一阵莫名的紧张，不知该做什么才好了。慌乱中，他急急地用盆舀了点水，用手捧着水洗了把脸。他怕有面粉粘在脸上，花拉叭叽的，让李灵芝笑话。

他忽然心想，是该买面镜子了，随便挂在小铺的哪面墙上都好。

灵芝从合作社快步走过来，一手挽着菜篮，里头还有她才买的麻酱、雪里蕻等不少东西。

走进刘实诚的面铺，她依然有点儿拘谨地说："他实诚叔，昨儿个蒸馒头我忘了留老面，想在您这儿匀一点儿老面，行不?"说着，递过去5分钱。

刘实诚一叠连声地说行，立马儿❶用他的大手掌从面缸里抓出一大团面，找了块荷叶包好，递给李灵芝。

灵芝忙说："要不了这么多。"

刘实诚殷勤地说："都拿去吧! 多点儿好，多点儿好。"

---

❶立马儿：马上，立刻。

李灵芝不便推辞，只得道谢，将荷叶包的面团儿收入菜篮中放好。又说："他实诚叔，真真的兔儿爷您瞧过了吧？我这就给她带回去啦！"

刘实诚忙说："我还没细瞧呢！这样吧，赶明儿❶我再还给真真。您明儿若是还去合作社买东西，过这儿取也成。"

李灵芝点点头，正欲走，刘实诚又热情地说："还没见您买过我这小铺儿里做的烧饼呢，今天烧饼卖完了，就剩俩火烧，还有刚做的蜜麻花儿，您也带点儿回去尝尝吧！要是觉得好吃呢，以后就来买。今儿算我请客。"随手又拿张荷叶包了那俩火烧、俩蜜麻花儿递过来。

李灵芝脸颊浮起红晕，慌忙摆手推辞，并转身快步逃离般走了。

刘实诚一个人自嘲道："唉，瞧我这个笨呦！咋就被我吓着了呢？"又摇头叹道，"都是周围胡同里的街坊四邻，何必见外呢！"

刘实诚没心思再做蜜麻花儿了，他用碎煤面儿和了一点黄泥，把炉子里的火封好，便关上小铺去了合作社。

合作社的售货员小吴是个伶牙利齿的小伙子，人虽不胖，50斤重的面粉一次能扛4袋儿。见了刘实诚，便问："嗨，刘大哥，您生意兴隆！又来买面粉啦？这回买几袋儿呀？我帮您扛。"

刘实诚说："今天不买面粉，我来买面镜子。"

小吴说："哟，刘大哥，您也开天辟地想学摩登啦？一准是对上象了吧？我给您介绍个搞对象的好去处，怎么样？"

刘实诚说："你瞎诌什么呀！八字儿还没一撇儿呢！不如把你的好去处留着，等你搞对象时好用上。"

小吴说："我哪儿用得了那么宽敞的地方哇，告诉你吧，那个好去处是咱北京城有名的陶然亭！听说最近人们传言的顺口溜了吗？"小吴说着，便抑扬顿挫地数起快板来——

❶赶明儿：明天，也可指多个明天。

"陶然亭，风光好，亭台水榭景色妙，又有奇花加异草，搞对象的真不少！"边说，还边用右手作打竹板状，口里学舌道，"呱唧儿呱唧儿呱唧儿呱！"

刘实诚说："你别逗了，我买镜子是想看看自个儿是不是当真长得像真真家的那个兔儿爷，还有就是看看自个儿是不是又在唱京戏里的花脸啦，省得吓着人家。"

小吴道："您那个人家是谁哇？说出来我帮您合计合计❶，看有指望没有？"

刘实诚说："没影儿的事咋说呀，等有了这方面的形影，一定请你合计。"

小吴同刘实诚边耍贫嘴，边把镜子拿出来卖给刘实诚。临了，还自作聪明地俯在刘实诚耳边假装机密地小声说："我瞅着，卖糖三角儿的崔二婶儿对您有意思，是不是她呀？我猜得八九不离十吧？"

刘实诚正色道："这事儿你小子可别瞎说，看伤着人家崔二婶儿。再说，我也没那意思。"

小吴悠长地哦了一声，连忙点头。

（五）

没想到，灵芝阿姨走了不多一会儿，妞妞突然醒了。她刚哇一声哭出来，真真妈赶忙奔进屋去抱起她，边哄边把尿。小人儿边撒尿边啼哭。敢情❷她刚才睡得正熟，是俩小小子睡觉不老实，踢着小妹妹啦！妞妞哭不打紧，又反过来把俩小小子闹醒了。仨小孩睁开眼睛没瞅见灵芝阿姨，这可不得了啦，都慌了神，哭开啦！真真在

---

❶合计合计：参谋，考虑，计算。

❷敢情：此处有肯定，确凿，确实之意。

屋外隔着玻璃窗见状，忙进屋来帮妈妈哄这仨小孩儿。

真真笑眯眯地对三个娃娃说："灵芝阿姨马上就回来，她去买雪里蕻去了，明天好给你们蒸大包子吃啊！现在真真姐姐陪你们玩儿一会儿，好吗？"

三个娃娃平时都喜欢真真，便不哭了。真真接着说："灵芝阿姨蒸的大包子真香呀！她给妞妞做了这么大一个。"真真边说，边用手夸张地比划了个西瓜般大的圆形。"妞妞咬了一口，哎呀，真好吃啊！妞妞跟灵芝阿姨说：妞妞喜欢吃包子，可是……可是……吃不完这么大的包子，怎么办呢？"真真做出妞妞吃包子的滑稽模样及发愁状，逗得妞妞咯咯笑起来。两个小小子实在忍不住了，在一旁又笑又叫："我们也要吃大包子。"真真说："哦，你们也要吃又香又甜又好吃的大包子啊！好吧，那就请灵芝阿姨再做两个……"

灵芝阿姨挽着菜篮脚步匆匆回到家，见真真正带着俩小小子和妞妞坐小板凳上做游戏玩儿呢！四个人手拉手坐成一个圈儿，在真真的带领下快乐地诵读儿歌，每个人的身子随着儿歌的诵读还前俯后仰的。只听真真带领三个小娃娃朗声念道："拉大锯呀扯大锯啊，姥姥家里唱大戏呀！你也去啊我也去呀，就是不带……"念到这儿时，真真忽然稍事停顿，脸上浮现出活泼调皮的表情，用眼睛扫视着面前的三个小娃娃，眼里忽闪着狡黠的光。俩小小子和妞妞都变得有些紧张，仿佛真的到了决定他们能否去姥姥家看戏的关键时刻，连灵芝阿姨回来他们都没发觉。真真摆了悬念后，见好就收，抬头瞄一眼正在屋顶瓦檐上漫步的大花猫说："就是不带——大花猫去呀！"

三个娃娃都轻松地笑了，站在一旁的灵芝阿姨也笑了。

"灵芝阿姨回来啦！"真真高兴地宣布，三个娃娃都高兴地扑向

灵芝阿姨。

灵芝阿姨向真真妈道谢，真真妈说："其实你们家那仨孩子一齐哭起来，我也没辙❶，全靠真真帮我。"

灵芝阿姨点头说是，米大妈笑着对真真妈说："俺瞅着您的小闺女赶明儿长大能当幼儿园长。"

真真妈道："瞧您抬举她的，那敢情好。"

真真忙着把作业接着写完，边拾掇书包，边问灵芝阿姨："阿姨，我的兔儿爷呢？"

灵芝阿姨抱歉似地答："实诚叔说他还得细瞅瞅，明天才把兔儿爷还给你。"

真真笑问："实诚叔还说什么？他觉得我们家兔儿爷像不像他呀？"

灵芝阿姨答："他没说呢！"

真真又问："那你觉得实诚叔笑起来像不像我们家的这个兔儿爷？"

灵芝阿姨道："我哪儿有空琢磨这些个事儿啊！"说完，便忙她的家务活儿，做饭带妞妞去了。

真真唉了一声，算是叹了口气。她想，灵芝阿姨样样都好，可惜一点儿幽默感也没有。

刘实诚买回那面巴掌大的长方镜，已是掌灯时分了。

他把面铺临街玻璃窗的铺板上好，在面铺昏黄的灯光下照起镜子来。那面镜子不大，只能勉强照全他的脸。他有点儿发痴地望着镜子里的自己，觉得镜子里的那个人既熟悉又陌生。

有生以来，刘实诚第一次开始在意自己的长相。在这之前，他对自己的相貌是个什么样简直无所谓。如今，对着镜子端详了一阵

---

❶没辙：没法子。

儿，刘实诚觉得，老父老母给他这个儿子生就的模样，应该说还算不赖❶。

刘实诚又把真真的兔儿爷拿在手里再次瞧了瞧——全身披挂得齐齐整整的兔儿爷仿佛就要奔赴沙场的将士，笑得那么自信和豪迈！且带着两分顽皮。刘实诚想：画这兔儿爷的人，一定是个专门画画儿的画家吧？不然，咋会画得这么好哩！瞧，它那神态多生动！活灵活现的。他又想：自己的笑容能赶上这兔儿爷一半儿就算造化啦。想到这儿，刘实诚又用镜子照了照自个儿的脸，并扮出一个笑模样。他觉得镜子里的自己笑得不够自然，有点儿矫揉造作，只是稍微有些像兔儿爷。

就连这么点儿像都叫真真发现了，刘实诚觉得真真这个小女孩挺有观察力。

刘实诚又突然联想起给他送兔儿爷来的陌生女子，不知她是真真的什么人？乃或仅仅是同院儿邻居？这女子使刘实诚感到有点儿神秘，他对于她有一种想寻根问底的好奇和彼此了解的渴望。

"等真真来了，我得好好问问她，"刘实诚想。

第二天早晨，真真起床时，只见灵芝阿姨已经在院里靠西屋的台阶下热气腾腾地忙着做饭了。真真走到院子里，轻声招呼道："灵芝阿姨，你可真早！"

灵芝阿姨说："昨儿在你实诚叔铺子里匀的老面又多又好使，我昨晚发的面，天不亮就在面盆儿里长老高。你今儿上学也不必去买烧饼了，吃一个我蒸的雪里蕻加肉馅的包子吧！"说着，便将一个蒸好的大包子塞到真真手里。

---

❶ 不赖：不错。

　　真真瞅着浑圆形状的包子和上面那一圈儿细致匀称的皱褶，不由赞道："灵芝阿姨，你真能耐❶，做的包子也这么好看。"

　　灵芝阿姨说："这算什么能耐呀！你帮我尝尝，要是淡了或咸了，我好在包子馅里作添减。"

　　真真咬下第一口，嚼在嘴里说："真好吃，咸淡正好。"说着，忽然想起今天该自己当值日生，连忙背上书包，往学校跑去。

　　……

　　由于值日，真真下午放学回家比往常晚许多，做完作业天就擦黑啦！所以，一整天她都没顾上到实诚叔那里去拿回兔儿爷。

　　第二天，是星期天，真真不上学。她拉着晶晶一块儿出门，准备到实诚叔那里去。一是抱回兔儿爷，二是用平时攒下的早点钱一人买一个实诚叔做的糖饼儿。

　　真真决定和晶晶分工，一人抱兔儿爷，一人拿糖饼儿，这样就不会把兔儿爷身上沾上油，弄脏了。

　　小姐妹俩刚走出家门，便瞅见挨近邱祖胡同那边远远拐过一个穿着入时的人来。两条短辫上各扎着一个天蓝色的大蝴蝶结，身上穿着一袭白底带花的连衣裙，迎风摆柳般朝她们走来。这样的人物在小胡同里可不多见，学校的同学们也只是在六一儿童节或其他节日表演节目时才这么盛装打扮的。真真和晶晶目不转睛地望着来人，待走近些，俩人儿几乎同时轻叫了一声："贾金枝！"

　　贾金枝从两个小女孩的面部表情上看出了她衣着的效果，神情得意地问："翠翠呢？"显然贾金枝觉得真真和晶晶太小，跟她们俩没多少可以闲聊并借此炫耀的话题。

　　真真说："我翠翠姐在家呢，你进去找她吧！要不，我去叫她

---

❶能耐：能干，有本事。

出来?"

晶晶问:"金枝姐,你在苏联专家招待所,每天都这么打扮吗?"

贾金枝骄傲地答:"当然啦!不这么穿,难道还像你们这样土里土气的?"她显然想让这个小院儿的人都看见她,便说,"还是由我自个儿去找你们翠翠姐吧!"

说着,贾金枝便用双手提撩着原本并不算长的裙裾,露出两个浑圆的膝盖和两条丰腴白嫩的腿,用穿着咖啡色新皮鞋的脚,以表演性的动作,迈过那个小四合院的门槛儿。

"哎哟,我的妈呀!"晶晶惊呼。

"咱们快走吧!"真真拉晶晶快走,她还想着兔儿爷和糖饼儿。

晶晶小声嬉笑道:"我现在不想吃糖饼了,我想看戏。"说罢,转身往里走。

"什么戏?"真真迷惑不解。

晶晶说:"你难道不觉得胖姑娘像在演戏吗?"说着,便学刚才贾金枝提撩着裙裾的进门动作,在门槛儿上迈了一下,笑着补充道,"天才的漂亮女演员已经光临我院,还不进去瞧热闹!"

真真也忍不住笑了,说:"好吧,先瞧热闹。"

两个小姑娘穿过门洞转回院子里,正瞅见贾金枝登台亮相似的站在小院的中央,表情居高临下地扫视着院邻们,像个骄傲的公主。

小四合院儿里的住户,凡是在家的,都被她吸引得停下了手上的活儿。真真妈和翠翠洗好了床单儿正准备拧干上面的水好晾晒呢;米大妈在纳鞋底儿;灵芝阿姨抱着妞妞带着三岁和五岁的两个男孩在那里念诵儿歌,哄他们玩儿呢;程老师手中拿把大梳子,正在那儿梳她那两条黑油油的大辫子;程老师的丈夫——那位解放军

的团长正好回来休息，此刻正站在程老师身旁，含情脉脉地瞅着妻子；水阿莲大婶正忙着给小儿子做饭菜……全院的人都挺好奇地转向胖姑娘。

米大妈几次想开口，都忍住了。她明白，院儿里现有着文化水平儿高的人，她自己没文化，轮不到她开口。但她仍然忍不住开了口。

由于在苏联专家招待所工作的光环，街坊邻居们都不再像以前那么看胖姑娘，而对她另眼相看了——

"金枝姑娘，你这连衣裙儿……"

"哦，苏联人把连衣裙叫作布拉吉，意思就是布的连衣裙。要是绸子做的连衣裙，就叫作绸拉吉。纱的连衣裙，叫纱拉吉。"贾金枝笑眯眯地解说道。

"呦，怎么都成垃圾了？"米大妈笑着问。大伙儿全笑了，贾金枝也笑了。

"布拉吉的拉吉，不是咱们倒的那个垃圾。两个字儿的发音虽然比较像，但写成字儿就不一样啦！再说，把连衣裙叫作拉吉，那也是俄语的发音。"贾金枝笑着解释道。

（六）

小院里的街坊邻居们聊得正热闹呢，谁也没想到此时会从大门的门洞儿处闯进个不速之客来。你们道是谁？这人竟是真真和晶晶要去找他买糖饼儿的实诚叔。

只见实诚叔一双大手平平稳稳地捧着真真的那个兔儿爷。

敢情他是给真真送兔儿爷来了！

实诚叔今天的穿戴，与往日有所不同。虽说没穿什么讲究衣裳，但蓝布对襟裤褂干净整齐，头脸洗理得干净利落，跟平时在案板前弓腰曲背搓揉面团儿、唱花脸的大面人儿模样煞是不同。

刘实诚没想到小院里会聚着这么多的人，进了门洞儿便停下脚步，脸膛红起来，显得有点儿尴尬。

大伙儿的目光，从胖姑娘贾金枝的身上，一下子齐唰唰地转移到了刘实诚的身上，都十分有兴趣地瞅着刘实诚。真真、晶晶和院邻们意外地发现，实诚叔其实长得挺英俊的。

刘实诚解嘲似的笑着说："嗬，没想到你们这小院儿比庙会还热闹！"

生性快乐的米大妈挺自豪地答："敢情！"又乐呵呵调侃道："哎哟，大侄子，是哪阵风把你这个整天搓面团的大面人儿给吹到俺们这偏僻小院儿里来啦？大家伙儿瞧！实诚今儿个这模样像不像位相亲的姑爷？说吧！看上谁了？大妈给你做主。"

院邻们扑哧一声全笑了。

真真注意到，灵芝阿姨抱着妞妞表情不大自然地转身悄悄进屋去了。

刘实诚脸膛红起来，忙为灵芝阿姨打掩护似的笑着解释道："我这不是给真真还兔儿爷来了吗！真真说我像他们家的兔儿爷，我说怎么像啦？她说笑起来像。我叫她拿来给我瞧瞧。这不，为了瞅瞅像不像，我还专门儿到合作社去买了面小镜子呢！等把脸上的白面洗涮干净了，对着镜子照了老半天。这镜子又小，只能照见半拉儿脸。我就照一下镜子，瞅一眼兔儿爷；照一下镜子，瞅一眼兔儿爷……一边儿照一边儿还得装扮出笑模样。"

听了刘实诚的话，全院儿的人都笑翻了天，一个个前仰后合的。

真真妈边笑边说："我这小闺女太淘气了，怪我没管好。看把你实诚叔给折腾成什么样儿了呀！"

大伙儿又笑。

米大妈又说："实诚呀，你这么一折腾不打紧，可是把咱胡同里不少后生爷们给比下去了。"

刘实诚道："瞧您说的，也就是大妈您抬举我。"

米大妈说："可我还是觉着你今儿个像相亲的姑爷。你看上这胡同里谁啦？大妈帮你。"

刘实诚忙打断她道："大妈，您别寒碜我啦行不？以后我若是有那种好事儿，我请大妈您保大媒。"

贾金枝因刘实诚的闯入受到了冷落，没有能够尽兴炫耀她自己，倒并没在意。但此时，她警觉地盯着西屋说："我看这事儿有点儿蹊跷……"

真真和晶晶走过来，刘实诚把兔儿爷还给了真真，两个小女孩一同问："实诚叔，您今天做糖饼儿了没有？"

刘实诚说："做了，给你们留着呢！我担心你们把兔儿爷身上弄油了，或是不小心摔坏了，所以走这么一趟，给你们先送过来。"说着，刘实诚又转过身对院邻们解释，"不是说这兔儿爷像我吗，便对它有了点儿私心，由不得小心在意着哩！"

说得大伙儿又笑起来。

真真小心地抱着兔儿爷进屋去，依旧将兔儿爷摆放在五屉柜上。从屋里出来时，刘实诚已告辞街坊们匆匆回他的小面铺去了。

真真和晶晶手拉着手，准备去买糖饼儿。贾金枝提撩着裙子跟在后面说："我也跟你们一块儿去买糖饼儿，我好多天都没有吃糖饼儿啦！"说着，挑战似的回过头来，瞅了才走出西屋的李灵芝一眼。

李灵芝低着头，好似一点儿反应都没有。

院邻们朝着贾金枝的身影摇摇头，米大妈叹一声："唉，瞧瞧这闺女的德性！"

从那天起，刘实诚觉得自己真的是有点儿走火入魔了。他看出李灵芝明白他的心思，不然，她见了他不会羞涩地躲到屋里去。多么端庄稳重的女子！他想。尽管那天花枝招展的贾金枝也在那里，并且还紧跟着光顾了他的小面铺，但他对贾金枝的招摇和挑逗，一点儿兴趣也没有。因为他从心里只喜欢李灵芝，喜欢像李灵芝这样羞涩、稳重、贤惠、美丽的女人。

让他感到懊恼的是，还兔儿爷的日子没有能够选好。那天去的时候，小院儿里人忒多，没有和李灵芝说话交谈的机会。现在兔儿爷已经还给了真真，找不出名目再次去造访那个使他倍感温馨和神秘的小院儿。

他已经知道，李灵芝是程老师家请的保姆。但她是打哪儿来的？家乡在哪儿？家里还有些什么人？她有婆家了吗？和男人成亲了吗？这一切，他都急于知道，想要了解。但他又相信自己的看法，那就是李灵芝还没有结婚。因为她是那么年轻，又那么干净利落。刘实诚像害了相思病，他感到迷茫，他不知道他和她是否能走到一起。

刘实诚盼望李灵芝蒸馒头时又忘了留老面，再次到他的小面铺来找他匀老面，但好几天过去了，李灵芝并没有来。

刘实诚有两次看见李灵芝挽着菜篮脚步匆匆地到合作社去买东西，却没有光顾他的小铺。而且，经过他的小铺时，她甚至低下头悄无声息地走过，弄得他连打招呼说句话的机会都没有。

而且，这种事他也不便向真真和晶晶打听，因为她们还是小孩子。

（七）

这天下午，刘实诚正在炸排叉儿，米大妈和水阿莲大婶，脚跟脚来到刘实诚的油条烧饼铺。

原来，米大妈带着水阿莲大婶儿虽然早已"周游了列国"，但还遗漏了一些"小国"，今天天气晴好，米大妈决定给水阿莲大婶补补课。

老姐妹俩一路走一路抬杠。原因是米大妈爱说"界柄"这个词儿，说什么刘掌柜的米店界柄是樊屠户的肉铺，肉铺的界柄是卖烟酒和吃食的何瘸子的杂货铺，杂货铺的界柄是王二师傅的剃头铺……水阿莲大婶板着脸嘟哝道："你几（指）的不就细（是）隔壁吗？偏要说借饼借饼的，借什么饼呀？"说得米大妈扑哧笑了。

老姐妹俩相跟着先到崔二婶儿的馒头铺，买了糖三角儿和枣糕，并同崔二婶儿闲聊了一会儿。走出来又到耿大伯的铁匠铺瞅了瞅。老耿头正和他的徒弟长风在熊熊燃烧的炉火前丁丁当当、火星四处飞奔地打铁，加工一些铲子、铁锹及劈柴禾用的斧子什么的。水阿莲大婶怕火星溅到她身上，把衣服烧个洞，须臾便出来了。于是米大妈又领着水阿莲大婶来到刘实诚的烧饼铺。

到了下午，烧饼铺里很清静，因为烧饼、火烧、油条、豆浆在上午就卖完了。刘实诚是个闲不住的人，通常在下午空闲时，就做一些糖饼儿、蜜麻花儿、排叉之类的来卖。

仁人儿相互客气地打了招呼后，水阿莲大婶板着严肃的面孔打量着刘实诚的这间小铺。只见铺面右侧的里墙角，堆摞着六七袋面粉，还有两篓炸油条用的油。油篓旁的木架上，坐着一口大面缸，面缸紧挨着刘实诚躬身操作的案板。案板上，除了面团儿，还有擀面杖和菜刀。案板旁，是烙烧饼的炉子和炸油条的炉子和油锅。铺面的左侧，从里向外摆着三张简陋的木桌，还有六七根条凳，显然是供那些在小铺里喝豆浆、吃油条的人坐的。铺子里面，还有一间小屋，看得出，刘实诚每晚就歇息在那里。

虽然小铺的陈设简陋，但整个铺面给人的印象是干净整齐。

看得出来，刘实诚是个特别勤快能干的人，而崔二婶儿的馒头铺，用水阿莲大婶的话来讲，是有一些脏兮兮格咧！

米大妈早已看熟刘实诚的小铺儿，所以只顾和刘实诚闲聊，任由水阿莲大婶儿一人去打量。

米大妈瞅了瞅刘实诚，惊奇地发现他瘦了许多。

"我说大侄子，怎么几天不见，你的脸就瘦了一圈了呀？"

水阿莲大婶听见米大妈的咋呼，也转过身来，板着她那看似严肃的面孔认真地端详了一下，点头道："你的大侄子是比那天秀（瘦）了。"

刘实诚慌忙掩饰道："这些天太忙，刚睡下一会儿，就得起来干活；晚上没睡好，可不就瘦了。"

水阿莲大婶同情地说："你真辛苦！"

米大妈仍然疑惑："俺知道你的小铺生意好，天天都够你忙活的。但猛不丁瘦成这样，至于吗？"

刘实诚只得以攻为守："那您说是怎么档子事儿吧？"

"俺寻思你是有心病。说给大妈听，大妈看能不能帮你！"

刘实诚脸红了一下，欲言又止。

"哼，不说我也知道——崔二婶儿！"米大妈笑着说。因为街坊邻居们都知道，崔二婶对刘实诚有那个意思。

刘实诚的头摇得像拨浪鼓，对米大妈正色道："大妈，这事儿您

· 187 ·

可不能瞎说，看伤着人家崔二婶儿。再说，我对崔二婶也根本没那意思。"

米大妈哦了一声，歪着头想了想，恍然大悟道："俺明白了！贾——金——枝——！自打你那天见了她，就跟丢了魂儿似的瘦下来了。"

刘实诚哭笑不得地说："大妈，您咋净瞎掰❶呀！这是哪跟哪儿啊！"

米大妈说："合着我又估摸错了？嗯，大妈看你和贾金枝是不般配。贾金枝是个狐狸精似的女人，看把派出所小郭给害的！为了要派出所给她介绍好的工作，见天儿去缠着小郭，弄得人家小郭还以为贾金枝是想和他谈恋爱结婚呢！敢情她那是利用人家……你容我再想想。"米大妈不吭气儿地把胡同里的年轻女子像篦头发似的梳理了一遍，突然冒出一句，"莫非你是看上俺们院的李灵芝了？"

刘实诚脸膛红起来，表情不够自然地笑了笑。

水阿莲大婶听了米大妈的话，板着的严肃面孔松弛下来，含着长辈人慈爱的笑意颔首点头道："我看你这大侄子和灵芝倒真是很好的一对。"

米大妈说："是了是了，我这大侄子，真是好眼力！谁找了灵芝，那真是百里挑一的女子！只是……这女子心事重得很，平日里不爱说她自个儿的事儿。虽说一个院儿里住着吧，俺们对她的身世却也不清楚。不过，真真妈和程老师可能知道些个，俺们可以帮你打听打听……"

生性厚道善良的刘实诚听后，连忙阻止："还是别搅扰人家了，人家既是不愿往外说，那必是有她不愿往外说的缘由。别难为她了，让她过安生日子吧！"虽然他极想知道李灵芝的身世，却不忍心

❶ 瞎掰：胡说，瞎说。

打搅她的安宁。

米大妈和水阿莲大婶每人买了一个排叉儿回来了。

米大妈身体好，胃口好，什么都爱吃。水阿莲是因为小儿子周末要从学校回来，她知道小儿子特别喜欢吃干香干香的东西。

水阿莲大婶感叹地对米大妈说："你这大侄子，是个好男人，不知道他和灵芝有缘分没有。"

米大妈说："他又不让问，这事儿怎么办哪！咱们还是走着瞧吧。"

两人儿相跟着回到家，只见灵芝把程老师的仨孩子哄睡着了，正坐在屋檐下的台阶上给妞妞做小花鞋呢！鞋面上，用彩色的丝线绣了一朵小花儿，配着三片小绿叶儿，煞是鲜活好看。

米大妈瞅见走上前称赞道："瞧瞧这小花鞋做的多漂亮啊！"说着就想拿过来看。

水阿莲赶紧提醒她："你手里有油，要用肥皂洗干净手再看。"

米大妈笑着缩回手，说忘了忘了。

李灵芝抬头微微一笑，米大妈和水阿莲大婶同时发现，灵芝也瘦了。

"怎么你也秀（瘦）了？"水阿莲大婶叹道。

（八）

夏初的一个阴天的早晨，李灵芝收到一封信，是邮递员刘霞送来的。

"你们这儿有叫李灵芝的吗？"刘霞将自行车停在门口，走进门洞里的小院儿问，手里举着一封信。

米大妈正要搭词儿招呼刘霞说有，只见李灵芝从洗衣盆前连忙站起身，抖搂着湿漉漉的手，说："我是。"

刘霞走上前，边将信递给李灵芝边问："你家住河北易县农村？"

灵芝阿姨点头说是，她用围裙把手擦干，向刘霞道了谢才接过信。拿进屋收好，转身出屋又低头洗衣服。

米大妈说："你的名字挺好听的，家里来了信怎么看都不看哪！"

灵芝阿姨红着脸说："俺认不全字儿。"

米大妈说："俺还一个字儿都不识呢！要不要俺找个人帮你念念？"

灵芝阿姨红着脸摇摇头，小声说："我自个儿找人念吧。"

吃过晌午饭，灵芝阿姨将程老师的三个孩子哄睡着了，便朝院子里张望。

这个小院儿中午没什么人，上班的人早上带饭盒，中午都不回家。上中学的学生中午也不回来。没上班的米大妈和真真妈，由于早晨起得早，中午都得打个盹儿，说是春困嘛，晶晶和翠翠也学会了午饭后上床眯一会儿。就真真一人不喜欢午睡，坐在南屋的屋檐下独自欣赏她收集的糖纸。那时候的小孩儿，没什么玩具，偶尔吃过的水果糖的糖纸便成了真真儿时的收藏。每张糖纸都被平平展展地夹在书本里，其中义利糖果厂生产的牛奶太妃糖的糖纸是咖啡色的，就算最上乘的了。水果糖的糖纸是五颜六色的：比如香蕉糖的糖纸是嫩绿色和白色相间的，上面画有几只黄色的香蕉；苹果糖的糖纸是红色和白色相间的，上面画了两只苹果……没事儿的时候，真真就把夹着糖纸的书本拿出来，自个儿细细瞧一遍，也能欣赏好半天。

真真正在看糖纸，无意间一抬头，瞅见灵芝阿姨悄悄地在向她招手，忙轻轻走过去，小声问："阿姨，有事吗？"

真真也怕打搅了人们午间的休息，所以轻手轻脚的。

灵芝阿姨拉着真真的手，进了程老师的屋，真真看见程老师的三个白白胖胖的可爱的孩子正横躺在一张大床上甜甜地睡着。灵芝阿姨拿出那封信，请求道：

"真真，我认不了多少字儿，你把这封信给我念念好吗？"

真真忙点头答应行，心里很高兴能为灵芝阿姨做点儿事。

接过信封，真真发现信还没拆开呢。她怕撕坏了信，便用手指摸索着慢慢地撕开口，把信纸抽了出来，然后展开。

灵芝阿姨在旁边注视着真真的动作，看得出她的神情有些紧张。

真真一边浏览展开的信纸，一边小声地念给灵芝阿姨听：

"我妻灵芝见字，你离家在外好吗？转眼已经快一年，你在外日子过得可好？你托人捎回来的钱，我都收到了。我和一双儿女都好。去年收成不错，打下的粮食交了公粮剩下的余粮够吃。就是想你！两个儿女每天哭着朝我要娘，哭着喊着要我叫你回来。灵芝，我过去对你不好，伤了你的心，求你宽恕我！你快回来吧……"

信还没念完，真真就瞅见灵芝阿姨已经泪流满面。

（九）

那天下午，从不和人言说自己身世的李灵芝再也忍不住心中的郁闷和忧伤，她流着伤心的泪水，抽抽搭搭地哭泣着，向真真妈和院邻们诉说了她的父母和她本人的不幸遭遇。

　　原来，灵芝虽然出生在农村，但她父亲除务农外，还是一个闻名乡里的能工巧匠。泥、木、石匠的诸般活计样样在行。因而，她父亲时常被人雇去，做一些修房造屋、打磨盘、制作家具之类的工匠活。虽说劳累，家中的光景还可以。灵芝的母亲，也是个心灵手巧的女人，把家操持得井井有条。夫妻俩的勤劳善良，受到乡邻们称道。灵芝从小聪明伶俐，父母钟爱，她从四五岁起，每天就跟随母亲学针线、学家务等诸般手艺，那是她最温馨的童年时光。

　　然而好景不长。在她九岁那年，一个特别有钱的财主把她父亲和其他工匠雇去，要在县城里修造一所大房子。因为这个财主准备迎娶一个大户人家的女儿。有许多天时间，灵芝的父亲都忙得没能回家。连日的劳累，加上一天淋了大雨，这个能工巧匠终于病倒。由于高烧不退，才被人搀扶着送回家来。刚休息两天，财主就差人来唤灵芝的父亲去。原因是那所大房子要上主梁，别的工匠拿不稳这个活儿。

　　灵芝的父亲只得带病硬撑着到财主家，在屋顶上一干就是一整天，终于引领着工匠们把主梁上好。待到弄稳妥牢靠了准备下来时，却因体力不支突然晕眩，脚下踩空，从高高的房架上跌了下来。虽然在家调养了数月，灵芝母亲也想尽办法寻名医、找好药，每日细心照料，灵芝的父亲却终因伤势过重，伤及了内脏，拖了将近半年还是去世了。

　　灵芝父亲的去世，使灵芝的母亲和灵芝非常伤心，并且失去了依靠。有不少人劝灵芝的母亲改嫁，因为灵芝的母亲还不到三十岁。可是，这个年轻的女人怀念死去的丈夫，矢志不再嫁人。从此，母女俩相依为命，靠耕种灵芝父亲留下的两亩多地为生。

　　灵芝十三岁那年，她的母亲患病去世，留下灵芝孤苦伶仃一个人。一天，她父亲的一个亲戚闻讯前来探望，对灵芝父母的不幸表示非常同情，说是看她可怜，要收养她。这位亲戚和他的老婆把灵芝接到了他们家中。对外面说是他们做好事发善心收留了她，实则侵占了灵芝父母留下的房屋和土地。

表面上，这对夫妇对灵芝很和善；私下里，却在打灵芝的主意——想把她卖掉发笔财。

灵芝十五岁时，一天，这对夫妇拿出一套漂亮的新衣服给她穿，说是要带她去走亲戚。

年幼的灵芝不知端底，高兴地穿上新衣服跟随亲戚出发了。他们骑着毛驴在路上走了两天。为了掩人耳目，做得人不知、鬼不觉，使灵芝找不着回家的路，他们把她卖出去老远。

他们来到一个完全陌生的村庄，走入一户人家。一个五十岁左右的老男人把他们迎进屋后，这对夫妇便悄悄溜走了。

原来，这个老男人也是个穷庄户人，一辈子吃苦受累娶不起亲。几十年辛苦劳作，到五十岁上才攒下一笔钱，下决心娶个老婆。灵芝的这个亲戚闻讯后，便悄悄背着灵芝做成这笔交易——把灵芝卖给了这个比她大三十几岁的老光棍汉为妻。

为了钱，他们就这样毫无心肝、丧尽天良地把做人最基本的伦理道德都不要了！

当灵芝明白了事情的真相时，这对夫妇已经溜之大吉了。

老光棍汉因为是花钱买下的灵芝，虽然明知灵芝年幼，两人在年龄上根本不合适，但也不肯放过她。

就这样，可怜的灵芝从此失去了自由，被老光棍汉捆绑着关在屋子里长达三年之久。

十八岁那年，灵芝生下了一双孪生小儿女，不久，他们那里就解放了。

· 193 ·

　　工作队进入了这个村庄，从乡邻们口中听说了深受买卖婚姻之害的灵芝的苦情，于是，就在村民大会上，工作队当着全村人的面，宣布解除了灵芝和那个老男人的婚姻关系。老光棍汉痛哭流涕，跪在灵芝面前求她宽恕，因为这些年他时常打骂欺负灵芝。

　　工作队还派人把灵芝的那对亲戚找了来，这一对男女很狡猾，扑通一声跪在灵芝面前，一个劲地承认错误，表示悔改。并答应把原先霸占灵芝家的房屋和两亩地退还给灵芝。灵芝虽对他们感到十分厌恶，但见其状，也不好再说什么了。

　　由于怕失去灵芝，老光棍汉跪在灵芝面前，恳求她不要离开他。面对这个老男人痛哭流涕的忏悔，灵芝却并没将心软下来。虽然这个比她大着三十几岁的老男人也是穷苦人，但他这几年对她实施的打骂和蹂躏使她难以对他产生感情，她不想再和他维持什么婚姻关系。唯一让她放心不下的，是那两个小儿女，他们才满周岁。看着他们天真无邪的眼睛，纯真可爱的模样，灵芝的心里泛起母爱的温情，她想尽自己的能力把他们抚养大。

　　这个老男人也特别心疼这两个孩子，如同常人说的晚年得子，倍加爱惜。尽管工作队已宣布解除了他和灵芝的买卖婚姻关系，这个老男人并不死心。他看出灵芝心疼孩子，便想用这俩孪生孩子把灵芝拴住。

　　灵芝每天依旧悉心照料着两个年幼的孩子，只是不再住在那个老男人家，村里分给她两间单独的小屋。

　　经历了这么多苦难的灵芝，在解除了与这个老男人的婚姻之后，心情好多了。正值人生美好年华的她，在迎来新社会后，渐渐出落得似一朵清淡的荷花。

　　这朵花引起了一位村干部的注意。

　　这个村干部是个副村长。前些年，因为家贫，还未娶亲，如今已满28岁。

当他向灵芝表明心迹，想和她结婚成为夫妻时，灵芝的心曾有所动。但当灵芝提出她割舍不下两个年幼的孩子，倘若和他结婚，她要带着两个孩子和他一起过，等孩子长大些再交还给他们的老爹，让他们和他们老爹一同生活时，却遭到这个副村长的断然拒绝。他不耐烦地说："你还留恋这些作什么？跟他一刀两断！把这俩孩子扔给他们老爹，让他去养吧！别拖泥带水的。你要喜欢孩子，还愁会没咱们的娃？你要养孩子，就养咱俩自己的孩子。"

副村长的话，犹如一瓢冷水浇在灵芝的心上，她那刚开始萌动的情愫被浇灭了。她没有言语，没有再说一句话。

那个副村长不甘心，时常前来纠缠，灵芝在村里难以安生。万般无奈中，她只得忍痛撇下两个孩子，靠好心人的帮助来到新中国的首都北京，通过别人介绍来到程老师家做保姆。

灵芝虽然在程老师家安顿下来，但她心里仍记挂着那一双小儿女。她还托人把她挣的工钱捎了一半回去给那个老男人，作为哺育儿女的费用……

灵芝的诉说，使真真妈和院邻们欷歔感叹不已。大家对灵芝遭遇的不幸非常同情！对她为人做事的品德，也特别好感。

由于那个老男人在信中还提到副村长已娶了村里另一个名叫菊花的女人，这意味着他不会再纠缠灵芝。所以灵芝决定辞去在程老师家的保姆工作，依旧回农村去照料她那两个年幼的儿女。

因为老男人在信中讲到两个娃成天哭着要妈妈，这使本来就牵挂孩子的灵芝更加放心不下。她考虑到老男人一个人又要种地，又要照顾俩娃也实在忙不过来，灵芝左思右想还是决定回去，尽管她也很想继续帮程老师带妞妞和俩小小子。

（十）

这一天，真真放学回家，忽然感觉院儿里的气氛有些异样。平时候，每当她一迈进家门儿，回到这个种植着金黄色向日葵、碧绿的蓖麻籽和红艳艳的茉莉花儿的小四合院儿时，总是感觉很温馨，心里暖暖的，踏踏实实的。今儿这是怎么的了？

难道是因为今天没有听到米大妈高嗓门的爽朗笑声？没有听到水阿莲大婶儿发音古怪、让人发笑的南方话？也没听见妈妈那声音温和绵软的话语？更没听到灵芝阿姨同三个小娃娃说话的清亮柔润的嗓音？没有听见妞妞和两个小男孩抢着和灵芝阿姨说话的欢快悦耳的童音？

真真感觉到今天小四合院儿里笼罩弥漫着一种冷寂凄哀、使人心里憋闷得难受的不祥空气。

其实，自从灵芝阿姨叫真真给她念过那封信后，真真孩提的心里，就有了一种不祥的预感。仿佛一块石头，压着她的那颗童稚的心。

真真看见米大妈和水阿莲大婶儿都前所未有地沉默着，脸上的表情挺复杂。真真从她们的脸上读到的好像是无奈，又包含着难过，还像是愤懑，而更多的，却是惋惜。

真真将目光转向妈妈，妈妈脸上的表情也和米大妈和水阿莲大婶差不多。见了真真，妈妈轻轻对她说："你灵芝阿姨要走了，你和她道个别吧！"

此时，灵芝阿姨已把三个娃娃哄睡着了，她不忍心在他们没睡着时离开。这三个娃娃都那么爱恋她、亲近她、信赖她，跟她感情那么好，完全把她当成了另一个妈妈。可以想象，他们醒来后，找不到灵芝阿姨会多么着急，哭得多么伤心。灵芝阿姨想到这里，心里就发紧，觉得特别难受。

而此刻，她的心里，仿佛已被一桩桩、一件件叫她悲伤难受的事情填塞得满满的，让她觉得喘不过气来。

从西屋的玻璃窗，真真瞅见有一个陌生的人影在晃动。妈妈告诉真真，那是程老师才请来接替灵芝阿姨的保姆，有四十来岁，从外貌便能看出比灵芝阿姨差许多。为了留住灵芝阿姨，程老师也尽了最大努力。她起初以为灵芝阿姨说要走是嫌工钱低了，便把每月的工钱增加到三十元。当时的小学教师，每月工资也就是三十至四十元。程老师是中学教师，工资要高一些，加上她丈夫在部队，待遇也比地方略高。否则，一般人家，还拿不出这么多钱请保姆呢！

灵芝阿姨忙向程老师解释，她绝不是嫌钱少，而是因为自己处境艰难，只有回家这一条路了！

其实，不仅是程老师一家舍不得灵芝阿姨走，这个小四合院儿所有的人都舍不得灵芝阿姨走，大家都喜欢灵芝阿姨。

真真跑到灵芝阿姨面前，张开双臂把灵芝阿姨的腰抱住，将自己的脸贴靠在灵芝阿姨怀里。她由灵芝阿姨想到了实诚叔，他们是多好的一对儿呀！可惜却不能走到一起。

真真从心里为他们感到难过，她抬起头，对灵芝阿姨说："灵芝阿姨，你走了，我们大伙儿都会想你的！实诚叔……他也会想你的！"此刻，真真觉得自己该帮实诚叔说句话。

灵芝阿姨含泪点点头，表示她明白真真的话。

"啊，灵芝阿姨要走了，应该送她一样什么东西作纪念呢？"真真想，"学校里哪位老师调动工作走之前，同学们不是一块儿凑钱去买一件礼物送给老师吗？或者是赶紧制作一些小礼物赠送给老师作临别留念。灵芝阿姨虽然不是老师，但她在这个小四合院儿里，就

如同这个大家庭的一位亲人……"

真真忽然想到了自己的那个兔儿爷。

是的，是这个兔儿爷使实诚叔和灵芝阿姨相识相知，而且这个兔儿爷笑起来的模样很像实诚叔，送这个兔儿爷给灵芝阿姨作纪念是最好不过了。

真真跑进屋，把书包扔床上，用双手把端端正正摆放在五屉柜上的兔儿爷抱了出来。

"灵芝阿姨，这个兔儿爷送给你！"

灵芝阿姨小心地用双手接过真真手中的兔儿爷，低头刚瞅了一眼兔儿爷的笑模样，两行清亮的眼泪，便似断了线的珍珠般从她那两只美丽的杏核儿眼中扑簌簌地滚落下来；不偏不倚，恰巧滚落在兔儿爷的脸颊上，就仿佛是兔儿爷流的眼泪。

当李灵芝强忍着心中的哀伤，挪动双脚正要离开这个使她难以忘怀的小四合院儿时，刘实诚大步流星急急赶来了，后面还跟着米大妈。

原来米大妈在真真回来后，瞅了个空子，趁李灵芝不注意，赶着给刘实诚通风报信儿去了。因为早先灵芝阿姨不让米大妈去跟刘实诚说她要走的事儿。

刘实诚拴着白围腰，身上白扑扑的，粘着不少面粉；两只大手也白扑扑的粘着面粉；很显然，他是刚丢下店里的活计赶来的。

见到刘实诚，李灵芝突然感到愧疚和羞涩，手足无措起来。

刘实诚对李灵芝真诚动情地说："灵芝，你的事儿米大妈已经告诉我了，我什么都明白了！我刘实诚这辈子能遇见你这样的女人，是我的运气。你不要有什么顾虑，我不会因为你有俩娃就小瞧你。你若不嫌弃，愿和我成一家人，你的娃就是我的娃，我愿意给他们当爹，把他们当亲生娃待，和你一块儿把他们拉扯大。我会永远对他们好，也会永远对你好。"

听到这里，全院儿的人都受了感动，米大妈快人快语，对灵芝阿姨道：

"灵芝啊，你回去就赶紧地和那老头儿彻底断了吧！把你的俩孩儿带北京来，挨着我住都成。我反正没事儿，就帮你照应着，你照样儿帮程老师带妞妞和俩小小子，大伙儿仍然一个院儿里住着多好啊！"

听了刘实诚的话，灵芝的心中感到了温馨和安慰。这是个多好、多厚道的男人啊！米大妈的一番话，也使她感到亲切和感动，这个院儿的街坊邻居多好啊！她多想就照着米大妈说的去做呀。可回到现实中再一想，果真领了俩孩子来，那老头儿没了她、再没了俩娃肯定活不下去，会寻死觅活。这真是旧社会造的孽呀！这还不说，真要带了俩娃来，附近这几条胡同的街坊见了，也会议论不是？大伙儿虽无恶意，但七嘴八舌的传说，也会使她觉得挺难堪，因为她是个十分要强、敏感的女人。

望着刘实诚热诚期待她回应的眼神，灵芝含泪道："真真他实诚叔，你说的话我都记住了，我永生永世都不会忘记你对我的好，我会一直想着你对我的恩情。可是，我委实命苦，拖累太大，这一回去还不知什么时候能过来。来得了来不了也还说不定。我真的是怕耽误你，我也觉着自个儿配不上你。你如是又遇上有合适的女子，就把家成了吧！千万别等我。"

李灵芝想告诉刘实诚，她虽然和那个比她大着三十几岁的男人说不上有感情，并且已经离了婚，但那个男人也是穷苦人出身，在旧社会吃过很多苦。现在眼看快六十岁的人了，身子骨和劳动力都

不如从前了。此时灵芝若是把两个孩子长期丢给他，他又要种地又要照应两个年幼孩子和做家务，确实太困难。若是把俩孩儿领走，带到城里来，让那老男人一个人孤零零去过，灵芝又有些不忍。因为这男人很疼爱这俩孩儿，俩孩儿跟他们的老爹也亲。刘实诚虽愿给这俩孩儿当爹，但俩孩儿并不会愿意要他这个爹。灵芝来到北京这一年，完全是为了摆脱那个想和她结婚的村干部的纠缠，否则，她是绝对舍不得把一双儿女丢在家里近一年时间的……

刘实诚说："灵芝，没有过不去的坎儿，你有什么难处，只要告诉我，我都会帮你！你回去后，什么时候安顿好了什么时候来找我都成。三年五年，我刘实诚都等着你。"

灵芝含泪点了点头。

她本想告诉刘实诚，若是真的要想和她走到一起，那就真的要能等。要等到她的俩孩儿上学后，生活上能自个儿照顾自个儿了，她才能放心走开，谋求自己的幸福……

李灵芝这样想着，却不忍心这样说出来。

就这样，灵芝依依不舍地离开了这个小院儿，大伙儿也依依不舍地与灵芝告了别。

灵芝阿姨走了，真真觉得小院儿里一下子空寂了许多。她抬起头对实诚叔说：

"实诚叔，我把兔儿爷送给灵芝阿姨了。"

"兔儿爷？"刘实诚愣怔着重复了一句，过了片刻才回过神来。真真惊讶地发现，实诚叔那双几乎永远带着笑意的眼睛，竟淌出了眼泪……

灵芝阿姨走后，一直没有消息；几个月后，她托人捎了一包东西来。

程老师当着全院儿邻居的面儿将包裹打开，大伙儿不由得啊了一声，只见包袱里有灵芝阿姨给妞妞和俩小小子做的针线细密的衣裳和鞋。妞妞的衣裳和鞋子上都绣了漂亮的小花儿。此外，还有一套男人穿的蓝布单衣裤，一双男人穿的黑咔叽布面的鞋。

不用说，大伙儿心里也明白，这是李灵芝特意给刘实诚做的。

程老师把衣裳和鞋给妞妞和俩小小子依次试穿，尺寸都跟裁缝比着做的似的，妞妞和俩小小子穿上灵芝阿姨做的新衣新鞋就不肯脱下来。还小鸟般叽叽喳喳地嚷着，要求程老师带他们去找灵芝阿姨。

米大妈高声大嗓地感叹道："瞧瞧灵芝这女子哟！心灵手巧得真像七仙女哟！"大伙儿听了都同感地点头。

米大妈又叫："真真！晶晶！还不快去给你们实诚叔报个信儿，让他也高兴高兴！"

真真妈笑着说："她们早跑没影儿啦！"

米大妈粗中有细地担心道："这又没比划过，还就不知道灵芝给实诚做的衣裳和鞋大小合适不？"

真真妈说："合不合适，一会儿就知道啦！"

正说着，刘实诚同真真、晶晶脚跟脚一块儿迈进了小院儿。

自从李灵芝走后，刘实诚还没来过。

大伙儿都觉得，刘实诚没以前胖了；大伙儿全明白，那是想李灵芝想的。

从程老师手中接过灵芝做的衣裳和鞋，刘实诚激动得手都有点儿抖。他把衣服和鞋抱在胸前，好一会儿才松开。

在大伙儿的催促下，刘实诚只得把李灵芝给他做的新衣新鞋小

心翼翼地试着穿上身。若不是街坊们非"逼"着他立马儿穿给大伙儿瞧，他哪儿舍得马上就穿呀！怎么着也得回去把身子洗涮干净、把脚丫儿洗涮干净喽以后才舍得试穿呀！

又如同让大伙儿见证奇迹般，李灵芝给刘实诚做的衣服和鞋子也都像事先量过一样，衣裳合体，鞋子合脚。而且把刘实诚装扮得既精神，又俊气。

在大伙儿的啧啧称奇和赞美声中，真真发现，欢欣的笑容重又荡漾在实诚叔轮廓分明的脸庞，而且他的脸上，还浮现出了兴奋幸福的红晕……

奋斗小学的幸福奋斗

（一）

这年夏天，真真初小毕业了，班上有同学因为搬家等原因转学到别的学校读高小。妈妈对真真说："卧佛寺小学其他都好，就是你们班那间坐南朝北、由庙宇殿堂改做的教室，一年四季晒不着太阳，冬天太冷，容易冻着。你老是发鼻炎，患感冒，也换一个学校读高小吧！"

真真没出声，她心里舍不得杨老师和班上的同学们。

妈妈又说："那天我去郭大夫的诊所，经过奋斗小学，觉得这所学校很不错。听说是傅作义将军抗日战争时期，在太行山为抗日将士们的子女开办的学校；抗战胜利后，迁到咱北京来的。你转学到那里去读书比较合适。"

真真的心被说动了。因为在卧佛寺小学分校上学这两年，每到冬天，她就发鼻炎。每天晚上鼻塞不通，只能靠张着嘴呼吸，而且整个冬天都如此。她知道奋斗小学挺有名，确实是一所很好的学校；同时，她特别喜欢"奋斗"这两个字，觉得这两个字特别让人长精神，使人振奋。

就这样，真真依依不舍地告别了杨老师和相处得十分友爱融洽的同学们，来到了奋斗小学。

奋斗小学很正规，即使是转学，也需要通过算术和语文的考试。真真和其他想转学到奋斗小学的男孩女孩一道，坐在奋斗小学

进校门左侧的教室里答卷，通过了考试。

奋斗小学的老师们，听说卧佛寺小学考第一名的优等生转学来读奋斗小学，便敞开热情欢迎的胸怀，将真真揽在这所学校温暖的怀抱里。

迈进奋斗小学的校门，有一个挺大的操场。操场上，每天升国旗的地方是一个平台。学校校长和老师讲话的时候，就站在平台上。各班同学排成队站在操场上，做早操和听训话。

操场南边是校门，进入校门，是一间高敞的门洞。门洞右侧，是看门工友的传达室。门洞左侧的墙上，挂着一面很大的镜子。同学们每天来上学，都可以在镜子前照一照，看自己的仪容是否符合学校的要求：手脸是否干净？衣着是否整齐？红领巾是否佩戴好？

操场周围，有六间教室，还有一个礼堂和少先队大队的会议室。在礼堂外面，安放着一个滑梯，操场上，还有篮球架和单双杠。

操场的左边，是三个跨院，有两个跨院的房屋是教室和老师办公室。

每个年级，都是两个班，全校共有十二个班。

奋斗小学的领导，是一个男校长，叫唐自强。大约四十来岁，瘦瘦的，很精干的样子。他对学校工作非常认真负责，说话态度和蔼，简明扼要，从不啰嗦。

奋斗小学的教导主任，是一位三十多岁的女老师，叫石傑，也是一位说话和蔼从不高声训斥人的老师。在真真的记忆里，石傑老师虽是教导主任，但从没见过她对任何一位同学疾言厉色过，哪怕是对有些顽皮的同学。

奋斗小学少先队的总辅导员刘钦老师，是一位说话带着浓厚山西口音的三十多岁的男教师。刘钦老师平时显得有点儿严肃，但实际很和善。每当在学校举行少先队活动，系上红领巾时，他那张棱角分明的黧黑的脸庞，就显得年轻生动了许多。

真真被分在五年级二班。

五年级一班和二班的教室，都在操场的最里面。两间教室并排，五（一）班教室在左边，五（二）班教室在右边，两间教室都坐北朝南。

五（一）班和五（二）班的前面，各有一棵枝繁叶茂又高大的海棠树，屏障般把教室和操场分隔开。五（二）班教室的右前方，是学校的礼堂和少先队大队的会议室。

真真他们班的班主任，是一位姓吴的女老师。三十多岁，长得很清秀，文质彬彬的。说话也是细声细气的，十分的和善，课也讲得好。

到奋斗小学后，真真被选为五（二）班少先队中队的中队长。除了佩戴红领巾，她的右侧衣袖上，还别上了有两道红杠标志的中队长符号。

真真很快便融入了奋斗小学五（二）班这个新的班集体，认识了这个班的所有同学。五（二）班的男生女生中，也有几位年龄在十四五岁的同学，多数是女同学。其中李清芬是一位长得秀气白净的大女孩，梳着两条柔柔的长辫子。她在家是大姐，下面有好几个弟弟妹妹。大约是她当大姐呵护弟弟妹妹习惯了，在学校把比她年龄小些的同学，也当作自己弟弟妹妹一般，有一种自然的大姐姐风度，像姐姐般关心爱护同学们。

李清芬是学校少先队的副大队长，她的右臂上，佩戴着三道红杠的大队长标志。

和李清芬相似的，是张小慧。张小慧比李清芬小一岁，是五

柳树井的故事

（二）班的班长。也是下面有几个弟弟妹妹的大姐姐。张小慧眼睛圆圆的，皮肤略黑，留着短辫，长得挺精神。

五（二）班的班队干部中，还有一个和李清芬、张小慧年龄相仿的，叫孙秀梅。孙秀梅是一个性格特别活泼开朗的女孩，说话口音像是江西革命老区那边的。圆脸盘，留着齐耳的短发，双眼皮儿，大眼睛。她还有个和她长得一模一样的双胞胎姐姐，叫孙秀芳。和她一样圆脸盘，留着齐耳的短发，双眼皮儿、大眼睛，说着江西革命老区那边口音的话。由于姐妹俩长得几乎一模一样，衣着也相同，连性格都一样，不熟悉她们的人，根本分不清谁是姐姐，谁是妹妹。同学分不清，老师也分不清，在学校因此闹出不少快乐的笑话。后来学校为了不把她俩弄混，就把她俩分开，姐姐在五（一）班，妹妹在五（二）班。

真真最初到奋斗小学，也分不清这对孪生姐妹。不论是孙秀梅还是孙秀芳，都和真真很友好。真真很喜欢这一对眉眼长得一模一样、像复制出来的姐妹。她时常盯着她俩看，想看出其中的不同。

后来接触多了，真真终于弄清了这对孪生姐妹间的细微差别。孙秀梅的脸颊上，有一颗不引人注意的小痣，她姐姐没有。弄清了这一点后，每当见到她们时，真真就首先观察她或她的脸颊上有没有一个小黑点儿，然后便知道对方是谁了。班上的同学们也都靠这个小黑点儿，来识别这对孪生姐妹。

姐妹俩学习都很好，也都是少先队干部。孙秀梅是五（二）班少先队的中队委员，右臂衣袖上，也戴着两道红杠的标志。孙秀芳在五（一）班，也是中队委员。

五（二）班的班队干部，几乎是清一色的女孩子。还有两位年龄大些的同学，一个叫彭思媛，另一个叫侍予淑，也都担任中队委员。她们虽然还佩戴着红领巾，但已经向往着加入共青团了。

五（二）班少先队中队唯一由男孩担任的中队委员，叫赵闻章。赵闻章是个小运动员般的男孩子，身体偏瘦，动作灵活，喜爱体育。冬天很冷的时候，他穿的也很单薄，一点儿不怕冷。而真真，因为有鼻炎，每到冬天就穿得很臃肿。老师见了她穿着厚棉衣、厚棉裤的模样，也要笑着说一句："南方人怕冷！"

班上还有两个男孩祁林生和杜小冬，担任少先队的小队长。

来到新的学校，新的班集体，真真感到很温暖。这种温暖来自奋斗小学的校长老师们，也来自班上的同学们。

有时候，真真也会想起她在卧佛寺小学的同学和老师，心里想念着他们。

（二）

到奋斗小学不久，学校举行了一年一度的秋游。

那时候，每年的春季和秋季，北京各学校的小学生都会由老师带领着，去公园玩一次；称为春季旅行和秋季旅行。

奋斗小学这次的秋游地点，选择在北京动物园，当时叫西郊公园。

如同作家和戏剧家在文学作品里描写爱情是永恒的主题一样，对少年儿童来说，对于各种动物浓厚的兴趣和喜爱，大概也是永恒的。

真真和同学们怀着极大的好奇和兴趣，参观了西郊公园里大大小小的动物。虽然那时候，西郊公园里动物的种类还不够齐全，还没有国宝大熊猫，也还没有长颈鹿等大型动物，但孩子们依然一个

个看得兴致勃勃。那些活泼好动，仿佛一刻也不肯停歇的猴子，也引起了男孩女孩们的注意。

真真和同学们看见，动物园的饲养员正在喂几只黑色的大狗熊吃玉米面做的大馒头。好像每只狗熊一顿吃一个很大的玉米面馒头。它们用人们称为熊掌的脚爪，抓起玉米面馒头喂进嘴里吃得很香。弄碎了的馒头，它们也舍不得放弃，就低着头用嘴在地上舔，而且舔得很干净。在真真他们眼里，那几只狗熊，体型都那么大。它们行走时的笨拙模样，却也不失可爱之处。

动物园里，还养着不少兔子和鸡。那些小白兔是那么漂亮和可爱，它们毛色雪白，眼睛则像红宝石，红红的、亮亮的。它们温和文静地在围栏内吃着青草，啃着胡萝卜。然而，当孩子们听说这些兔子和鸡是动物园专门喂养来给狮子、老虎等凶猛的食肉动物做定期的喂食时，大家心里不由有些难过。一位饲养员叔叔告诉孩子们，为了保持老虎、狮子的野性，动物园需要定期给它们扔一些活的小动物到笼子里去，供它们捕食，不能总是只喂一块块的猪肉和牛肉。真真和同学们想到这些可爱的小白兔被扔进老虎笼子里的可怕的一幕，心中不禁为这些小动物感到伤心。

然而，当真真和同学们看到那些被关在坚固的铁栅栏里的，野兽中的王者——躯体硕长、威武壮健的大老虎时，瞧着这些曾经呼啸山林的猛兽在铁笼那狭窄的空间内百无聊赖，无精打采、无可奈何的模样，又觉得它们在聪明强大的人类面前，有着可怜可悲的一面。这让真真和同学们心中感到有些矛盾。

这次秋游参观了动物园后，真真和同学们知道了不少有关动物的科学知识。孩子们还感受到，在地球这个美丽的充满生命的星球上，也存在着许多的矛盾。真真想，要是各种动物之间能够和平共处，没有这种你死我活的矛盾，该多好呀！要是人类也没有吃小动物的习性，该多好呀！

真真长大些后，有一次听老师说，有一本叫《天演论》的书，上面讲述了达尔文的进化论。这本书上说，在自然界中，存在着"物竞天择，弱肉强食"的规律。这条规律虽然残酷，但对动物界而言，却能保证和保持动物种群在世代繁衍生息的过程中不致退化。

这次秋游去西郊公园，奋斗小学的同学们，来回都是坐的水利部的大巴。因为奋斗小学是傅作义将军开办的学校，北京和平解放后，傅作义将军担任新中国水利部的部长。他仍然记挂着奋斗小学的师生们，每年的春游和秋游，他总要关心地派出水利部的大巴接送孩子们；使孩子们能够游玩好，不致太劳累。这也是奋斗小学的同学们为此享受到的幸福。

除了秋游，奋斗小学还组织同学们到剧场看过两次演出。一次是印度小芭蕾舞剧团来中国访问时，专门为中国的少年儿童演出的童话剧；一次是中国儿童艺术剧院演出的中国民间故事童话剧《马兰花》。

由于印度小芭蕾舞剧团演出的那出童话剧的剧情全是靠舞蹈动作来表现，真真和同学们不大看得懂。尽管如此，他们仍然觉得很震撼！因为这些来自异国的舞蹈艺术家们在台上表演的舞姿实在太棒了！有的舞蹈家是装扮大公鸡和大母鸡，他们表演的动作很逼真，包括鸡转动脖颈和啄食的动作。还有的印度舞蹈家扮演鸟类和各种小动物，都演得活灵活现。这是真真和同学们第一次观看印度的带芭蕾风味的舞蹈，感受到印度舞蹈所具有的艺术魅力。那些独特优美的舞姿，奇特的装束，都给真真和同学们留下难忘的印象。

中国儿童艺术剧院排演的《马兰花》，则更受真真和同学们欢

迎。因为大家不仅完全看得懂剧情，而且这部中国童话剧情节曲折，优美神奇。剧中的狗尾巴草和牵牛花等植物和动物都成了具有生命的童话人物。这部童话剧的主角是名叫大兰和小兰的两姐妹，姐妹俩年龄相同，相貌相似，长得都很美。但姐姐大兰好吃懒做不爱劳动；妹妹小兰勤劳善良，两个人性格完全不同。小兰因勤劳善良获得了马郎的爱情，大兰嫉妒妹妹，想夺取妹妹的神奇宝贝马兰花和马郎的爱情，差点儿把小兰和马郎害死。但最终勤劳和善良战胜了虚假和邪恶，大兰也受到了惩罚……

真真和同学们观看《马兰花》时，都深深地被这部剧的剧情和剧中人物所吸引。大家都喜欢心地善良、热爱劳动的妹妹小兰，反感好吃懒做、不爱劳动的大兰。这也是真真和同学们第一次观看到中国儿童艺术剧院排演的、受到全国少年儿童喜爱欢迎的中国童话剧。这部剧后来拍摄成了电影，并成为中国儿童艺术剧院排演的经典剧目。而真真和同学们，有幸观看到了这部童话剧在北京的首次演出。

（三）

一天下午，刘钦老师向真真说："肖真真，交给你一个任务。你不是经常都在阅读《中国少年报》吗？现在中国少年报社的编辑老师们想征求一下少先队员们对他们办的《中国少年报》有什么想法、意见、要求和建议，你明天到中国少年报社去一趟，代表咱们奋斗小学的少先队员和那些编辑《中国少年报》的叔叔阿姨们交流交流吧！"

刘钦老师说完，递给真真一个信封，上面有中国少年报社的名称和地址。

　　真真拿着信封回到家，见信封里有一封中国少年报社写给奋斗小学少先队大队的信，信的内容和刘钦老师说的话相同。信纸和信封上，都注明了报社的地址，在北京市东单区的东四。

　　真真长到十二岁，她独自一人只从复兴门走到过天安门，以及天安门左右两侧的中山公园和劳动人民文化宫，再往远就没去过了。东单和东四那边，她一点儿也不熟悉，她不知自己能否找到中国少年报社。

　　从复兴门到东四，要走挺远的路，真真不由有点儿犯愁。但她仍然决定，自己明天一定要找到那地方，完成好老师和少先队交给的任务。

　　第二天，临出发去东四前，真真将此事告诉了妈妈。

　　妈妈觉得路太远，担心她走不动这么远的路，不放心真真一人去，而且那时候也还没有能到东四的公交车。

　　妈妈想陪伴真真一同到东四去，真真不肯。她觉得自己作为少先队员，应该克服困难，独自完成好这个任务。

　　真真经过"长途跋涉"，依靠自己的两条腿，从当时西单区的复兴门，步行到了东单区的东四。在东四众多胡同的其中一条胡同里，找到了中国少年报社。

　　这是一座不大的院落，要不是门前挂着"中国少年报社"的牌子，你大约很难找到这个地方。因为它同北京的其他四合院儿没什么两样。院子的门脸儿小，但有三级台阶儿。院子也小，里面的房屋坐北朝南。和煦的阳光，照进明亮的玻璃窗，屋里显得很温暖，很温馨。真真怀着崇敬的心情迈进院子后，立即被屋里的一位年轻阿姨发现了。她便立即走出屋门迎接，随后屋里另外几位叔叔阿姨也都从书桌前探起身来，脸上笑意盈盈的，态度十分亲切。真真红

着脸，有点儿腼腆地向他们行了个少先队队礼，说明自己是奋斗小学的，并把信封递过去。几位叔叔阿姨看着额上走得冒汗的真真，连忙请她坐，并给她倒了杯开水。真真看着这几位叔叔阿姨，他们中有的大约二十多岁，有的三十多岁，一个个文质彬彬、温文尔雅的。有两位还戴着近视眼镜，挺有书卷气。

真真看出这些叔叔阿姨都是很有学问的人，她又联想到自己一直喜欢阅读的《中国少年报》。那一期连一期图文并茂的、内容丰富多彩，风格活泼有趣的报纸，就是眼前的这些叔叔阿姨在这个不起眼的小院子里，每天俯身在书桌前辛勤工作，编排出来的呀！真真的心中，不由很感动，对这些叔叔阿姨怀着敬意和好感。

真真向叔叔阿姨汇报说，她和奋斗小学的同学们都非常喜欢阅读《中国少年报》，喜欢看那些少年儿童的故事和报纸上的插图。她和许多同学每一期都要看，因为奋斗小学订了许多份《中国少年报》。这份报纸，成了他们除学校课本外，最喜爱的读物……

叔叔阿姨们听了真真的话，脸上露出由衷高兴和欣慰的表情，这使真真很高兴。

由于回家还要走挺远的路，真真在中国少年报社和几位叔叔阿姨交流了大约一个小时，便起身告辞，准备回家。叔叔阿姨们听说真真走了那么远的路到他们那儿，都很感动。一位阿姨陪真真来到街上，给她雇了辆人力三轮车，并为她付了车钱，关切地叮咛一番，才同她挥手告别。

真真坐在三轮车上，伸出双手抓着三轮车座位两侧没张开来的斗篷。她觉得三轮车的座位好宽好大，她一个人坐在上面，实在太空旷了点儿，仿佛有些坐不稳似的。也难怪，这是她有生以来，一个人坐三轮儿，以往是和妈妈一同坐过。

蹬三轮儿的叔叔，把三轮车蹬得飞快，好像想和街上的汽车赛跑似的。真真的耳畔，响起呼呼的风声。但这带着凉意的风，并没使真真感觉到一丝寒冷。因为在此刻，她的心中充满了温暖。

（四）

寒冷的冬天过去，每一个人都喜爱和盼望的春天，以她奇异美妙的脚步，又悄悄地降临了人间。

这个冬天，真真并没有感到特别寒冷，因为来到奋斗小学的第一个冬天，她是坐在一间能够享受冬季阳光的教室里上课。五（一）班和五（二）班的教室，是两间并排的教室。而这两间教室，都坐北朝南。

这使真真有时会在心里想念在卧佛寺小学读初小时的同学们。他们还在那间坐南朝北的教室里上课吗？那间由庙宇的殿堂改成的、一年四季晒不着阳光的教室，在冬天冷得有点儿像个冰窖。在那间教室里，她曾和同学们一道抵御严寒，度过两个漫长的、滴水成冰的冬季。

在想念韩玉茹、赵东海、尤淑琴、石雪华等相好同学的时候，她也会想念原来的班主任杨老师。

春天，终于像同孩子们捉迷藏一般，悄悄地用她轻盈神秘的脚步走来了。

奋斗小学那几个大小相连的庭院里种植的树木，是春姑娘向孩子们传递春天信息的使者。

五（一）班和五（二）班教室前面的那两株大海棠树，又披上了它们一年一度的新嫁娘般的盛装。在它们的枝头，缀满了粉红和

柳树井的故事

洁白相间的美丽花朵，变成了两株花团锦簇的童话般美丽迷人的大树。大操场一侧的三个院落里，银杏树也重新长出了嫩绿的、形状似鸭脚掌般的叶片。枝干矮小但婀娜多姿的桃树上，也绽放出鲜艳的花朵。同学们坐在教室里上课，时而能听到窗外枝头上的小鸟悦耳的歌唱。真真和同学们都听出，小鸟在春天里的鸣叫是那么快活。

这一天，教音乐的刘老师按着风琴，在礼堂里教五（二）班的同学们唱一首新歌。教音乐的刘老师和教体育的刘老师，是一对夫妇。两位刘老师对人都总是那么和蔼可亲。教音乐的刘老师身材瘦小，教体育的刘老师身材高大；他性格爽朗，爱好广泛，除了教体育，有时妻子病了，他也能按着风琴代妻子教音乐。他告诉同学们，他曾经是一位篮球运动员，是代表旧中国参加篮球比赛的主力队员。然而，在一次重大比赛中，他由于连续打了好多场球，劳累过度，导致神志不清，把球误投到对方球栏内，还晕倒在地，并且伤及了心脏，所以不能再当运动员了。他离开球队后，才担任奋斗小学的体育老师的。刘老师有时候还给同学们讲故事，真真记得最清楚的是，刘老师讲的童话《大克劳斯和小克劳斯》。教音乐的刘老师身体瘦弱，但非常和善，教音乐教得非常好。由于他们夫妇都姓刘，同学们为了区别，就以他们的个子高矮，称他们为大刘老师和小刘老师。

此刻，小刘老师在礼堂里熟练地按着风琴，教真真他们班唱歌，这首新歌的歌名叫《布谷鸟》。

奋斗小学无论哪个班，音乐课都是在学校一侧的礼堂里上课。这样，大家唱歌的声音不致影响别的班同学学习。

礼堂里，真真和同学们合着刘老师弹奏的琴声，快乐地齐唱这首新歌——

布谷鸟，

咕咕咕咕叫，咕咕！

它说道：

春天来到了。咕咕！

小朋友啊，

你们种了什么花草？咕咕！

我们给国家

种了许多圆圆的向日葵。咕咕！

这首歌的歌词，颇为新颖，就好似布谷鸟在和小朋友对话似的，中间还穿插着布谷鸟咕咕的鸣叫，和小朋友模拟布谷鸟的叫声，十分有趣活泼。真真和同学们唱起这首歌时，觉得格外亲切。仿佛真有只可爱的布谷鸟，站在窗外发了细芽和嫩叶的绿树上，在跟大伙儿交谈一样。

于是，真真和全班同学更加带劲儿地唱第二段歌词——

布谷鸟，

秋天你来瞧，咕咕！

向日葵，

向着太阳笑，咕咕！

金黄的瓜子堆得像小山一样高，咕咕！

我们给国家

种了许多圆圆的向日葵，咕咕！

不料，唱到最后，真真和同学们都有点儿失落感。因为他们还从没给国家种植过向日葵呢！作为新中国的少年儿童，多么想就像歌曲里唱的那样，真的为国家种植向日葵呀！

就像猜到了同学们的心思一样，第二天，大伙儿在操场上例行升国旗和做完早操后，奋斗小学唐自强校长便站在升旗台上向大家

・217・

讲话说："同学们，今年我们学校的全体同学，除了要继续努力学习，还要完成一项光荣的任务！那就是——为我们的国家种植向日葵和蓖麻籽。这两种植物结的种子，都是很好的油料作物，在工业上，也有很多用途。我们种植向日葵，把它结的籽儿交给国家，就是支援祖国的建设。同时，这也是培养我们从小爱劳动，学习劳动本领的好机会。每位同学，只需要种好一棵向日葵，就算完成了任务。当然，家里院子大，泥土多的同学，愿意多种几棵的，或种蓖麻的，也欢迎。"

唐校长向大家简短地讲完，就吩咐同学们先回班级，登记好每位同学种植的数字，然后领取向日葵和蓖麻籽的种子。

同学们全都欢呼起来，因为大家都非常愿意支援祖国的建设。而且真真和同学们都觉得，这是一个很有趣的任务。

老师们也都朝着同学们笑，因为教了《布谷鸟》这首歌后，做动员已经几乎不需要了。

各班级登记了种植向日葵、蓖麻籽的名单数字后，各班老师便开始分发向日葵和蓖麻籽的种子。男孩儿女孩儿们一个个摊开手掌心，注视着老师放在手掌心里的那颗饱满的生葵瓜籽儿，像捧着幼小的婴儿一般，心中涌起庄严神圣的情感。这是长到十二三岁，第一次领受国家委以我们少年儿童的光荣任务啊！真真和同学们都感到了一种做国家小主人翁的骄傲。

轮到给真真发种子时，吴老师在她手掌心里放了三颗向日葵种子，因为真真登记了种植三棵向日葵的任务。

真真想到自己是少先队中队长，她觉得自己应该积极带头，多种两棵向日葵。

真真和同学们小心翼翼地带着握在手心里的向日葵种子回到

家，见晶晶也从学校领回了任务。晶晶还拿出几颗蓖麻籽，说不但要种向日葵，还要种蓖麻籽。晶晶的语气里，透着自豪。

真真家住的那个四合院，是北京的一个小四合院。院内青砖铺地，原先并没有栽花种草的泥土。抗美援朝的时候，派出所的民警叔叔天天来催着叫挖防空洞，还吩咐在窗玻璃上贴纸条，说要提防着侵略者万一哪天发了疯搞空袭什么的。派出所的民警叔叔帮真真他们把院子里的方砖撬开许多块，挖了两个简易防空洞，也就是两个土坑式的掩体吧。当时并没有用上，因为朝鲜停战协定不久就在板门店签了字。以后的年月，防空洞就成了真真她们做游戏、捉迷藏的地方。后来因为积水生蚊子，又把它填平了。如今，真真和晶晶正好用这两小块地来种植向日葵和蓖麻籽。小姐妹俩找来铁铲，开始挖土，把向日葵和蓖麻籽都种了下去。

不几天，种子发了芽，真真和晶晶兴奋得像过节那么高兴！以后，那一棵棵碧绿的嫩芽便在她们的关注下一天天茁壮成长起来。每天放学回家，真真都要蹲在这一片嫩绿旁边陶醉许久。除草、施肥、浇水……甭提多么精心了，就像现在的爸爸妈妈照料独生子女一样。

向日葵、蓖麻籽也像能体会真真和晶晶的心情似的，长得老高老高。小院里从此有一片青葱，一片生机勃勃的翠绿。

然而有一天，下了场特大暴雨。

真真在屋里隔着玻璃窗焦急地注视着院子里那长得高高的蓖麻和向日葵。它们在暴风雨中不停地摇晃，暴雨打得它们弯下腰去，再弯下腰去……真真心疼极了。忽然她种的向日葵中有一棵折断了，真真急得哭起来。

她猛地拉开门，冲进雨幕里，想去抢救她的向日葵！这时，一

道刺目的电光闪过天空，随即响起一声震耳的炸雷，妈妈也赶紧冲进雨中，把浑身湿透了的真真"捉"了回去。

天晴了，真真忙着用布条和筷子给向日葵上夹板，打绷带，可它终于还是死了。真真瞅着向日葵那失去生命的萎叶和茎尖，忍不住流出了眼泪。

看来，她领受的种好三棵向日葵的任务，不能圆满完成了。

真真更加仔细地照料剩下的两棵向日葵，希望它们长得粗壮一点儿，不能再出事故了！

妈妈见真真着急，就竭力安慰她。一天，妈妈买菜回来，说附近的那条街有一个大院落的墙头上，伸出许多棵向日葵，听说是一个男孩种的。妈妈说，要是他有多余的，可以去匀一棵。

听了这消息，真真很高兴，立即去那个大院子的墙外侦察。果然见到一棵棵向日葵士兵似的立在墙里面，真真便鼓起勇气进去找那个男孩。

那男孩听真真道明来意，脸上颇有几分得意，但他并没有马上答应。

真真没有灰心，回家把她的小人书和明信片等宝贝拿去，随他挑选。

男孩被真真的诚意感动了，爽快地匀给真真两棵向日葵。他挑了真真的一本《三国演义》的连环画，是描写《三国演义》里最精彩的战役"赤壁之战"的。男孩有点儿怀疑地问："这是你的连环画吗？"真真点点头，因为她从小就特别爱看书，而且男孩女孩喜欢看的书她都爱看。

那个比真真高半个头的男孩用一种好奇的眼光打量着真真，仿佛要重新认识她一遍。那个男孩，在鲍家街小学读书。

真真心满意足地高擎着那两棵向日葵回家，认真地将它们移栽在小院的泥土里。

又过了一些日子，向日葵的顶端先后长出了圆圆的大花盘，在明媚的阳光下，大花盘展开了一圈漂亮的黄色花瓣。

真真更加忙碌了，天天盼着蜜蜂来采花蜜。她还按照老师的吩咐做了一个粉扑，踩到板凳上去，用粉扑给向日葵进行人工授粉，以免结出的瓜籽儿是空壳。

星期天不上学，真真常常坐在小院里，目不转睛地盯着向日葵那神秘的黄色大花盘，看它如何转动着面庞追随太阳的光辉。

晶晶种的蓖麻，长成了两株碧茂的小树，冒过了屋檐，与屋脊一样高。上面结了好多好多小刺猬似的绿色的蓖麻球，美妙得像童话一样。

小姐妹俩都为之着迷了。院邻们也都说，院子里种了向日葵和蓖麻籽以后，比原来好看多了，小院儿里也变得生机勃勃。

金秋，收获的季节到了！

这天，真真站在板凳上，小心翼翼地用剪刀把成熟了的向日葵花盘整个儿地剪了下来。她像艺术家欣赏自己的杰作一般，瞧着摆在面前的四个硕大的，直径将近一尺的向日葵花盘。只见每个黄白相间的花盘内，成千上万颗葵瓜子紧密地站成许许多多井然有序的棱形行列——就像是有着铁一般纪律的士兵，排列得那么整齐，那么森严。

真真把向日葵花盘交到了学校，同学们也都把各自种的向日葵交到了学校。

操场上，堆起一座向日葵和蓖麻籽的小山，等待油料厂的卡车来运去榨油，为祖国建设作出贡献。

　　星期天不上学，真真常坐在小院里，目不转睛地盯着向日葵那神秘的黄色大花盘，看它如何转动着面庞追随太阳的光辉。

寄华　学画

真真和同学们手拉着手，围成一个大圆圈，围在那座小山旁，动情地唱起小刘老师教的那首《布谷鸟》。当唱到歌词的第二段时，同学们的童稚嗓音突然提高了八度，变得铿锵和豪迈——

　　布谷鸟，

　　秋天你来瞧，咕咕！

　　向日葵，

　　向着太阳笑，咕咕！

　　金黄的瓜子，

　　堆得像小山一样高，咕咕！

　　我们给国家，

　　种了许多圆圆的向日葵，咕咕！

（五）

随着天气一天天的炎热，真真和同学们发现，教室外面的那两株枝叶繁茂，树冠高大的海棠树上结的海棠果，正在灿烂的阳光下不断地变幻着美丽神奇的色彩。这些由多个兄弟姐妹组合在一起的、一簇簇碧绿的小果子，先是由小变大，又渐渐在碧绿上渗入了浅黄，继而由嫩黄变为橙黄，慢慢过渡到橙色，然后又被太阳的光辉染上鲜艳的绯红。累累果实间，幻化着诱人的七彩。这使真真和同学们想起春天时海棠树上绽放的一团团、一簇簇粉红和洁白相间的花朵。这些花朵把这两株海棠树打扮得那么美丽，使得真真和同学们都十分着迷，感觉它们就像盛装打扮的新娘一样。

接着，树上的蝉们仿佛是向美丽的海棠果求爱似的，开始了它们的歌唱。由于歌唱得太卖力，它们的歌声显得有些尖锐和刺耳，有点儿声嘶力竭，但是充满了热情和坚韧。仿佛海棠果一天不答

应，它们就会一天接一天，日复一日永远不停歇地歌唱下去似的。就是在这些蝉们热情的鸣叫声中，迎来了真真在奋斗小学的第一个暑假。

这标志着真真已经在奋斗小学度过了一年的学习生活。

真真正在想着该怎样过这个暑假，学校少先队大队召集全体少先队员开会。

这天，红领巾们走进学校的礼堂，只见礼堂的主席台上坐着好多人，显得特别热闹。其中有许多十八九岁的大哥哥模样的人，面带微笑地坐在主席台上望着少先队员们。

红领巾们带着兴奋好奇的眼光，打量着这些陌生的大哥哥们。

学校少先队的总辅导员刘钦老师向孩子们说道："暑假快到了，为了让全校同学和少先队员们过好暑假，过一个快乐又有意义的暑假，我们学校少先队将举行一些活动。一个是暑假夏令营，时间大约是三天，夏令营的地点，就在北京的郊区，每个中队选拔数名优秀少先队员参加。一个是我们聘请了三十五中高中二年级的十二位大同学担任咱们学校少先队各中队的暑期辅导员，负责带领辅导每个少先队中队开展好暑期活动。现在，让我们全体少先队员一齐向这些担任暑期辅导员的三十五中的高中大哥哥们表示热烈的欢迎！"

听了刘钦老师的话，少先队员们都兴奋地鼓掌，并与坐在左右的同学小声交谈，相互活泼快乐地眨眼睛、扮鬼脸儿。

刘钦老师接着便将台上的三十五中的大哥哥向少先队员们一一作介绍，每个少先队中队有两位辅导员。

真真他们看到，那些高中二年级的大哥哥们，脸上的表情也很兴奋。很显然，他们把担任小学少先队暑期辅导员的义务工作，也看作是一件很新鲜和光荣的任务和使命。所以，每当他们中的一位被刘钦老师叫起来，向礼堂坐得满满的少先队员们作介绍时，他都会迅速站起身，很有礼貌地向大家鞠躬，并竭力让自己保持着最佳的姿态和表情，微笑着。

由于三十五中是男中，所以十二位辅导员都是清一色的十八九岁的男生。

真真他们五（二）班少先队中队的两位辅导员，一位姓陈，一位姓赵。陈辅导员略胖，赵辅导员偏瘦，两人个子都高高的，长得挺英俊。这使班上那几位年龄大些的女同学李清芬、张小慧等人在高兴的同时，脸蛋儿上还染上了些许羞涩的红晕。

真真发现，两位辅导员大哥哥看李清芬、张小慧她们的眼神，跟看其他年龄段同学的眼神也不一样，似乎更亮一些。

刘钦老师介绍完毕，接下来就叫各中队回到各班的教室，同新来的辅导员更近距离地见面交谈。

两位辅导员大哥哥极热情友善地问大家，暑假想举办、参加些什么活动？

同学们几乎想都不想就异口同声说："去公园玩儿！"

有几个男同学兴致勃勃补充道："爬山！"

两位大哥哥互相交换了一下眼神，陈辅导员说："好，我们就先举行一次登山比赛，到景山公园，怎么样？"

大家听后一齐欢呼起来。

暑假开始没两天，两位辅导员便领着真真他们班的少先队员们从学校出发，到景山公园去举行登山比赛。辅导员大哥哥还特意找画家画了一幅很漂亮的彩色图画，图画上题写着奖给"爬山小英雄"的字。

路上，五（二）班中队的队旗由喜爱运动的赵闻章擎着，队旗

上，镶嵌着星星和火炬。赵闻章是个身体长得很匀称、小运动员般的男孩子。他喜爱体育，学习也挺好。真真转学到奋斗小学后，赵闻章有好几次当着真真的面，从放置在礼堂旁边的那座滑梯的顶端忽地跳下来。别的同学玩滑梯，都是从一端拾级而上，然后从另一端滑下来，只有赵闻章一人敢从滑梯的顶端、两米高的地方直接往下跳。这无疑说明他是个十分勇敢的男孩子。但真真不知道赵闻章是有意还是无意地在她面前显示他的勇敢。不过，每次见到他从滑梯顶端忽地跳下来，真真都会不由自主地露出惊讶的眼神，心中对这个男孩子的勇敢举动，产生佩服和感动。

赵闻章属马，已经十三岁。真真觉得赵闻章的两只眼睛有些像马眼，大大的，清清亮亮的。

现在，勇敢的男孩赵闻章正擎着五（二）班少先队中队的队旗，端正地走在队伍的前面。紧跟着他的，还有两名号手和两名鼓手。担任号手的是两名男生，鼓手是两名女生。每走一段路，两名男生便把手中的小号举起来，鼓着腮用嘴吹奏起嘹亮的少先队的号角；两名担任鼓手的女生，随即也急促地在鼓面上打击出有节律的鼓点。

走在队伍行列中的男孩女孩们，听到少先队的号角和鼓点，都感到精神振奋，心中升起庄严神圣的情感。

一路上，两名辅导员大哥哥一前一后走在少先队队伍旁，关心着少先队员们，生怕他们发生什么意外。

这倒使担任中队长的真真减轻了负担，和大家一同在队伍中快乐地走着，一路很省心地就来到了景山。

景山公园座落在故宫的后面，园内的花草树木环绕着一座有点儿孤独的山。如果仅从观赏风景来看，这里不及中山公园和北海公园景点多。景山之所以闻名，是因为在它的山脚下，有一株被铁栅栏围起来的老树，是明代最后一位皇帝自缢的地方。由于在当时李自成率领的农民起义大军已经势不可当地包围了北京城，预示着明朝即将灭亡，惊恐万状的崇祯皇帝从故宫后面的神武门逃出来，来到景山脚下。听说农民起义军已攻破北京城，绝望的崇祯皇帝为了不蒙受被起义军活捉的羞辱，便将自己吊死在景山脚下的这棵老树上了。

这棵老树，记录着封建王朝一个皇帝的悲剧命运，同时也成为封建皇朝必定会被推翻，走向灭亡的一个见证。

在景山的东西两侧，各有一条登上山顶的石阶路，两条石阶路一模一样，是举行登山比赛的绝佳好地方。两位辅导员大哥哥让红领巾们休息了一会儿，便将少先队第一小队和第二小队的队员分开，分别从东西两侧的石阶向上攀登。一位大哥哥带领一队少先队员进行比赛。男孩女孩们尽皆摩拳擦掌，兴致勃勃，一个个使劲儿朝山上爬。不一会儿，就都爬得额上淌汗气喘吁吁的了。但是谁也不肯停下脚步休息，都攒着劲儿坚持往上爬。在辅导员大哥哥的鼓励带领下，"两路人马"几乎是同时到达山顶。那面镶嵌着星星火炬的少先队队旗，在景山的山顶上猎猎飘扬起来。

上山的时候，虽然不用擎着队旗，但也需要把卷着的队旗带上山。由于要拿队旗，身手敏捷的赵闻章没有能够第一个冲上山顶，让其他男孩占了先。这个男孩的脸上，不由掠过些许遗憾。因为若是同其他同学一样徒手登山，第一个冲上山顶的必定是他。

落在男孩们后边的女孩们随后也都赶了上来，一个个累得面如桃花，绯红着脸，非常的好看。

不常爬山的真真，也觉得自己快要累趴下了。班上的李清芬、张小慧等比她大两岁的同学，则显得轻松许多。她们望着真真笑，说真真的脸蛋儿红得很可爱。

虽然男孩女孩们爬山都累得呼呼喘气，但每个人心中都充满快乐。

站在景山的山顶上，视野是那么开阔，红领巾们在猎猎飘扬的队旗下，好奇地向四处眺望。只见正前方是金碧辉煌、闪耀在明媚的阳光下好大一片红墙琉璃瓦的故宫。故宫的两侧，分别是苍松翠柏掩映的中山公园和劳动人民文化宫。故宫正前方，是天安门广场，再远处，是前门的箭楼……站在一旁的辅导员大哥哥给红领巾们一一指点着北京的古老建筑和新建筑，大家都感受到中华民族所具有的渊博的历史，感受到祖国是那么的伟大……

（六）

举行爬山活动回来没几天，学校少先队大队通知：各中队参加夏令营的队员去学校集合。

奋斗小学少先队总辅导员刘钦老师，为了参加夏令营的红领巾们的安全，推迟了回山西老家探亲的时间。他亲自带队，领着奋斗小学参加夏令营的十名少先队员来到北京郊区的八一小学，此次夏令营的大本营就设在这里。

八一小学是解放军军队子女和革命烈士子女读书的寄宿学校。放暑假后，学生和老师差不多都回家去了，学校空下来，便临时作为了北京市教育局组织的小学少先队夏令营的营地。

真真很荣幸地被学校少先队大队选上，代表奋斗小学的红领巾去参加这次夏令营的活动。

对于夏令营，真真一直很向往。在她头脑里，夏令营是一种特美好、特浪漫的活动。因为她从书上看到和听老师说，夏令营是在夏季为少年儿童举办的一种十分有趣的活动。苏联的少年儿童，就常参加这种活动。一般是在放暑假后，由老师带着，让参加夏令营的孩子到郊外的某个地方，在大自然的怀抱里。比如树林边或者是小溪旁，搭起一个个白色的小帐篷，让孩子们在里面露营，与大自然亲近在一起。早上看日出，晚上遥望浩瀚宇宙中的星辰。孩子们睡觉的时候，树林里的小白兔就会跑出来，朝着帐篷里熟睡的男孩女孩张望。黎明时分，树上的小鸟会为孩子们唱起晨歌。孩子们饿了，就自己用水桶在溪边打水，然后提着小篮子到树林里去采蘑菇、摘野菜，随后便在营地把在树林里拾的树枝和柴草点燃，将带来的锅架在柴火上煮汤做饭，然后大家一块儿坐在草地上，吃自己动手做的饭菜……啊，这是多么惬意好玩儿的事情呀！真真对书上看到和老师描述的夏令营生活，羡慕极了！简直说得上着迷！她常想，要是自己也能参加夏令营的活动，该是多么快乐和幸福的事！想不到，这种幸福这么快就降临到她头上，她觉得自己实在是太幸运了！

真真向妈妈讲自己被选上参加夏令营活动的事，妈妈也很高兴。她给真真准备了换洗衣服，还叫她带两个番茄在路上当水果吃。

真真把洗漱用具和换洗衣服放在书包里，就跑到学校去集合。

参加夏令营的十位红领巾同学，都早早就来到学校，仿佛怕迟到了赶不上出发的时间似的。每个人的脸上，都笑得很开心，很兴奋。

刘钦老师亲自带队，他的脖子上，也系上了一条鲜艳的红领巾。少先队员们觉得，脸庞棱角分明的刘钦老师，系上红领巾后，显得比平时年轻了许多。

红领巾们随着刘钦老师出发，去夏令营的营地——八一小学。

由于八一小学距离奋斗小学比较远，他们坐了一段公共汽车，也走了很长的路。

来到八一小学，夏令营营地的老师们给真真他们安排了住宿。

男孩们住一处，女孩们住一处，都是八一小学学生的宿舍。少先队员们把各人的书包放在床上，都抑制不住兴奋快乐的心情，便站在宿舍走廊观看。只见各所学校参加夏令营的少先队员们陆续抵达这里，一个个都像兴奋的小鸟，叽叽喳喳地说着话。红领巾们互相打量，互相问好。爱说话的，就主动和别的学校的队员打招呼说起话来。不爱说话的，就互相点头致意，抿着嘴笑。还有的队员，显得有些矜持，或者腼腆，对不认识的队员，只静静地观看，打量着对方，并不多说话。

真真坐在夏令营的床上，心中充满快乐。她感到有些遗憾的是，这个夏令营不像书上说的苏联小朋友的夏令营那样，住在树林边或者小溪旁，也没有睡在一个个白色的小帐篷里。

真真忍不住问刘钦老师："咱们怎么不像苏联小朋友过夏令营那样，住在树林边或小溪旁搭的白色的小帐篷里面呀？"

刘钦老师想说："咱们国家目前还没有这样的条件，买这么多帐篷。再说住在野外也不够安全，会有鼠类和蛇类等动物侵扰，蚊子也很多……"但转念一想后，他只和蔼地简短回答："住在野外不够安全……"

就这样，为期三天的夏令营生活开始了！少先队员们在八一小学的大食堂吃饭，当天开了个简短的联欢会。辅导员们关心地向男孩女孩们宣布了夏令营的营规和注意事项，并告诉大家，第二天去颐和园，男孩女孩都高兴得拍起手来。

因为每年各所小学校举行的春游和秋游，考虑到同学们年龄尚小，走不了很远，差不多都是去中山公园、劳动人民文化宫、北海公园或西郊动物园。较远的颐和园，除了挨近那儿的小学，孩子们一次都还没去过呐！

而八一小学距离颐和园不远，夏令营第一天活动的地点，便选择在颐和园。

散会后，真真和队员们一道，在八一小学的校园里倘佯，浏览着这所比奋斗小学大不少的、有点儿像军营的学校。他们想象着这所小学的学生，如何周而复始地从星期一至星期六在学校里学习和生活，只在星期天回到家里去。

星斗满天的时候，营地里吹响了熄灯号。真真她们几个女孩，赶紧回到宿舍睡下了。不多会儿，她们便进入了梦乡。

清晨，夏令营的营地里吹响了起床号，男孩女孩们全都像士兵听到号令般一骨碌从床上翻身爬起来，忙忙地洗脸、梳头和刷牙。窗外树枝上的小鸟，声音脆脆地鸣叫着，仿佛在向红领巾们报告，今天又是一个晴朗的好天气。

使少先队员们感觉到夏令营特点的是，每天的作息时间，都是用号音传达。

早上吃罢馒头稀饭，各校的辅导员老师带领着少先队员们向颐和园出发。各所学校分别活动，以免人多拥挤。

走了不多会儿，就来到颐和园。首先扑入孩子们眼帘的：是万寿山上红墙琉璃瓦的亭台楼阁。这些依山而筑的既似宫殿又像寺庙的巍峨建筑排云殿，使万寿山显得金碧辉煌，气宇庄严。万寿山下，就是一碧万顷、波光粼粼、水面浩淼的昆明湖。只见一条条的小船，星星点点地散布在湖水中，正随着水的波纹梦幻般地摇曳着。长长的十七孔桥，将它那秀美的身姿隐隐呈现在水天衔接处……男孩女孩们在这如诗如画的美景面前，都情不自禁发出赞叹，有点儿心旷神怡起来。因为平时候，他们很少能看到这么开阔的水面，和这么秀美、富有诗情画意的长长的桥。

　　刘钦老师首先带领着男孩女孩们游长廊。雕梁画栋的长廊很长，一个连着一个，有点儿像一个个的火车厢。长廊也是颐和园一道有名的景儿。每个长廊上绘画的花鸟、人物、风景都有所不同，很美观细致，使孩子们感受到伟大祖国历史文化的源远流长。长廊两旁，是可以供游人休憩的栏杆。男孩女孩们兴致勃勃、目不暇接地走了好一会儿才把长廊走完，来到昆明湖畔的石舫。

　　石舫是一条石头造的很大的船。下端浸在水中，泊在湖水边。石头的船身上部，是雕梁画栋的木质的船楼。真真他们在石舫上蹦蹦跳跳地玩了一会儿，刘钦老师又领着少先队员们环绕着碧波荡漾的昆明湖向前走。

　　红领巾们来到一处游船码头，孩子们一个个都盯着码头上泊着的小木船和湖里飘荡着的小船，眼里充满希冀。真真也在想，若是能在昆明湖里划着小木船，随着水的波纹游弋，是多么惬意美妙的事啊！

　　刘钦老师瞅着停下脚步在那里流连的孩子们，立即就猜出了他们的心思，笑着问道："你们想在湖里划船吗？"

　　真真他们齐声回答："想！当然想啦！"

　　刘钦老师说："那我就带你们玩一次。大家一定要守纪律，跟着我一块儿划，要注意安全！"

　　大伙儿立刻答应说好。

　　刘钦老师为少先队员们租了三条小船，每条船坐四名队员，每两位少先队员坐一排，结成对子，每人分别划左右两面的一支船桨。刘钦老师也跳上一条船，他一人划左右两支船桨。大家都上船坐好后，他便带领着红领巾们朝波光粼粼的昆明湖中划去。

　　少先队员们都兴奋快乐地划动着手中的那支桨，一时间，竟显得有些手忙脚乱。由于还没掌握划船的要领，不知道要把船桨朝向哪个方向划动，小船不肯前进，在原地打转转。像个顽皮的孩子，不肯听从他们的指挥似的，弄得男孩女孩们有些狼狈着急。刘钦老师见状，连忙笑着教红领巾们划船的要领。叫大家要齐心合力，步调一致，把船桨朝向一个方向划动，以及左右两支船桨的配合。刘钦老师边说还边做示范动作，把如何前进和如何将小船向左边或右边转弯的动作要领，都传授给了男孩女孩们。他对红领巾们说，这也是检验你们在分工合作方面，是不是能做到团结一致的最好测试。

少先队员们握着手中的桨，过了一会儿便掌握了划船的要领，小船不再原地打转，顺畅地开始前进了。刘钦老师指着远处那座秀美的十七孔桥，向红领巾们说："你们一同跟着我这条船，一齐划到十七孔桥那儿去!记住，要齐心协力! 看哪条船上的队员划得又快又好。现在开始!"

刘钦老师说完，就带领着男孩女孩们向十七孔桥的方向划去。只见他两只大手分别握着船上左右两边的船桨，并将船桨的叶片伸进水中用力地划动起来。为了能看到三条船上的少先队员，他背对着十七孔桥的方向，朝反方向划着。他的身躯，也随着船桨的划动一仰一俯的，两臂隆起的肌肉在船的行进中微微颤动着。

大家按照刘钦老师的指点，瞅着他们的辅导员，模仿着他的动作，很快就有了长进。大家将小木船飞快地划动起来，向着那座充满诗意的十七孔桥划去……

其他学校参加夏令营的少先队员，在各校辅导员的带领下，也纷纷跳上了码头的小船。在飘着一朵朵白云的蔚蓝色的天空下，碧波荡漾的昆明湖中出现了许多少先队员划动的小船。系在孩子们颈上的鲜艳的红领巾，仿佛湖面上盛开的一朵朵美丽的红花。

　　男孩女孩们团结努力，在刘钦老师的带领下，终于划到了十七孔桥边。孩子们一个个都累得呼呼喘气，但心中充满快乐。

　　少先队员们把小木船泊在十七孔桥的桥墩旁，歇了一阵。他们一边欣赏波光潋滟的湖光山色，一边快乐地唱起学校音乐老师最近教他们唱的一首歌——

　　山青青，
　　水朗朗，
　　小溪两岸好风光。
　　坐着小木船，
　　划行在小溪上。
　　你掌舵，
　　我划桨，
　　齐心合力莫心慌。
　　划了一桨又一桨，
　　小船儿如箭放。

　　歌中的唱词虽然和眼前的风景状物不怎么相同，但歌曲的音调旋律很优美。少先队员们唱得很开心。真真和女孩们声音虽小一些，但唱得挺抒情；而男孩们，则充满激情地大声歌唱。

　　刘钦老师也加入大伙儿一起唱，他那带着浓浓的山西大同口音的粗犷男中音，逗得男孩女孩们笑个不停。

　　看到大家从疲劳中恢复了过来，刘钦老师又带领少先队员们往回划向石舫附近的码头。此时，孩子们划桨的动作都变得很熟练，互相配合的也很好，刘钦老师十分满意。

　　这是在真真的记忆中，最快乐和惬意的一次划船。

　　真真他们参加夏令营到颐和园去划船的时候，《让我们荡起双桨》这首脍炙人口、几十年经久不衰的歌，在当时还没有横空出世呢！因为那时候，电影制片厂还没拍摄《祖国的花朵》这部电影呐！而且，这部电影，不是在颐和园而是在北海公园拍摄的。在当时公交车还很少的年代，对于小学的少先队员来说，在距离北京城区相对远的颐和园里划船，是很少有的。

（七）

刘钦老师看见少先队员们爱玩水，对水情有独钟，从颐和园划船回来后，在夏令营活动的第二天，又带着少先队员们去一条小河玩水和学游泳。男孩们听了，都兴高采烈；女孩们听了，则有些紧张。

刘钦老师领着少先队员来到一条清澈见底的小河边，只见堤岸上杨柳依依，景色清幽，时而瞧见两三只白鹭在晴空下翩翩飞过。白鹭全身羽毛雪白，很好看。它们飞翔的时候，将两条黑色的长腿伸向身后，扇动着两只雪白的大翅膀往前飞。然而，它们飞得并不高，速度也不快。一边飞，一边盯着小河的流水，一旦发现哪儿有鱼儿游动的迹象，便立即飞下来，用它们的长腿站立水中，并把它们又长又尖的喙伸进水中捉鱼吃。

这些天，这儿是为参加夏令营的孩子们开辟的游泳区。

刘钦老师引领着少先队员们来到河边的时候，男孩女孩们看见水中已经有不少其他学校参加夏令营的少先队员们在那里快乐地游泳嬉戏了。小河的流水大约齐腰深，河中央水深的地方，也只到胸部。真真和同学们见到那些在水中嬉戏的男孩们，多数都在打水仗；也有的少先队员，在辅导员老师的指导下，在专心致志地学游泳。女孩们则显得有些腼腆和紧张，三五个人一堆地挤在一起，只

敢站在齐腰深的水里，用手轻轻地拨动着河水玩儿。由于那时候谁都还没有专门的游泳衣，只带了一身干净衣服放在岸上，准备下了水后上岸时换。跳到河水中时，身上都穿着平时穿的布衣裤，这些布衣裤浸在水中后，便都贴在了身上，女孩们便有些不好意思起来。

刘钦老师想教大家学游泳，见女孩们羞涩的模样，就没有勉强。而生性活泼好动的男孩子们，在女孩们面前一个个扑通扑通地以夸张的动作跳入水中后，不但溅起一蓬蓬的水花，还故意伴随着哇哇哇的高声呐喊，仿佛以此来证明他们的勇敢。

而女孩们，则是一个个手牵着手，顺着河岸，小心翼翼地试探着，慢慢滑入水中。

小河里的水凉凉的、柔柔的，流得那么平缓，真真她们几乎都听不到它一点儿流动的声音。这使真真有点儿怀疑以往在书上经常看到的"小河流水哗啦啦"的词句，是否形容正确？

不过，站在齐腰深的水里，女孩们还是感受到了水流的力量。真真想，这大约就是水的震撼力和浮力吧？她的第一个感觉，就是有点儿站立不稳，站在齐胸深的水里，这种感觉就更加明显了！

女孩们手牵着手，站在齐腰深的地方，一边玩水，一边怀着好奇看刘钦老师怎么样教男孩们游泳。

学了一个时辰，男孩们学游泳的兴致不但丝毫没有减退，而且越学兴趣越浓厚。尽管他们中有些人已经呛过水，但依然兴致勃勃。

女孩们瞧着男孩们做的学游泳的动作，也受到感染，想学游泳了。于是，就在一旁模仿着男孩们的动作，也纷纷手舞足蹈起来……

夏令营的第三天，是各校参加夏令营的少先队员在一起联欢，辅导员们也参加进来表演节目，他们的多才多艺，使红领巾们大开眼界。

刘钦老师说了一段类似山东快书的山西快书，大受欢迎，笑痛了少先队员们的肚子。在奋斗小学，刘钦老师除了担任少先队总辅导员，还负责教同学们的自然课。每当他用浓厚的山西大同口音为同学们朗读课文时，真真和同学们总要抿嘴忍住笑，静静地听。放学回家后，她便学刘钦老师的山西腔调，幽默地朗读课文给晶晶、翠翠听，姐妹仨便一同笑起来。

短暂而难忘的三天夏令营生活，在孩子们的欢乐和兴奋中很快就度过去了，真真和同学们带着简单的行装，和被太阳晒黑了的胳膊和脸庞，脚步轻快地回到了阔别三天的家中。

妈妈和翠翠、晶晶蛮有兴趣地打量着参加夏令营归来的真真，都说她晒黑了，也长结实了。

真真兴奋地向妈妈和两个姐姐介绍汇报了三天的夏令营生活，以及活动的盛况。并像开记者新闻发布会一般地，一一回答她们提出的问题，包括米大妈等院邻们提出的、有点儿稀奇古怪的问题。因为米大妈从未上过学，对学校的具体概念确实不清楚。

（八）

真真回到奋斗小学五（二）班少先队中队，李清芬、张小慧、孙秀梅几位班队干部对她说，陈辅导员和赵辅导员正在为他们中队筹划另一次特别好玩儿的活动。听说是请两位曾经探访月球的苏联专家到奋斗小学来，和五（二）班的少先队员联欢，为孩子们讲述月球上的故事。

真真发现，李清芬、张小慧、孙秀梅她们几个比她大两岁的同学，说这些话的时候，笑容很甜，还带着点儿神神秘秘的表情。

"有这样的好事？"真真觉得，两位辅导员大哥哥真的是神通好广大，竟然能请到曾经探访月球的苏联专家来为少先队员们讲故事。这在当时，确实是非同小可。

李清芬、张小慧她们几个女孩一同朝真真点头，笑容也更甜，笑得更神秘了。

真真看出，她们几个大一些的同学，跟两位辅导员大哥哥已经比较熟悉近乎了。两位辅导员大哥哥，对这几个正进入人生美好年龄的女孩，显然更亲近，更谈得来一些。

同学们听说苏联专家要来和大家联欢，给他们讲月球上的故事，都觉得很新奇，很刺激，十分地期待。

真真问两位辅导员大哥哥："苏联专家哪天来？"

两位辅导员大哥哥对望了一眼，含笑对真真说："快了，快了，大概就在后天吧！"

担任中队长的真真，虽然从小学三年级起就一直担任少先队干部，在班上组织参加过许多次队活动，但和苏联专家联欢这样的活动，还从来没有过，这可是第一次。

真真不知道该怎么迎接这两位苏联专家。

真真虽然在北京的街头见到过不少苏联和东欧那些社会主义国家来的国际友人，有时那些国际友人见到中国的少先队员，也会笑着向他们点头，但真真从来没有同他们真正接触过。现在苏联专家马上要到他们班上来，和同学们联欢，而真真和同学们谁都不会说俄语，连问好的俄语都不会说一句。假如用中国话说欢迎，又恐怕苏联专家听不懂。真真觉得这样草率地接待苏联专家，似乎不够妥当。

真真想起靠近三十四中学那儿的俄语专修学校，以往每次经过鲍家街那边时，真真总会碰见俄语专修学校比她大好几岁的学生。在真真眼里，那些学生都是一些幸运儿。因为他们从俄语专修学校毕业后，差不多都会到苏联去留学。到世界上第一个社会主义国家——苏联去留学。这在当时，大约是最令年轻一代羡慕的事。

那些俄语专修学校的学生，为了尽快掌握俄语，在街上三三两两行走的时候，不论男生女生，相互间都使用俄语对话。他们每个人，还要交一些苏联的学生做朋友，互相用俄语通信。鲍家街的那家小邮政所，便成为他们传递信件的纽带和桥梁，每天都有不少学生到那里寄信件和收信件。真真每次经过那里时，都会用羡慕的眼光仰视着他们。现在，听说苏联专家要来同少先队员联欢，真真忽然想，自己若是和俄语专修学校的那些大哥哥、大姐姐一样，也懂得俄语该多好啊！

真真忍不住又问两位辅导员大哥哥："对于这次和苏联专家的联欢会，我们该做些什么准备呢？"

辅导员大哥哥说："其实也不用做什么准备，只需要到时候把教室的桌椅搬动一下，布置成会场。你们这些小同学不用做什么，这些事由我们两位辅导员带着李清芬她们几个大同学来做就够了。"

听了辅导员大哥哥的话，真真虽然不用操什么心，但她总觉得这样接待苏联专家有点儿马虎草率。因为辅导员大哥哥把联欢会的地点选择在教室，真真原以为联欢会应该在学校的礼堂里举行呢！

就这样，真真怀着疑问没有再言语。

只听辅导员大哥哥说："哦，由于苏联专家工作太忙，白天恐怕抽不出时间来同咱们联欢，所以只能抽晚上的空闲时间来。肖真真，你通知全班少先队员们，叫大家后天晚上七点半钟准时到学校五（二）班教室来参加联欢会。"

五（二）班如今是红领巾班，班上的四十八名男女同学都加入了少先队，真真忙将辅导员的通知郑重其事地传达给班上的每一位同学。

真真回到家，把苏联专家要来他们班联欢的事告诉姐姐和妈妈。

晶晶和翠翠很惊异羡慕地说："三十五中派给你们少先队的辅导员可真能耐呀！还请得动苏联专家?！"

妈妈听罢，便忙着给真真准备参加联欢会的衣服去了，因为在当时人们的观念里，能见到苏联专家，是一件很荣幸的事！

两天的时间一瞬而过，联欢会这天，真真囫囵吞枣地匆忙吃过晚饭，妈妈便忙着给她梳洗打扮起来。重新编结了小辫儿，换上了一套浅绿色的新衣裙，穿上一双新的白球鞋。她自己佩戴好红领巾和中队长的符号，对着镜子照了一下，看到镜子里出现了一个齐齐楚楚的小姑娘。

真真来到学校，看见两位辅导员大哥哥正带领着李清芬、张小慧她们几个在教室里搬动桌椅，布置联欢会的会场。她们把课桌统统搬到教室后面，把椅子摆成了半圆形的几排，并把一块洁白的台布铺在老师讲课的讲台上，还在上面摆了一瓶鲜花。教室的灯光，也被辅导员换了灯泡，变得很柔和，闪烁着朦胧的色彩。

辅导员大哥哥和李清芬她们都一不忙二不慌的样子，有条不紊的。仿佛接待苏联专家，不过是她们举行的日常活动。

当真真迈步走进教室时，两位辅导员大哥哥和李清芬等几个女同学，都挺有兴趣地瞅着站在她们面前的，打扮得齐齐楚楚的小姑娘，随后便互相对望着，挺有深意地笑了。

真真的脸蛋儿红了起来，她从李清芬她们同辅导员对望的眼神中，读到了他们互相在用眼睛传递着只有他们几个才知道的信息。

一会儿，少先队员们脚跟脚地到齐了。辅导员大哥哥招呼他们在那几排摆成半圆形的座位上坐好，并叫真真注意维持全场的秩序。

班上两位最小的同学拿着鲜花站在讲台的一侧，准备苏联专家走进教室时献花。

两位辅导员负责到校门口去迎候苏联专家，因为他们在高中已学了不少俄语，能和苏联专家用俄语交谈。

须臾，在红领巾们的热情期待中，两位辅导员大哥哥陪同两位苏联专家和一位担任苏联专家翻译的叔叔走进了教室。少先队员们全都站立起来，好奇而又热烈地鼓掌表示欢迎，兴致勃勃地观看着这三个不同寻常的人。

两位献花的同学，也连忙将手中的鲜花献了上去。

两位苏联专家也拍手报以掌声，并热情地用有点儿夸张的动作向少先队员们频频挥手，讲着俄语和大家打招呼。担任翻译的年轻叔叔告诉红领巾们，说苏联专家在向大家问好。

男孩女孩们又继续鼓掌，掌声持续了好一会儿。

从苏联专家一开始进入教室，真真和同学们就都目不转睛地瞅着两位专家看。只见他们一位长着黄色的卷发，一位长着栗色的卷发，个子比两位辅导员大哥哥略高。有一位专家的头上，还戴着一顶单薄的夏帽。这使真真他们觉得，两位苏联专家那隆起的鼻梁和浓眉下的五官及整个面部，在教室朦胧的灯光下，有一种神秘感。

虽然是在夏天，两位苏联专家却穿着西服，系着领带，穿着皮鞋。尽管太阳落山后的夜晚已经不热，但毕竟是夏天。想不到两位专家这么有礼貌，同他们这些小学生联欢也穿得这么正式，这么循规蹈矩。这使真真和同学们都受到感动，并有点儿为他们担心，怕这两位专家会中暑。

　　不过，从两位专家的表现来看，真真和同学们的担心是多余的。两位专家十分精神，并且跟他们一样兴致勃勃。

　　热烈的欢迎场面过去后，苏联专家开始给少先队员们讲他们登上月球所经历的故事。

　　他们用俄语抑扬顿挫地讲一段，那位担任翻译的年轻叔叔就为大家翻译一段，两位苏联专家轮流着讲。

　　他们向孩子们说，他们如何乘着太空飞船出发，来到了人迹罕至的、属于地球行星的月球上。在月球上，又是如何神奇地感受到太空的浮力，一弹一弹地弹跳着悬浮在半空中走路。他们在月球上看见了好多好多环形的山脉，却看不到一条河，一道溪，一蓬草，一棵树，也看不见任何一种动物，或是一只小鸟和一个小虫子。四周皆是那么空灵冷寂的一片片荒漠，月球上的石头，也和地球上的石头不一样，很小的一块石头，却很重。经过科学探测证明，这是一个还没有生命的星球……

　　少先队员们都聚精会神地听着，非常入迷，同时感受到神秘浩瀚的宇宙是多么深不可测。

　　苏联专家还讲到他们在月球探险的过程中，吃的是一种压缩饼干。吃一块，好几天都不会觉得饿，还讲到了其他专门制作的太空食品和饮用水……

　　两位苏联专家给孩子们讲了一个多小时的月球故事，真真和同学们都听得津津有味。

　　辅导员大哥哥出去一趟回教室说："接苏联专家的轿车来了，咱们就坐在位子上鼓掌，感谢和欢送苏联专家吧！"

　　于是，少先队员们再次热烈地鼓掌，他们觉得两位苏联专家讲的故事很好听。

真真瞧见苏联专家走出教室时，其中的一位忙掏出手绢擦拭额上的汗水。

两位辅导员大哥哥陪伴着苏联专家离去，送他们上了车才回来。

真真和同学们还沉浸在关于月球的神奇故事里。

过后那几天，真真发现李清芬、张小慧、孙秀梅她们几个女同学总用带着某种神秘的眼神瞅着真真笑。真真不解。她只是发现这几位小姐姐般的同学跟两位辅导员大哥哥接近多一点儿。

暑假快要结束时，奋斗小学少先队大队决定开一次全校同学都参加的营火晚会，并要各班出节目，在营火晚会上表演，也是向辅导员大哥哥们告别。因为开学后，大家都将会投入紧张的学习中，无论小学生中学生，就都"各奔东西了"！

真真看到两位辅导员大哥哥和几位小姐姐同学相互的眼神中，也流露出少许失落，有点儿依依不舍的样子。这些正处在人生最美好年华的大男孩和女孩，在这个暑假里，大约已经萌芽了青春的友谊。

这一天，少先队中队讨论完营火晚会上表演什么节目的事，其他队员走后，只有李清芬她们几个和真真留在教室里。心直口快的孙秀梅大约实在忍不住了，便笑着用苏联歌曲的旋律对真真唱："你多么傻呀！多么傻呀！多么傻！多么傻！"真真不知道这是不是当时的一首苏联歌曲中的词。反正同学间谁干了傻事儿，其他同学就爱对着他或她这样唱。此刻，见真真依旧蒙在鼓里，莫名其妙的模样，孙秀梅乐坏了。她一边笑一边对李清芬她们说："你们看，肖真真至今对那天和苏联专家联欢的事浑不知晓。那天晚上，看着肖真真那么正儿八经地坐在教室里虔诚地听那两个'专家'讲话，我一直都在心里笑个不停。告诉你吧！肖真真，那两个人根本就不是什么苏联专家，而是辅导员大哥哥他们高中班的两个长得有些像外国

· 243 ·

人的同学，化装成苏联专家，用这种有趣的方式来向同学们讲解和普及天文地理科学知识的。你就当了真了！"孙秀梅说完，咯咯咯地笑出一串银铃，前俯后仰的。

"要不，人家怎么叫真真呢！可不就爱当真吗？"李清芬她们也笑着说。

几位女同学的话，如同在真真面前撩开了一层朦胧的面纱，使真真心中的不解之谜霍地现出了谜底。啊！怪不得那天辅导员大哥哥把教室的灯光弄得那么柔和而朦胧，使她和同学们再怎么使劲儿，也不能十分看清楚那两位"苏联专家"的眉眼。为了化装得更像一些，大热的天，这两个高中生大哥哥不仅戴着假发，粘着假眉毛，竟然还穿着西服，系着领带。也不怕中暑，捂着汗讲了一个多小时。也真难为他们了！真真这个学习成绩一直优等的学生，少先队中队长，在知道自己受了"骗"之后，虽然有点儿气愤，但转念想到两位辅导员大哥哥，还有化装成苏联专家的两个大哥哥及装扮为翻译的那位大哥哥的苦心，也不能不受到感动。为了让少先队员们过好这个暑假，他们真没少费心思，组织的活动真称得上匠心独运，品位十足。向她保密，肯定是想让少先队员们对联欢会保持一种神秘感。这也是真真自参加少先队以来，最奇特有趣的一次队活动，就像一出别开生面、风趣幽默的戏，永远留在了真真的脑海里。

（九）

通过几天紧张的排练，真真她们班的表演节目也顺顺溜溜地准备好了。这一次，真真没有操什么心，因为两位辅导员大哥哥和几位姐姐同学，实在太能干了。

营火晚会在全校红领巾们的向往期待中，拉开了帷幕。

这天傍晚，男孩女孩们在家匆匆吃过晚饭，便忙忙地带着家中的小板凳来到学校。只见操场的中央堆放着许多木柴和树枝。大家把小板凳摆放在划分给各中队的规定区域，并在小板凳上坐好。男孩们兴奋起来，便手舞足蹈"你一拳我一掌"地表示亲热。女孩们兴奋起来，则像小鸟般叽叽喳喳说笑个不停。

轻轻吹拂的晚风，将飘浮在空气中的蓝灰色雾霭四处撒布开，仿佛月亮女神在天庭里张开了夜的幔。暮色沉沉地从天空垂落下来，让孩子们感觉有点儿神秘的夜，降临了！

奋斗小学的唐自强校长和刘钦老师亲切地向同学们致辞，并宣布营火晚会开始。

一位少先队员和一位辅导员大哥哥携手拿着火炬，将操场中央的那一堆木柴和松枝点燃。

少先队的营火，转瞬间便熊熊燃烧起来。鲜艳的红色火苗，带着劈叭作响的爆裂声和呼呼作响的风声，很有气势地在夜空中向上窜动着。一大股淡青色的烟雾向半空里伸展，升腾到空中。红色火焰的光芒，把操场中间那一片场地照亮。围绕在营火四周的少先队员们，隔着篝火注视操场的对面，却发现那边坐着的同学都变得影影绰绰，朦朦胧胧的，有一种如梦似幻的感觉。

男孩女孩们都情不自禁地欢呼起来，一同快乐地唱起了小刘老师教的一首歌——《少先队的营火》。歌词是：

营火，营火，燃烧吧！

少先队的营火啊！

你这顽皮的红火苗儿，

把黑暗都赶跑啦！把黑暗都赶跑啦！

哎，好哇！好哇！

你还得加把劲儿呀！你还得加把劲儿呀嗨！

燃烧，燃烧，燃烧，

干柴不断添上，

你呀，你呀，

火星四处飞奔！火星四处飞奔！

松子爆开嘣！嘭！

小刘老师教唱这首歌时，同学们兴致都很高。虽然学校在当时还没有举行过营火晚会，但同学们对营火晚会都十分感兴趣！十分向往！真真也在想，营火晚会一定是特别有趣、特别浪漫的活动。而且这首歌的歌词，又那么轻松活泼，歌曲旋律也十分动听。小刘老师说，这是一首苏联少先队员在举办营火晚会时唱的歌曲。同学们听了，都很羡慕苏联的少先队员。真真当时想，学校少先队要是什么时候也能举办一次营火晚会这样的活动，那该多好啊！

没曾想，这一天来临得这么快！她从同学们欢悦的歌声中，听出了大伙儿的快乐心情。

各少先队中队轮番进场，在燃烧的营火旁表演节目。虽然营火的光芒不及电灯那么明亮，但真真和同学们发现，这次各中队表演的节目，比以往学校开联欢会时各班表演的节目又有了进步。真真想，这一方面是同学们都在成长，表演的节目自然会有提高；另一个原因，则是因为此次各中队排演的节目，是在辅导员大哥哥的关怀下完成的。真真他们五（二）班少先队，竟然出了三个精彩的节目。

每次学校开联欢会，跳大头娃娃舞是最受欢迎的节目之一。表演跳大头娃娃舞的同学，在表演时，每个人都佩戴上一个比自己的头大许多的面具。面具上的娃娃笑容可掬，十分可爱。跳大头娃娃舞的同学，只要一带上大头娃娃面具，看的人就会受到感染，情不自禁地跟着笑起来，爱上这个头大身子小的卡通孩子形象。唯一的困难，是跳舞的同学在表演舞蹈动作的时候，只能依靠大头面具眼睛上开的小窟窿来看外面。

这次营火晚会上，果然又有大头娃娃舞的表演。与以往有所不同的是，这回表演的娃娃们是在营火晚会上表演，有一种与平时不同的朦胧气氛，仿佛他们就是童话故事中可爱的精灵一样。

使真真和同学们觉得特别新奇的是，真真他们班的八位同学表演的童话小矮人跳舞。这是在两位辅导员大哥哥的指导下，排演的一个新颖好玩的节目。

这个节目需要幕布，表演者从幕布开的洞口伸出头和手。每个跳舞的童话小矮人，由两位同学配合表演。一位同学从洞口伸出头和手，但她的手上却穿着小鞋子，把手当作脚，她真正的身躯和腿脚躲在幕布里。另一位同学站在她身后，从她的肩膀处伸出手，两位同学组合成一个完整的童话小矮人，表演各种动作和舞蹈。她们的模样和动作是那么的滑稽，刚一出场就让人捧腹。表演开始后，更让人笑得前仰后合的。因为她们一边表演，一边脸上还做出滑稽的表情。这个节目，通常是由八个人组合成四个童话小矮人面朝一个方向表演。但是，在营火晚会上表演，要让四面围坐的同学都能看到。于是，两位辅导员就把幕布围成了立体四方形，把参加表演的八个同学都围在了里面。表演时，四个组合成的童话小矮人，从四个不同的方向伸出头和手来表演。大家虽然没看到四个小矮人同时表演，有些遗憾，但只看到一侧或两侧的小矮人表演，就已经很精彩了。

真真为此很感谢两位辅导员大哥哥和参加表演的同学，他们不知从哪儿借来了幕布，表演得这么好。

　　当然各中队的节目都精彩纷呈，因为每个中队都有两位大哥哥辅导员，他们都想让自己辅导的中队表演的节目出彩。

　　真真记得各中队表演的节目中，有舞蹈《对面山上的姑娘》《采茶灯》，男女声对唱《掀起了你的盖头来》，独唱《草原上升起不落的太阳》……

　　奋斗小学的校长和老师们，辅导员大哥哥们，都高兴地和同学们一道，参加了营火晚会，还表演了节目。他们表演的节目，也都非常精彩。

　　围坐在熊熊燃烧的营火前，真真和同学们再一次快乐地唱起了《少先队的营火》这首歌——

　　营火，营火，燃烧吧！

　　少先队的营火啊！

　　你这顽皮的红火苗儿，

　　把黑暗都赶跑啦！把黑暗都赶跑啦！

　　哎，好哇！好哇！

　　你还得加把劲儿呀！你还得加把劲儿呀嗨！

　　燃烧，燃烧，燃烧，

　　干柴不断添上，

　　你呀，你呀，

　　火星四处飞奔！火星四处飞奔！

　　松子爆开嘣！嘭！

　　这是真真和同学们在小学时代参加的一次难忘的营火晚会，那一堆在奋斗小学操场中央熊熊燃烧的篝火，那环绕在篝火四周的快乐的少先队员们，那一个个在营火的光亮中表演的精彩节目，都镜头般时常在真真的眼前回放。同学们一同欢唱的《少先队的营火》这支歌的优美旋律，也永远地在她的脑海中快乐地飘荡。

（十）

开学了，真真和同学们升入小学六年级；他们的班级，也由五（二）班升为六（二）班。

投入到紧张的学习中，真真渐渐淡忘了暑假的夏令营和两位高中生辅导员带领着少先队员们举行的那些队活动。只在偶尔空闲时，她才会回想起和同学们一块儿度过的暑假时光。回味着爬景山时累得气喘吁吁而又快乐的感觉；回味着在颐和园跟刘钦老师学划船，红领巾们划到十七孔桥桥墩下的喜悦；回味着照亮黑夜、噼叭燃烧的营火；回味着和假装的苏联专家联欢、所受到的善意蒙骗……

每当真真回想起那次和假装的苏联专家联欢的戏剧性的少先队活动，就会忍不住扑哧笑起来，嘲笑自己的幼稚和无知。

小学六年级，是小学的最后一年，这意味着不久之后，同学们就要和奋斗小学辛勤育人的校长和老师们告别，到一个新的环境，一所中学去读书。

真真和同学们在向往考入理想的中学的同时，对培养教育他们度过小学时光的奋斗小学，心中也怀着依依不舍的感情。仿佛一个孩子，就要脱离妈妈温暖的怀抱。

真真希望通过自己的努力，能考上实验中学。因为实验中学就在离复兴门不远的二龙路，在当时，属于北京很有名气的一所女子中学。

在六年级，真真学习更努力了！

一天早上，全校同学在升国旗，做早操后，站在升旗台上的唐自强校长向同学们说："最近这几天，全国的文学作家们正在北京开作家代表大会呢！明天晚上，北京的少年儿童要和参加作家代表大

会的作家们联欢。每所小学，要派两名少先队员去参加；我们奋斗小学也同样。我和石傑老师商量，决定从六（一）班和六（二）班各派一名同学去。今早同两位班主任老师研究了一下，决定派吴启宇和肖真真两位同学代表奋斗小学去参加联欢会。这两位同学，学习成绩好，作文写得好，又都是优秀少先队员，去参加同作家联欢，是最合适的了！"

唐校长说完，升旗台下的同学们便纷纷鼓起掌来，并朝着真真笑。

站在操场行列里，和同学们一道做了早操的真真，听了这个突如其来的好消息，在众目睽睽下，脸蛋儿忽地红起来。她在感到高兴的同时，也感到了这个光荣任务的压力。她在心里下决心，一定要加倍努力，不能辜负校长、老师和同学们的信任。

六（一）班参加联欢会的吴启宇，是一位男同学。个子高高瘦瘦的，皮肤略黑，很机灵的样子。仅从外表，就可以看出他的聪敏才智。他是六（一）班学习成绩最佳的同学，也是六（一）班少先队的干部。

真真从小就喜欢看文学书，对作家极其景仰和崇敬。三年级的时候，她就一知半解地阅读了《卓雅和舒拉的故事》《钢铁是怎样炼成的》《铁木儿和他的队伍》《我的童年》等苏联文学著作。在卧佛寺小学和奋斗小学这几年，她的那些稚拙的作文，虽然很受老师赞赏，然而，要想成为一名作家，对于童年的真真来说，确实是一个遥不可及、高山仰止的神秘梦幻般的境界。

如今，佩戴着红领巾的真真，和六（一）班的那一位男同学，将代表奋斗小学的同学们去和来自全国的作家们联欢。这使真真兴奋得有点儿睡不着觉。

第二天傍晚，来到联欢会会场，正是华灯初上的时候。真真和吴启宇几乎同时来到那里，两人便互相笑着打招呼。进入会场时，他们和各校来参加联欢会的同学，每个人都得到一枚三角形的、上面印有绿色文稿格子图案的书签。发书签的阿姨告诉少先队员们，这个书签，是为便于红领巾请作家前辈们签名留念用的。

于是，真真他们怀着十分崇敬的心情，捧着那枚书签，走进了联欢会会场。

会场内，橘黄色的灯光柔和而明亮，气氛很温馨。作家们聚在会场里，五位、六位地零散围坐在一起，互相切切交谈着。会场的一边，还悬挂着很多灯谜。每条灯谜，都用彩色纸书写着谜面，猜对了可以领到奖品。

来到了这么多她内心崇拜的作家前辈们身边，真真心情很激动。她没有心思猜灯谜，便捧着那枚印有绿色文稿格子图案的书签，红着脸走到作家前辈们跟前，敬请他们签名留念。

真真看到的作家前辈们，都是些中年或中年偏上年纪的人；而且一个个都是男作家，几乎见不到几位女作家。他们那么儒雅，身上带着文化人特有的书卷气，一望而知就是些知识渊博的人。

而且，他们都身穿朴素的衣着。这些辛勤耕耘在文字格子的田亩世界里的人，一个都不胖。

真真心里对他们佩服极了！

作家前辈们见系着红领巾的少先队员来到跟前，都抬起头来，亲切地向孩子们点头微笑。问他们读哪个学校？上几年级？并接过他们手中的书签，拔出身上的钢笔，在那枚素雅的书签上，写下他们潇洒而又郑重的签名。

过了没多久，真真的那枚书签上，便签满了各种字体的名字。

真真低头瞅着那枚书签，只见上面共有十几位作家签的名字。

有茅盾、老舍、叶圣陶、秦兆阳、赵树理、袁鹰、马蜂、冰心、巴金、沙鸥、臧克家、魏巍等，冰心是给她签名的女作家。

那时候，真真还没有读过眼前这些中国的文学大师和著名作家的代表作，她只是出于本能地在心里崇敬他们。当她长大些以后，才逐渐了解到，在这个联欢会上，给少先队员们签名的作家们，他们的人格和作品的分量，以及他们的伟大之处。

从参加那次联欢会以后，真真便开始产生了不绝于缕地萦绕在头脑里的关于作家的梦幻……

一年后，真真从奋斗小学毕业，顺利考入她心仪的实验中学。

离开奋斗小学前，唐自强校长和石傑老师、刘钦老师颁发给学校各班级评出的，共十多名同学"三好学生"的奖状。肖真真是其中的一名。唐校长还要他们每人拿着奖状，请照相馆的摄影师来给大家照了像。

这是北京市的小学校，第一次评身体好，功课好，品行好的"三好学生"。

后记 HOUJI

挑战经典

《柳树井的故事》这部书的书稿，国庆节前已交给出版社，开始步入编辑、审读等一系列正规出版的流程。我在为这部纯文学原创作品伏案付出辛苦劳累之后，似也有了一种放下心中负荷的轻松感。

说起来，这本书的发端乃至写作源自我阅读了著名作家林海音脍炙人口的经典《城南旧事》之后。我被书中优美的文字和描写的故事所感动，掩卷沉思良久；这是一个作家对阅读不同于一般读者之处。

《城南旧事》之所以打动我，跟我童年和少年时代有近十年时间在北京度过有关。然而，与林海音有所不同的是：我小时候生活的地方，不是林海音住的新帘子胡同所在的城南，而是紧挨着复兴门的柳树井；属于当时北京的西单区，现在的西城区，地处老北京城西。不过，随着首都的现代化建设，这条老北京的小胡同，20世纪末就已经杳无踪影。另一个与林海音迥然不同的是：她生活的年代是旧中国的老北京，而我成长在新中国的首都北京。

尽管我和林海音生活的年代，从时间距离计算相隔并不遥远，但我童年和少年时代的学校生活，在四合院和胡同里接触的人和事，与林海音书中描绘的人物故事和场景有很大的差别；于是我产生了一种把这个有所不同的生活画卷用文字展现在读者眼前的冲动。

写这本书的另一缘由，还因为一直以来描写新中国成立初期以首都北京的少年儿童为主人公的纯文学作品少之又少，我根本就没有读到过。唯一读过的著名作家王蒙的《青春万岁》，是写青年的。我想利用自己曾经的十年生活积累，用少年儿童的视角，来描写成长在新中国首都北京的第一茬幼苗，以填补我国文学史上的这一段空白。

诸位读到这儿，是不是会嘲笑我说话有点儿狂啊？其实我写这本书时，思想上是有很大压力的，甚至有点儿诚惶诚恐。因为林海音的《城南旧事》虽然是给旧中国唱的一曲哀伤的歌，却写得十分动人；如今我写《柳树井的故事》，是写1949年后的新中国，新社会，更不能写得差劲不是？说句掏心窝子的话：新中国成立初期那会儿，虽然离完美还比较远，但比半封建、半殖民地的旧社会旧中国还是进步了许多。所以，我给自己下达的写作标准是：无论从这部作品的语言文字、人物故事、思想内涵、精神境界各方面，都要能和《城南旧事》相媲美！虽然不敢妄说超越经典，但也不能亚于经典！

看，又在"老夫聊发少年狂"了不是？

常言说："不想当元帅的士兵，不是好士兵！"换言之，一个不想也不敢创作经典和超越经典的作家，可能也算不上是一个好作家。既然现如今时尚比拼，PK，挑战什么的，我就老来学摩登一回，挑战一下林海音的《城南旧事》这部经典，看看又怎样?!

我希望有心的读者在买我写的这本书时，也买一本林海音写的《城南旧事》，阅读的先后次序悉听尊便。当然，按理说，从故事发生的时间顺序和林海音的知名度，都应该先读她的经典，以表示对她的尊重；过后再看我的《柳树井的故事》不迟。

由于我的叙事风格属于娓娓道来带意识流的那种，所以您在我叙述的故事情节尚未充分展开前，请不要着急，即使不大满意也请耐着性子读完。因为实践是检验真理的唯一标准，而对于阅读文学作品，还需要一个完整的实践。

我也很希望出版社能组织一次有大、中、小学生，文学理论家和其他读者参加的读书活动，请他们阅读我写的这本书，并谈一谈读后感。

林海音的《城南旧事》，是以林英子为书中小主人公、并以第一人称写的，而我这本书，没有用第一人称来写。虽然用第一人称叙事使人觉得很亲切，但不足之处是：由于主人公的活动范围和个人视角毕竟有限，因而对于主人公未在场时发生的人与事的描写往往受到限制。《城南旧事》几个故事中的人物都不多，情节相对简单，所以用第一人称来写能够自如。而且林海音的语言对于读者很有吸引力。

我的《柳树井的故事》，在语言上能否与林海音的《城南旧事》相媲美？在内容的丰厚、精神境界的深度上，能否与林海音的《城南旧事》平分秋色？我都不作言论。不过，林海音的那曲为旧中国唱的哀伤的歌虽然动人，我写的在新中国首都北京成长的第一茬幼苗，以及那时候发生在胡同里和四合院中的人物故事，也未必不能让人感慨和感动。

我不敢奢望我的这部作品立即就能得到广大读者的热情回应和青睐。每个人的生活阅历不同，对生活的感触不同，对文学作品的感觉也不一样。我还有点儿担心有的读者能否欣赏带有北京地方风味的语言。而我写的60年前的老北京，有的地方似乎有点儿原始。

我写这本书的目的，只是想让当今的孩子们了解60年前首都北京的少年儿童的生活，他们克服困难的能力，纯真快乐、蓬勃向上的朝气！以及那时北京的胡同儿，四合院里生活着的淳朴善良的人们；从而更加热爱我们伟大的祖国，更加珍惜今天来之不易的幸福生活。作为一名作家，写作是一种自然自觉，犹如志愿者般本能的工作，对自己的作品严谨认真也是本能一贯的要求，虽然说是挑战经典，其实并不意味着想图什么名或利，更不是自以为了不起，而是对自己文学创作的严格要求。能为祖国的下一代作奉献，写作有益于少年儿童健康成长的书，使孩子们多受一些真善美的熏陶，写的书能受到少年儿童由衷的喜爱，就是我最大的快乐。

我小时候，没进过幼儿园，上小学也是从二年级开始入学，因为入学前已认识一些字。我清楚地记得那时在学校我和同学们用童稚的嗓音唱的歌——红领巾，胸前飘，少年儿童志气高，时刻准备着，为国立功劳！时刻准备着，为国立功劳！

还有一首跑步歌也记忆犹新——跑跑跑，跑跑跑，努力向前跑；跑跑跑，跑跑跑，努力向前跑；新中国的儿童，新时代的小英豪！挺起胸膛、整齐步伐向前跑！身体要锻炼，跑步身体好，锻炼好身体，为祖国立功劳！嗨！嗨！嗨！锻炼好身体，为祖国立功劳！

这些童稚的歌曲，和为祖国立功劳的理想信念，于潜移默化中对我影响很大。

我读高小的北京市奋斗小学，原是抗日战争时期傅作义将军专为抗日将士子女开办的学校。时至今日，奋斗小学仍然是北京最有名的小学之一。"奋斗"二字，数十年来，一直给我以激励。

《柳树井的故事》虽然是一部描写20世纪50年代北京小学生校园生活、胡同中的风景、四合院居民生活的小说。但由于是文学作品，所以书中描写的人物故事不可能是百分百的生活实录。文学创作本身就是作家对生活的再创造过程，因而不能去和书中人物一个个对号入座。尽管如此，我这本书又是献给我的母校卧佛寺小学和奋斗小学的！是献给我小学时代尊敬的校长老师们的！也是献给我小学时代亲爱的同学们的！如果因为这本书的出版，见到了时隔60年前的老师和同学，我想双方都会十分感慨和高兴！

《柳树井的故事》这本书，从动笔到完稿历时四年，而实际上，写作只用了两年。写了一半后，因我丈夫生重病住院，我全力以赴陪伴照顾他一年半时间。丈夫因病去世后，我心力交瘁，只觉心中哀痛，腿脚发软。数月后，才振作自己，强打起精神把丈夫住院前已写了一半的这部小说坚持写完。为了让书不再耽搁，尽快出版，也为了让书名和书中文字保持我的原样，我选择了知识产权出版社。

回想走上文学创作道路这三十多年来，宜宾市委、市政府、市委宣传部、市文联以及文化局的几位老局长，乃至省文化厅、省作协的领导，都对我的创作给予过鼓励、肯定和支持。宜宾电视台也曾对我作过3次专题报道。还有四川少儿出版社、中国少儿出版社以及全国的一些文学师友，也在不同层面帮助过我。在此一并表示我的敬意和谢意！

我还要特别感谢文化部和中国文联尊敬的老领导高占祥，为我题写了《柳树井的故事》这本书的书名！感谢四川文艺评论家协会原任主席，现为名誉主席的何开四老师对我作品的高度评价，为我写书序。感谢宜宾原分管文化的老领导袁承禧书记对宜宾作家艺术家从事创作的支持！感谢知识产权出版社编辑陆彩云、聂伟伟两位老师为这本书付出很多的辛劳。感谢宜宾的画家老师们的热情支持，多次为我写的书插图。感谢宜宾传美影像的摄影师们，热情协助设计制作书的封面和彩页。

我还要将这种对祖国和人民感恩的心化作永久的精神动力，继续写下去，直至永恒。

　　我愿意告诉大家，我对自己写的这部纯文学原创作品还是很喜爱的。它是我出的第六本书。目前，我像一个怀孕足月的母亲，这本书就是我即将分娩的婴儿。

　　让这本书带着您穿越时空的隧道，回到60年前北京的胡同儿、四合院和小学校中去吧！那里的一群小学生和街坊院邻们，都在热情地等着您这位贵客去访问呢！

潘寄华

2014年12月于四川宜宾金沙江畔